मोदी की गारंटी

मोदी की गारंटी

2024 के लिए मोदी का Hattrick प्लान

नवीन कुमार शर्मा

प्रकाशक
प्रभात प्रकाशन प्रा. लि.
4/19 आसफ अली रोड, नई दिल्ली-110002
फोन : 011-23289777 • हेल्पलाइन नं. : 7827007777
इ-मेल : prabhatbooks@gmail.com ❖ वेब ठिकाना : www.prabhatbooks.com

संस्करण
प्रथम, 2024

पेपरबैक मूल्य
तीन सौ रुपए

मुद्रक
आर-टेक ऑफसेट प्रिंटर्स, दिल्ली

★

MODI KI GUARANTEE
by Shri Naveen Kumar Sharma

Published by **PRABHAT PRAKASHAN PVT. LTD.**
4/19 Asaf Ali Road, New Delhi-110002

ISBN 978-81-970692-6-0

₹ 300.00 (PB)

आभार परमपिता परमेश्वर एवं मेरे आदरणीय माता-पिता का, जो मेरी प्रेरणा एवं शक्ति हैं।

आभार मेरे बड़े भाई एवं उन सभी साथियों का, जिन्होंने मुझे यह पुस्तक लिखने में अपना अमूल्य सहयोग दिया, जिनके सहयोग के बिना यह पुस्तक लिखना संभव नहीं था।

प्रस्तावना

भारतीय राजनीति की भव्य छवियों में कुछ ही हस्तियों ने नरेंद्र मोदी जितनी गहरी व अमिट छाप छोड़ी है। वडनगर की शांत सड़कों से लेकर नई दिल्ली में प्रधानमंत्री आवास के विशाल कक्ष तक मोदी की यात्रा असाधारण से कम नहीं है। 'मोदी की गारंटी' पुस्तक द्वारा हम प्रधानमंत्री नरेंद्र मोदी की राजनीतिक गाथा के विभिन्न पहलुओं के माध्यम से एक व्यापक अन्वेषण, एक यात्रा शुरू करना चाहते हैं, जिसने देश और दुनिया को मंत्रमुग्ध कर दिया है।

इस साहित्यिक उद्यम के वास्तुकारों के रूप में हमारा प्रयास विहित या आलोचना करना नहीं है, बल्कि मोदी की गारंटी के आसपास के रहस्य की तह तक जाना है। हम पाठकों को न केवल इस पुस्तक के पन्नों के माध्यम से, बल्कि सत्ता के गलियारों, भारत के हृदय-स्थलों और आख्यानों की जटिल भूल-भुलैया के माध्यम से एक यात्रा पर आमंत्रित करते हैं, जो मोदी के नेतृत्व को परिभाषित करती है।

इस पुस्तक की उत्पत्ति एक सरल, लेकिन गहन प्रश्न में निहित है, जो हमारे देश के विविध परिदृश्यों में गूँजता है—नरेंद्र मोदी—एक साधारण शुरुआत से आए व्यक्ति, एक चायवाले से मुख्यमंत्री और फिर प्रधानमंत्री, भारतीय राजनीति के जटिल क्षेत्र में अजेय क्यों हैं? यह वह प्रश्न है, जिसने अनगिनत बहसों को हवा दी है, जोशीली चर्चाओं को जन्म दिया है और असंख्य विश्लेषणों को जन्म दिया है। हमारा लक्ष्य परतों को हटाकर, बारीकियों को उजागर करके और नरेंद्र मोदी की घटना की बहुमुखी खोज की पेशकश करके इस चर्चा में योगदान देना है।

हमारा अन्वेषण अट्ठाईस अध्यायों में फैला है। प्रत्येक अध्याय मोदी के नेतृत्व के एक विशिष्ट पहलू को समर्पित है। गुजरात में उनके उत्थान से लेकर वैश्विक कूटनीति के गलियारों तक, आर्थिक सुधारों से लेकर सामाजिक कल्याण पहलों तक, संकट-प्रबंधन के क्षणों से लेकर चुनावी जीत तक, हम उन विभिन्न तत्त्वों का सावधानीपूर्वक विश्लेषण करते हैं, जो मोदी की राजनीतिक यात्रा की रूपरेखा बनाते हैं।

ये अध्याय केवल घटनाओं का विवरण नहीं हैं, बल्कि उन अंतर्धाराओं की गहराई से पड़ताल करते हैं, जिन्होंने मोदी के नेतृत्व की कहानी को आकार दिया है। हम उनकी नीतियों की जाँच करते हैं, उनके दृष्टिकोण का विश्लेषण करते हैं तथा महाद्वीपों, भाषाओं और संस्कृतियों तक फैले देश की विविध आबादी पर प्रभाव का मूल्यांकन करते हैं। यह पुस्तक मोदी के कार्यकाल के विवरण से कहीं अधिक होने की आकांक्षा रखती है; यह उस रहस्य को उजागर करने का प्रयास करती है, जिसने उन्हें पारंपरिक मानदंडों का उल्लंघन करनेवाली राजनीतिक ताकत बना दिया है।

हमारा उद्देश्य एक एकल दृष्टिकोण प्रस्तुत करना नहीं है, बल्कि एक जानकारीपूर्ण और सूक्ष्म चर्चा को बढ़ावा देना है। हम मोदी के नेतृत्व के बारे में विचारों की विविधता को स्वीकार करते हैं और पाठकों को इस अन्वेषण को खुले दिमाग से करने के लिए प्रोत्साहित करते हैं, जो समकालीन भारत के राजनीतिक परिदृश्य को परिभाषित करनेवाली जटिलताओं से जुड़ने के लिए तैयार हैं।

मोदी की कहानी अभी जारी है, पूरी होने से बहुत दूर है। हम स्वीकार करते हैं कि मोदी के नेतृत्व के पथ में इस पुस्तक के दायरे से परे नए विकास, चुनौतियाँ और विजय देखी जा सकती हैं। फिर भी, हम आशा करते हैं कि यह अन्वेषण मोदी के नेतृत्व और भारतीय राजनीति के व्यापक परिदृश्य के बारे में चल रही बातचीत में एक मूल्यवान् योगदान के रूप में कार्य करेगा।

अध्यायों के माध्यम से हमारी यात्रा न केवल राजनेता, बल्कि व्यक्तित्व के पीछे के व्यक्ति को भी उजागर करती है—एक चायवाला, जो सत्ता के उच्चतम शिखर तक पहुँचा; एक रणनीतिकार, जिसने राजनीति की जटिल शतरंज की

बिसात को पार किया, और एक राजनेता, जिसका प्रभाव भारत के भीतर और बाहर—दोनों जगह दिखता है। अध्याय सामूहिक रूप से एक कथा बुनते हैं, जो सुर्खियों से परे जाती है; उन कारकों को समझने की कोशिश करती है, जो नरेंद्र मोदी की कथित गारंटी में योगदान करते हैं।

मोदी की गारंटी को समझने की हमारी खोज में हम उनकी आर्थिक नीतियों, सामाजिक कल्याण कार्यक्रमों, राष्ट्रीय सुरक्षा के दृष्टिकोण और संकटों की प्रतिक्रियाओं की जटिलताओं में उतरते हैं। हम सांस्कृतिक आख्यानों, चुनावी जीत और आलोचना के सामने लचीलेपन का पता लगाते हैं, जो मिलकर मोदी के नेतृत्व की रूपरेखा बनाते हैं। प्रत्येक अध्याय उन विभिन्न धागों को समझने का प्रयास है, जो गारंटी की बुनावट बनाने के लिए एक साथ बुनते हैं।

यह पुस्तक मोदी के नेतृत्व के विविध आयामों को भी स्वीकार करती है, जिसमें ऐसे तत्त्व भी शामिल हैं, जिन्होंने प्रशंसा व आलोचना दोनों अर्जित की हैं। विवादों, आलोचनाओं और चुनौतियों की खोज कथा का एक अभिन्न अंग है, जो हमें उस व्यक्ति की संतुलित व व्यापक समझ प्रदान करती है, जिसने भारत के राजनीतिक परिदृश्य पर एक अमिट छाप छोड़ी है।

लेखक के रूप में हमारी प्रतिबद्धता एक ऐसा काम प्रस्तुत करने की है, जो विद्वत्ता, निष्पक्षता और सत्य की खोज के प्रति समर्पण के सिद्धांतों के प्रमाण के रूप में खड़ा हो।

वस्तुतः मोदी की गारंटी का रहस्य कोई स्थिर घटना नहीं है, बल्कि एक राष्ट्र की सामूहिक आकांक्षाओं, चुनौतियों और विकास से आकार लेनेवाली एक गतिशील कथा है। हम इस खोज में हमारे साथ आनेवाले पाठकों के प्रति अपना आभार व्यक्त करते हैं, यह मानते हुए कि इस कथा की समृद्धि आवाजों एवं दृष्टिकोणों की विविधता से समृद्ध है, जो भारतीय लोकतंत्र की जीवंत बुनावट में योगदान करती है। यह यात्रा जितनी आपकी है, उतनी ही हमारी भी है। आइए, साथ मिलकर हम नरेंद्र मोदी की गारंटी के रहस्य को सुलझाते हैं।

—नवीन कुमार शर्मा

अनुक्रम

एक राजनीतिक महारथी का उदय

"भारतीय राजनीतिक इतिहास में नरेंद्र मोदी का उदय लचीलेपन, रणनीतिक कौशल और सार्वजनिक सेवा के प्रति दृढ़ प्रतिबद्धता की परिवर्तनकारी शक्ति के प्रमाण के रूप में खड़ा है।"

नरेंद्र मोदी का जन्म 17 सितंबर, 1950 को गुजरात के एक छोटे से कस्बे वडनगर में हुआ। साधारण परिस्थितियों में पले-बढ़े मोदी का बचपन अनुशासन की अटूट भावना और उत्कृष्टता के लिए एक सहज प्रेरणा से अनुप्राणित था। उनकी प्रारंभिक शिक्षा वडनगर में हुई और यह पहले ही स्पष्ट हो गया कि मोदी के पास कुशाग्र बुद्धि एवं नेतृत्व की स्वाभाविक प्रवृत्ति है।

मोदी का राजनीति में प्रवेश तुरंत नहीं हुआ। राजनीतिक क्षेत्र में उतरने से पहले उन्होंने सामाजिक, सांस्कृतिक एवं राष्ट्रवादी संगठन राष्ट्रीय स्वयंसेवक संघ (आर.एस.एस.) में एक स्वयंसेवक के रूप में काम किया। आर.एस.एस. ने मोदी की वैचारिकता को आकार देने, उनमें राष्ट्र के प्रति कर्तव्य की भावना और हिंदुत्व के प्रति प्रतिबद्धता, हिंदू धर्म की सर्वोच्चता की वकालत करनेवाली सांस्कृतिक व राजनीतिक विचारधारा को विकसित करने में महत्त्वपूर्ण भूमिका निभाई।

राजनीतिक शुरुआत

मोदी का राजनीति में औपचारिक प्रवेश 1980 के दशक की शुरुआत में हुआ, जब वे भारतीय जनता पार्टी (भाजपा) में शामिल हुए, जो राष्ट्रीय

स्वयंसेवक संघ से जुड़ी एक दक्षिणपंथी राजनीतिक पार्टी है। उनके संगठनात्मक कौशल और पार्टी की विचारधारा के प्रति समर्पण ने उन्हें तेजी से आगे बढ़ाया। सन् 1987 में उन्हें गुजरात भाजपा का महासचिव नियुक्त किया गया, जो पार्टी के भीतर उनके तीव्र उत्थान की शुरुआत थी।

एक पार्टी संयोजक के रूप में मोदी ने जमीनी स्तर से जुड़ने, समर्थन जुटाने और एक मजबूत संगठनात्मक संरचना बनाने की असाधारण क्षमता प्रदर्शित की। हालाँकि, अब तक उनके संगठनात्मक कौशल पर किसी का ध्यान नहीं गया और सन् 1990 में उन्होंने गुजरात विधानसभा चुनावों में भाजपा की सफलता में महत्त्वपूर्ण भूमिका निभाई। यह जीत मोदी के राजनीतिक कॅरियर में एक महत्त्वपूर्ण मोड़ साबित हुई, जिससे उन्हें एक चतुर राजनीतिक रणनीतिकार के रूप में पहचान मिली।

गुजरात के मुख्यमंत्री

सन् 2001 में नरेंद्र मोदी ने गुजरात के मुख्यमंत्री का पद सँभाला, जो एक विनाशकारी भूकंप के बाद से जूझ रहा राज्य था। इस संकट के दौरान उनके नेतृत्व ने प्रशासनिक दक्षता और दयालु शासन का संचलन प्रदर्शित किया। पुनर्वास के प्रयासों को निर्णायक रूप से सँभालने के लिए मोदी को प्रशंसा मिली, जिससे चुनौतियों से निपटने और परिणाम देने में सक्षम नेता के रूप में उनकी छवि मजबूत हुई।

मोदी के नेतृत्व में गुजरात में तेजी से आर्थिक वृद्धि और विकास हुआ। उनकी नीतियाँ निवेश आकर्षित करने, नौकरशाही को सुव्यवस्थित करने और बुनियादी ढाँचे के विकास को बढ़ावा देने पर केंद्रित थीं। 'गुजरात मॉडल' एक चर्चा के रूप में उभरा, जो एक विकास प्रतिमान को दरशाता है, जो आर्थिक विकास, औद्योगिकीकरण और रोजगार-सृजन पर जोर देता है। राज्य एक आर्थिक महाशक्ति बन गया, जिसने घरेलू व अंतरराष्ट्रीय स्तर पर ध्यान आकर्षित किया।

आर्थिक जादूगरी

मोदी के नेतृत्व में गुजरात का आर्थिक परिवर्तन उल्लेखनीय से कम नहीं था। भारतीय रिजर्व बैंक के आँकड़ों के अनुसार, वर्ष 2001 से 2014 तक मोदी के मुख्यमंत्रित्व काल के दौरान गुजरात का सकल राज्य घरेलू उत्पाद (जी.एस.डी.पी.) 10 प्रतिशत से अधिक की औसत वार्षिक दर से बढ़ा। यह राष्ट्रीय औसत से कहीं आगे निकल गया, जिससे गुजरात मजबूती से स्थापित हो गया—भारत के सबसे आर्थिक रूप से जीवंत राज्यों में से एक।

गुजरात में निवेश की बाढ़ आ गई, जिससे राज्य घरेलू और विदेशी दोनों निवेशकों के लिए पसंदीदा स्थान बन गया। 'वाइब्रेंट गुजरात' शिखर सम्मेलन, मोदी द्वारा शुरू की गई एक पहल, व्यापार जगत् के नेताओं और नीति-निर्माताओं के लिए निवेश के अवसरों का पता लगाने के लिए एक वैश्विक मंच बन गया। शिखर सम्मेलन ने गुजरात को एक आकर्षक निवेश गंतव्य के रूप में स्थापित करने और सभी क्षेत्रों में आर्थिक विकास को बढ़ावा देने में महत्त्वपूर्ण भूमिका निभाई।

मोदी के शासन में कृषि के क्षेत्र में भी काफी प्रगति देखी गई। 'कृषि महोत्सव' जैसी पहल का उद्देश्य कृषि उत्पादकता को बढ़ावा देना और ग्रामीण आजीविका में सुधार करना था। शहरी और ग्रामीण दोनों क्षेत्रों को शामिल करते हुए विकास के व्यापक दृष्टिकोण ने गुजरात की समग्र समृद्धि में योगदान दिया।

गुजरात मॉडल को डिकोड करना

'गुजरात मॉडल' व्यापक बहस और विश्लेषण का विषय रहा है। आलोचकों का तर्क है कि मोदी के नेतृत्व में विकास की कहानी ने सामाजिक संकेतकों की उपेक्षा की और आबादी के कुछ वर्गों को हाशिए पर धकेल दिया। हालाँकि, समर्थकों का तर्क है कि आर्थिक विकास और बुनियादी ढाँचे के विकास ने समावेशी प्रगति के लिए एक मजबूत नींव रखी है।

गुजरात मॉडल के प्रमुख तत्त्वों में से एक औद्योगिकीकरण और रोजगार-सृजन पर जोर था। राज्य ने पेट्रोकेमिकल, कपड़ा और विनिर्माण सहित प्रमुख

उद्योगों को आकर्षित किया। यह औद्योगिक विकास रोजगार के अवसरों में तब्दील हुआ। इसने कई लोगों को गरीबी से बाहर निकाला और राज्य की आर्थिक गतिशीलता में योगदान दिया।

शासन और विकास

गुजरात में मोदी की शासन-शैली की विशेषता दक्षता, पारदर्शिता और परिणामोन्मुख दृष्टिकोण थी। उनके प्रशासन ने प्रक्रियाओं को सुव्यवस्थित करने, भ्रष्टाचार को कम करने और सेवा वितरण को बढ़ाने के लिए प्रौद्योगिकी का लाभ उठाया। ई-गवर्नेंस प्लेटफॉर्म और विभिन्न सरकारी कार्यों में सूचना प्रौद्योगिकी के उपयोग जैसी पहल ने गुजरात को प्रशासनिक नवाचार के लिए प्रतिष्ठा दिलाई।

बुनियादी ढाँचा परियोजनाओं के सफल कार्यान्वयन ने विकास के प्रति मोदी की प्रतिबद्धता को और अधिक रेखांकित किया है। राजमार्गों, बंदरगाहों और बिजली संयंत्रों के निर्माण ने गुजरात को एक आर्थिक महाशक्ति बना दिया। बड़े पैमाने पर औद्योगिक परियोजनाओं को आकर्षित करने में राज्य की सफलता ने व्यापार में वृद्धि के लिए एक सक्षम वातावरण बनाने की मोदी की क्षमता को प्रदर्शित किया।

राजनीतिक लचीलापन

अपनी उपलब्धियों के बावजूद मोदी को सन् 2002 में अपने राजनीतिक कॅरियर के सबसे बुरे दौर में से एक का सामना करना पड़ा, जब गुजरात सांप्रदायिक दंगों से जूझ रहा था। उस समय की घटनाएँ गहन जाँच और बहस का विषय बनी रहीं। जबकि मोदी को स्थिति से निपटने के लिए आलोचना का सामना करना पड़ा, उन्होंने विपरीत परिस्थितियों में अपना लचीलापन दिखाते हुए कई हलकों से समर्थन भी हासिल किया।

दंगों के बाद मोदी के राजनीतिक कॅरियर पर असर पड़ा और पूरे देश में उनके इस्तीफे की माँग उठने लगी। हालाँकि, उन्होंने तूफान का सामना किया और बाद के वर्षों में उनका राजनीतिक कद और मजबूत हुआ। वर्ष 2002 के चुनावों में भाजपा ने मोदी के नेतृत्व में निर्णायक जीत हासिल की।

यह दरशाता है कि मतदाताओं के एक महत्त्वपूर्ण वर्ग ने उनके शासन का समर्थन किया।

निष्कर्ष : एक साधारण पृष्ठभूमि से निकलकर गुजरात के मुख्यमंत्री तक नरेंद्र मोदी का उदय एक राजनीतिक महारथी के रूप में उभरा। उनकी यात्रा में संगठनात्मक कौशल, आर्थिक कौशल और जनता से जुड़ने की क्षमता का मिश्रण झलकता है। 'गुजरात मॉडल' विकासात्मक सफलता का प्रतीक बन गया, जिसने मोदी को राष्ट्रीय मंच पर पहुँचा दिया।

□

मोदी का परिवर्तनकारी रणनीतिक संचार

"भारतीय राजनीति के विशाल परिदृश्य में नरेंद्र मोदी के अवतरण की घटना नेतृत्व की पारंपरिक सीमाओं को पार करती है।"

मोदी परिघटना के मूल में एक अद्वितीय करिश्माई अपील निहित है। अपनी सम्मोहक वक्तृत्व कला से लेकर जनता के साथ जुड़ाव तक नरेंद्र मोदी के पास एक ऐसा करिश्मा है, जो विभिन्न जनसांख्यिकी में प्रतिध्वनित होता है। मतदाताओं की कल्पना पर कब्जा करने की क्षमता सामान्य से आगे निकलनेवाले राजनीतिक नेताओं की पहचान है और मोदी ने इस कला में कुशलतापूर्वक महारत हासिल की है।

मोदी की चुंबकीय उपस्थिति उनकी रैलियों में भारी भीड़ से स्पष्ट है। चाहे वह किसी महानगरीय शहर में भीड़ को संबोधित कर रहे हों या सुदूर गाँव में, उनके भाषणों में जुनून, दृढ़ विश्वास और सापेक्षता का मिश्रण होता है। इस करिश्मे ने न केवल उनके राजनीतिक आधार को मजबूत किया है, बल्कि उन लोगों को भी महत्त्वपूर्ण रूप से आकर्षित किया है, जो वैचारिक रूप से उनके साथ नहीं हैं।

चुनावी जीत

नरेंद्र मोदी का चुनावी ट्रैक रिकॉर्ड उनकी राजनीतिक क्षमता का प्रमाण है। गुजरात में शुरुआती जीत से लेकर वर्ष 2014 के आम चुनावों में ऐतिहासिक जनादेश तक लोकप्रिय समर्थन हासिल करने की मोदी की क्षमता अद्वितीय रही

है। मोदी के नेतृत्व में भारतीय जनता पार्टी (भाजपा) ने न केवल केंद्र में सत्ता हासिल की, बल्कि उन क्षेत्रों में भी महत्त्वपूर्ण बढ़त बनाई, जो परंपरागत रूप से पार्टी के गढ़ नहीं थे।

वर्ष 2014 के चुनावों में भाजपा ने अपने दम पर संसद् के निचले सदन लोकसभा में 282 सीटें हासिल कीं—यह उपलब्धि सन् 1984 के बाद से किसी भी पार्टी ने हासिल नहीं की है। भाजपा के नेतृत्ववाले राष्ट्रीय जनतांत्रिक गठबंधन (एन.डी.ए.) ने 336 सीटों के साथ पर्याप्त बहुमत के साथ जीत हासिल की। इस शानदार जीत ने भारतीय राजनीति में एक नए युग की शुरुआत की, जिसे अकसर 'मोदी लहर' कहा जाता है।

वर्ष 2019 के आम चुनावों ने मोदी के राजनीतिक प्रभुत्व को और मजबूत कर दिया। एकजुट विपक्ष और विभिन्न मोर्चों पर चुनौतियों का सामना करने के बावजूद उनके नेतृत्व में भाजपा ने लोकसभा में 303 सीटें हासिल कीं। मोदी की व्यापक अपील और अजेय चुनावी स्थिति की पुष्टि करते हुए एन.डी.ए. फिर से 353 सीटों के साथ विजयी हुआ।

सामरिक संचार

मोदी की घटना रणनीतिक संचार के उनके कुशल उपयोग से जटिल रूप से जुड़ी हुई है। मोदी ने एक ऐसी कहानी तैयार करने के लिए सोशल मीडिया और पारंपरिक मीडिया की शक्ति का उपयोग किया है, जो जनता के साथ जुड़ती है। उनकी संचार रणनीति स्पष्टता, सरलता और मतदाताओं की नब्ज की गहरी समझ के संयोजन से प्राणित है।

सोशल मीडिया प्लेटफॉर्म, खासकर एक्स (पूर्व ट्विटर), मोदी के लिए लोगों से सीधे संवाद के लिए अपरिहार्य उपकरण बन गए हैं। लाखों फॉलोअर्स वाला उनका एक्स अकाउंट एक वास्तविक समय संचार चैनल के रूप में कार्य करता है, जहाँ वह अपडेट साझा करते हैं, चिंताओं को संबोधित करते हैं और राष्ट्र के लिए अपना दृष्टिकोण प्रस्तुत करते हैं। इस प्रत्यक्ष और अनफिल्टर्ड संचार शैली ने मोदी को पारंपरिक मीडिया द्वारपालों को दरकिनार करने और मतदाताओं से सीधे जुड़ने की क्षमता दी है।

वर्ष 2014 के चुनावों के दौरान 'अबकी बार, मोदी सरकार' टैगलाइन के तहत भाजपा का अभियान एक रैली का नारा बन गया, जिसने जनता की कल्पना पर कब्जा कर लिया। अभियान रणनीतिक रूप से मोदी के नेतृत्व पर केंद्रित था, जिसमें एक निर्णायक और जवाबदेह सरकार पर जोर दिया गया था। संदेश की सरलता और इसके व्यापक प्रसार ने भाजपा की चुनावी जीत में महत्त्वपूर्ण योगदान दिया।

आर्थिक सुधार और नीतियाँ

मोदी परिघटना की आधारशिलाओं में से एक आर्थिक सुधारों और नीतिगत पहलों के प्रति उनका दृष्टिकोण है। मोदी के नेतृत्व में सरकार ने आर्थिक विकास को बढ़ावा देने, निवेश आकर्षित करने और व्यापार करने में आसानी में सुधार लाने के उद्देश्य से कई महत्त्वाकांक्षी सुधार किए हैं। सन् 2017 में वस्तु एवं सेवा कर (जी.एस.टी.) का कार्यान्वयन, हालाँकि शुरुआती चुनौतियों के साथ हुआ, भारत में एकीकृत कर व्यवस्था बनाने की दिशा में एक महत्त्वपूर्ण कदम था।

सन् 2016 में घोषित विमुद्रीकरण, काले धन पर अंकुश लगाने और कैशलेस अर्थव्यवस्था को बढ़ावा देने के लिए एक साहसिक कदम था। जबकि नीति को मिश्रित समीक्षाएँ मिलीं और इसकी प्रभावशीलता पर बहस छिड़ गई, इसने गहरे मुद्दों के समाधान के लिए निर्णायक कदम उठाने की मोदी की इच्छा को रेखांकित किया।

सन् 2014 में शुरू की गई 'प्रधानमंत्री जन धन योजना' का उद्देश्य सभी के लिए बैंकिंग सेवाओं तक पहुँच प्रदान करके वित्तीय समावेशन करना था। इस पहल के परिणामस्वरूप पहले से बैंकिंग सेवाओं से वंचित लाखों व्यक्तियों को वित्तीय सेवाओं तक पहुँच प्राप्त हुई, जिससे समावेशी विकास के प्रति प्रतिबद्धता प्रदर्शित हुई।

विदेश नीति में महारत

मोदी का प्रभाव घरेलू नीति से परे तक फैला है, जिसमें विदेशी मामलों के लिए एक पुनर्निर्धारित दृष्टिकोण शामिल है। मोदी की विदेश नीति पहल ने भारत

को वैश्विक मंच पर एक प्रमुख खिलाड़ी के रूप में स्थापित किया है। 'नेबरहुड फर्स्ट' नीति पड़ोसी देशों के साथ संबंधों को मजबूत करने पर जोर देती है, जबकि 'एक्ट ईस्ट' और 'लुक वेस्ट' जैसी पहल अपने आसपास के क्षेत्रों से परे क्षेत्रों तक भारत की पहुँच को प्रदर्शित करती है।

मोदी के नेतृत्व में भारत ने प्रमुख विश्व-शक्तियों के साथ अपनी रणनीतिक साझेदारी और राजनयिक संबंधों को बढ़ाने की माँग की है। 'मेक इन इंडिया' अभियान ने देश को विदेशी निवेश के लिए एक अनुकूल गंतव्य के रूप में स्थापित किया है, जबकि अंतरराष्ट्रीय सौर गठबंधन जैसी पहल जलवायु-परिवर्तन जैसे वैश्विक मुद्दों के प्रति प्रतिबद्धता को दरशाती है।

राष्ट्रीय सुरक्षा और रक्षा

मोदी सरकार ने राष्ट्रीय सुरक्षा और रक्षा पर विशेष जोर दिया है। आतंकवादी हमले के जवाब में सन् 2016 में की गई सर्जिकल स्ट्राइक ने देश के हितों की सुरक्षा के लिए एक निर्णायक और सक्रिय दृष्टिकोण का प्रदर्शन किया। पुलवामा में आतंकवादी हमले के बाद सन् 2019 में बालाकोट हवाई हमले ने सुरक्षा चुनौतियों का सामना करने के लिए मजबूत कदम उठाने की भारत की प्रतिबद्धता को और रेखांकित किया।

रक्षा खर्च में वृद्धि, सशस्त्र बलों का आधुनिकीकरण एवं स्वदेशी रक्षा विनिर्माण पर ध्यान सुरक्षित रखने और आत्मनिर्भर भारत के लिए मोदी के दृष्टिकोण के अभिन्न अंग हैं। ये उपाय न केवल रणनीतिक चिंताओं को दूर करते हैं, बल्कि एक मजबूत और लचीले राष्ट्र के निर्माण में भी योगदान देते हैं।

सांस्कृतिक पुनर्जागरण

मोदी परिघटना राजनीति और अर्थशास्त्र से परे है। इसमें एक सांस्कृतिक पुनर्जागरण शामिल है, जो भारत की समृद्ध विरासत का उत्सव मनाने और संरक्षित करने का प्रयास करता है। 'स्वच्छ भारत अभियान' और अंतरराष्ट्रीय मंच पर योग को बढ़ावा देने जैसी पहलें समग्र कल्याण और सांस्कृतिक पुनरुत्थान के प्रति प्रतिबद्धता को दरशाती हैं।

शहरों के नाम बदलना और पारंपरिक त्योहारों व प्रथाओं का पुनरुद्धार एक

बड़े आख्यान का हिस्सा है, जिसका उद्देश्य राष्ट्रीय गौरव और पहचान की भावना को बढ़ावा देना है। भारत के पहले उप-प्रधानमंत्री और गृह मंत्री सरदार वल्लभभाई पटेल को समर्पित प्रतिमा स्टैच्यू ऑफ यूनिटी एकता के प्रतीक और भारत की ऐतिहासिक विरासत को श्रद्धांजलि के रूप में खड़ी है।

सुलझती पहेली

मोदी परिघटना, संक्षेप में, एक सुलझती हुई पहेली है—नेतृत्व गुणों, रणनीतिक संचार और नीतिगत पहलों की एक जटिल परस्पर क्रिया, जो भारतीय मतदाताओं के एक महत्त्वपूर्ण हिस्से के साथ प्रतिध्वनित हुई है। भारतीय राजनीति में जाति और क्षेत्रवाद जैसी पारंपरिक दोष रेखाओं को पार करने की उनकी क्षमता एक व्यापक अपील की बात करती है, जो पारंपरिक राजनीतिक गणनाओं के दायरे से परे है।

□

चाय विक्रेता से राजनेता तक

"एक साधारण चाय विक्रेता से भारतीय राजनीति के सर्वोच्च पद तक नरेंद्र मोदी की यात्रा एक ऐसी कहानी है, जो लाखों लोगों की आकांक्षाओं से मेल खाती है।"

नरेंद्र मोदी का परिवार घाँची समुदाय से है, जो पारंपरिक रूप से तेल के उत्पादन और बिक्री से जुड़ा था। मोदी के शुरुआती वर्ष सामान्य परिस्थितियों से भरे रहे और वह एक छोटे से कमरे के घर में पले-बढ़े।

मोदी के पिता दामोदरदास मोदी गुजरात के वडनगर रेलवे स्टेशन पर चाय बेचने का काम करते थे। इसी साधारण चाय की दुकान में युवा नरेंद्र मोदी ने कड़ी मेहनत, अनुशासन और दूसरों की सेवा के महत्त्व के मूल्यों को आत्मसात् किया। उनके परिवार के संघर्षों ने उनमें परिस्थितियों से ऊपर उठने और दुनिया में बदलाव लाने का दृढ़ संकल्प पैदा किया।

आध्यात्मिक खोज

एक मेहनती और जिज्ञासु बालक के रूप में, हालाँकि, आर्थिक तंगी और परिवार के मामूली साधनों ने उन्हें चाय की दुकान में अपने पिता की मदद करने के लिए मजबूर किया; लेकिन चुनौतियों के बावजूद मोदी ने ज्ञान की प्यास दिखाते हुए अपनी शिक्षा जारी रखी, जिसने उनके भविष्य के प्रयासों को परिभाषित किया।

अपनी किशोरावस्था के दौरान मोदी ने भारत की समृद्ध आध्यात्मिक और

सांस्कृतिक बुनावट के विभिन्न पहलुओं की खोज करते हुए आध्यात्मिक खोज शुरू की। उन्होंने रामकृष्ण मिशन के मुख्यालय बेलूर मठ में समय बिताया, जहाँ उन्होंने स्वामी विवेकानंद की शिक्षाओं को गहराई से समझा। आत्म-खोज और आध्यात्मिक अन्वेषण की इस अवधि ने मोदी के विश्व-दृष्टिकोण को आकार देने और उद्देश्य की भावना पैदा करने में महत्त्वपूर्ण भूमिका निभाई।

लोक सेवा में प्रवेश

सार्वजनिक सेवा में मोदी का प्रवेश राष्ट्रीय स्वयंसेवक संघ (आर.एस.एस.) के साथ जुड़ने से शुरू हुआ। उन्होंने विभिन्न जिम्मेदारियाँ और गतिविधियाँ निभाते हुए खुद को संगठन के प्रति समर्पित कर दिया। आर.एस.एस. मोदी के लिए एक प्रशिक्षण स्थल बन गया, जिसने उन्हें संगठनात्मक कौशल विकसित करने, समान विचारधारावाले व्यक्तियों से जुड़ने और हिंदुत्व के बड़े कारण में योगदान करने के लिए एक मंच प्रदान किया। आर.एस.एस. में बिताए वर्षों ने मोदी के मुख्यधारा की राजनीति में प्रवेश के लिए आधार तैयार किया।

सन् 2001 में गुजरात में आए विनाशकारी भूकंप के बाद केशुभाई पटेल ने मुख्यमंत्री पद से इस्तीफा दे दिया और मोदी, जो उस समय गुजरात में भाजपा के महासचिव थे, को मुख्यमंत्री नियुक्त किया गया। यह पदोन्नति न केवल मोदी के लिए, बल्कि गुजरात राज्य के लिए भी एक महत्त्वपूर्ण मोड़ साबित हुई। बाद के वर्षों में, गुजरात में मोदी के नेतृत्व की विशेषता प्रशासनिक दक्षता, आर्थिक दूरदर्शिता और राज्य के विकास के प्रति अटूट प्रतिबद्धता थी। जैसा कि ज्ञात है, गुजरात मॉडल ने आर्थिक विकास, बुनियादी ढाँचे के विकास और व्यापार के अनुकूल माहौल पर जोर दिया।

उनके नेतृत्व में गुजरात घरेलू एवं अंतरराष्ट्रीय निवेश के लिए एक चुंबक बन गया। राज्य का सकल राज्य घरेलू उत्पाद (जी.एस.डी.पी.) राष्ट्रीय औसत को पीछे छोड़ते हुए प्रभावशाली दर से बढ़ा।

आर्थिक सफलताओं के बावजूद गुजरात में मोदी का कार्यकाल चुनौतियों और विवादों से रहित नहीं था। उनमें से सबसे महत्त्वपूर्ण 2002 का सांप्रदायिक दंगा था, जिसके परिणामस्वरूप जान-माल का काफी नुकसान हुआ था। दंगों से

जुड़ी घटनाएँ गहन बहस और जाँच का विषय बनी हुई हैं। आलोचकों ने अपर्याप्त कारवाई और मानवाधिकारों के उल्लंघन के आरोपों की ओर इशारा किया।

गुजरात से राष्ट्रीय मंच तक मोदी की यात्रा वर्ष 2014 के आम चुनावों में समाप्त हुई। 2014 के जनादेश ने भारतीय राजनीति में एक विवर्तनिक बदलाव को चिह्नित किया। साधारण शुरुआत से उभरे व्यक्ति नरेंद्र मोदी ने भारत के चौदहवें प्रधानमंत्री के रूप में पद की शपथ ली। राष्ट्रपति भवन के प्रांगण से दिया गया उनका उद्घाटन भाषण एक नए भारत के दृष्टिकोण को दरशाता है, जो समावेशी, विकासोन्मुख और प्रत्येक नागरिक के कल्याण के लिए प्रतिबद्ध है।

विदेश नीति और वैश्विक स्थिति

प्रधानमंत्री के रूप में मोदी ने भारतीय परिदृश्य को बदलने के उद्देश्य से कई नीतिगत पहलें शुरू कीं। वर्ष 2014 में शुरू किए गए 'स्वच्छ भारत अभियान' का लक्ष्य भारत को खुले में शौच से मुक्त बनाना और व्यापक स्वच्छता हासिल करना था।

मोदी की विदेश नीति दृष्टिकोण की विशेषता वैश्विक समुदाय के साथ सक्रिय जुड़ाव है। विश्व नेताओं तक उनकी पहुँच, अंतरराष्ट्रीय मंचों पर भागीदारी और भारत को एक वैश्विक खिलाड़ी के रूप में स्थापित करने के प्रयासों ने ध्यान आकर्षित किया है। 'मेक इन इंडिया' अभियान और अंतरराष्ट्रीय सौर गठबंधन भारत की वैश्विक प्रतिष्ठा को बढ़ाने के उद्देश्य से की गई पहल के उदाहरण हैं।

मोदी के नेतृत्व में भारत ने प्रमुख रणनीतिक साझेदारों के साथ अपने संबंध मजबूत किए हैं और वैश्विक चुनौतियों से निपटने में महत्त्वपूर्ण भूमिका निभाई है। जलवायु-परिवर्तन पर सन् 2015 का पेरिस समझौता, जहाँ भारत ने महत्त्वपूर्ण नवीकरणीय ऊर्जा लक्ष्यों के लिए प्रतिबद्धता जताई, ने वैश्विक प्रयासों में योगदान देने की इच्छा प्रदर्शित की।

निरंतर लोकप्रियता

वर्ष 2019 के आम चुनावों ने मोदी के राजनीतिक प्रभुत्व की फिर से

पुष्टि की। एकजुट विपक्ष और विभिन्न मोर्चों पर चुनौतियों का सामना करने के बावजूद उनके नेतृत्व में भाजपा ने लोकसभा में अभूतपूर्व जीत हासिल की, जिससे मोदी की स्थायी लोकप्रियतावाले नेता के रूप में स्थिति मजबूत हो गई।

निष्कर्ष : एक चाय बेचनेवाले से एक राजनेता तक नरेंद्र मोदी की यात्रा की कहानी लचीलेपन, दृढ़ संकल्प और राजनीतिक कौशल में से एक है। यह एक ऐसी कहानी है, जिसने लाखों लोगों की कल्पना पर कब्जा कर लिया है और यह उन संभावनाओं के प्रमाण के रूप में खड़ी है, जो भारत उन लोगों को प्रदान करता है, जो आकांक्षा रखते हैं और कड़ी मेहनत करते हैं। चाय बेचने से लेकर दुनिया के सबसे बड़े लोकतंत्र को चलाने तक मोदी का जीवन परिवर्तन की यात्रा रही है।

□

मोदी : शतरंज की बिसात पर सफलता की रणनीति

"राजनीतिक परिदृश्य की तुलना अकसर एक जटिल शतरंज की बिसात से की जाती है, जहाँ रणनीतिक चालें और सोच-समझकर लिये गए निर्णय किसी नेता की यात्रा की दिशा तय करते हैं। नरेंद्र मोदी के मामले में यह सादृश्य विशेष रूप से उपयुक्त हो जाता है।"

मोदी की राजनीतिक सफलता की नींव उनके असाधारण संगठनात्मक कौशल में निहित है। राष्ट्रीय स्वयंसेवक संघ (आर.एस.एस.) के साथ उनके शुरुआती जुड़ाव ने उन्हें संगठनात्मक गतिशीलता की जमीनी समझ प्रदान की। गुजरात में भारतीय जनता पार्टी (भाजपा) के संगठन सचिव के रूप में मोदी ने रणनीतिक रूप से एक मजबूत संगठनात्मक संरचना बनाई, जो शहरी केंद्रों से लेकर सुदूर गाँवों तक फैली हुई थी।

मोदी के नेतृत्व में गुजरात में भाजपा एक मजबूत राजनीतिक ताकत में तब्दील हो गई। बूथ-स्तरीय प्रबंधन, एक प्रभावी संचार नेटवर्क और पार्टी कार्यकर्ताओं का पोषण उनकी राजनीतिक शतरंज की आधारशिला बन गया। इस सावधानीपूर्वक संगठनात्मक जमीनी कार्य ने न केवल चुनावी जीत सुनिश्चित की, बल्कि एक वफादार और प्रतिबद्ध कैडर भी स्थापित किया, जो भारतीय राजनीति की दुनिया में एक महत्त्वपूर्ण संपत्ति है।

जनता से जुड़ना : मोदी का राजनीतिक करिश्मा

मोदी की राजनीतिक बिसात की एक खास विशेषता जनता से जुड़ने की उनकी अद्वितीय क्षमता है। प्रभावी संचार कौशल के साथ उनकी करिश्माई अपील ने आम लोगों के साथ संचार की एक सीधी रेखा बनाई है। चाहे किसी विशाल रैली को संबोधित करना हो या सोशल मीडिया पर अपने विचार साझा करने हों, मोदी के संदेश समाज के विभिन्न वर्गों के बीच गूँजते हैं।

उनकी साधारण शुरुआत से 'चायवाला' की कहानी एक रणनीतिक उपकरण बन गई, जिसने मोदी को लाखों लोगों के लिए एक भरोसेमंद व्यक्ति में बदल दिया। साझा पहचान की भावना और आम व्यक्ति के संघर्षों को समझने की उनकी क्षमता ने भारतीय राजनीति में पारंपरिक दोष रेखाओं से परे एक व्यापक अपील बनाने में महत्त्वपूर्ण भूमिका निभाई है।

चुनाव अभियान : जीत के लिए एक आख्यान

मोदी के चुनाव अभियान राजनीतिक रणनीति और संचार में मास्टर क्लास हैं। वर्ष 2014 के 'अबकी बार, मोदी सरकार' अभियान ने उनकी राजनीतिक दृष्टि का सार प्रस्तुत किया। इसने मोदी को एक निर्णायक नेता के रूप में प्रस्तुत किया; एक ऐसी सरकार का वादा किया, जो जवाबदेह, कुशल और विकास के लिए प्रतिबद्ध होगी।

वर्ष 2019 का अभियान 'फिर एक बार, मोदी सरकार' के नारे पर केंद्रित था, जो समावेशी विकास की कथा पर आधारित था। 'प्रधानमंत्री जन धन योजना', 'स्वच्छ भारत अभियान' और वित्तीय समावेशन एवं स्वच्छता को बढ़ावा देनेवाली पहल इस कथा के प्रमुख घटक बन गए।

इन अभियानों में रणनीतिक संचार ने महत्त्वपूर्ण भूमिका निभाई। नए भारत के लिए सम्मोहक दृष्टिकोण के साथ जटिल नीतियों को सरल शब्दों में व्यक्त करने की मोदी की क्षमता मतदाताओं को पसंद आई। प्रौद्योगिकी, विशेष रूप से सोशल मीडिया के उनके उपयोग ने पारंपरिक मीडिया चैनलों को दरकिनार करते हुए मतदाताओं के साथ सीधे जुड़ाव को सक्षम बनाया।

लोक-लुभावन नीतियाँ और कल्याणकारी योजनाएँ : समावेशी शासन की कला

मोदी की राजनीतिक बिसात लोक-लुभावन नीतियों और कल्याणकारी योजनाओं से सजी है, जिनका लक्ष्य समावेशी शासन है। आर्थिक रूप से अक्षम परिवारों को मुफ्त एल.पी.जी. कनेक्शन प्रदान करनेवाली 'प्रधानमंत्री उज्ज्वला योजना' और किफायती आवास पर केंद्रित 'प्रधानमंत्री आवास योजना' जैसी पहलें हाशिए पर रहनेवाले वर्गों की सामाजिक-आर्थिक स्थिति को ऊपर उठाने की प्रतिबद्धता को प्रदर्शित करती हैं।

प्रत्यक्ष लाभ अंतरण (डी.बी.टी.) प्रणाली, जिसमें लाभार्थियों के बैंक खातों में सब्सिडी का सीधा हस्तांतरण शामिल है, एक और रणनीतिक कदम है। यह न केवल लीकेज पर अंकुश लगाता है, बल्कि यह भी सुनिश्चित करता है कि कल्याण कार्यक्रमों का लाभ सीधे लक्षित प्राप्तकर्ताओं तक पहुँचे, जिससे पारदर्शिता और जवाबदेही की भावना को बढ़ावा मिले।

आर्थिक सुधार : क्रांतिकारी परिवर्तनों की शुरुआत

मोदी की राजनीतिक शतरंज की बिसात आर्थिक क्षेत्र तक फैली हुई है, जहाँ साहसिक सुधार भारत के आर्थिक परिदृश्य को बदलने के लिए रणनीतिक कदम रहे हैं। सन् 2017 में पेश किए गए वस्तु एवं सेवा कर (जी.एस.टी.) का उद्देश्य जटिल कर संरचना को एकीकृत करना, एक साझा बाजार बनाना और आर्थिक दक्षता को बढ़ावा देना है। प्रारंभिक चुनौतियों का सामना करते हुए जी.एस.टी. कराधान को सुव्यवस्थित करने के लिए एक दीर्घकालिक रणनीतिक कदम था।

सन् 2016 में विमुद्रीकरण अपने मिश्रित स्वागत के बावजूद काले धन, भ्रष्टाचार और नकली मुद्रा से निपटने के लिए एक निर्णायक कदम था। इसने दीर्घकालिक आर्थिक लाभ के लिए अल्पकालिक व्यवधानों के बावजूद साहसिक कदम उठाने की मोदी की इच्छा को प्रदर्शित किया।

सन् 2014 में शुरू किया गया 'मेक इन इंडिया' अभियान विनिर्माण को बढ़ावा देने और भारत को वैश्विक विनिर्माण केंद्र के रूप में स्थापित करने

के लिए एक रणनीतिक पहल थी। इस अभियान का उद्‌देश्य आत्मनिर्भर एवं आर्थिक रूप से जीवंत भारत के लिए मोदी के दृष्टिकोण के अनुरूप प्रत्यक्ष विदेशी निवेश को आकर्षित करना और घरेलू उद्योगों को बढ़ावा देना है।

क्षेत्रीय गठबंधन : राजनीतिक भूल-भुलैया से निपटना

भारतीय राजनीति के जटिल जाल से निपटने के लिए कुशल गठबंधन निर्माण की आवश्यकता है और मोदी ने इस क्षेत्र में खुद को एक चतुर खिलाड़ी साबित किया है। भाजपा के नेतृत्ववाले राष्ट्रीय जनतांत्रिक गठबंधन (एन.डी.ए.) ने लोकसभा में बहुमत हासिल करने के लिए रणनीतिक रूप से क्षेत्रीय दलों के साथ गठबंधन किया है।

क्षेत्रीय विविधता पर काबू पाने और अखिल भारतीय अपील बनाने में क्षेत्रीय गठबंधनों को बढ़ावा देने की क्षमता महत्त्वपूर्ण रही है। पूर्वोत्तर जैसे पारंपरिक रूप से अन्य पार्टियों के प्रभुत्ववाले क्षेत्रों में भाजपा का विस्तार पार्टी के पदचिह्न को व्यापक बनाने के लिए मोदी के रणनीतिक दृष्टिकोण को दरशाता है।

राष्ट्रीय सुरक्षा : कूटनीतिक ताकत

राष्ट्रीय सुरक्षा मोदी की राजनीतिक शतरंज की बिसात का एक प्रमुख आयाम है और उनके दृष्टिकोण में कूटनीति में भारत की ताकत का लाभ उठाना शामिल है। पुलवामा आतंकी हमले के जवाब में बालाकोट हवाई हमले ने खतरों के प्रति रणनीतिक और मुखर प्रतिक्रिया का प्रदर्शन किया। इस निर्णायक कारर‌वाई ने न केवल सुरक्षा-चिंताओं को संबोधित किया, बल्कि एक मजबूत और सक्रिय नेता की छवि पेश करते हुए जनता के बीच भी इसकी प्रतिध्वनि हुई।

भारत की रक्षा क्षमताओं को मजबूत करने, स्वदेशी रक्षा विनिर्माण को बढ़ावा देने और सुरक्षा मुद्‌दों पर वैश्विक समुदाय के साथ जुड़ने पर मोदी का ध्यान देश के हितों की रक्षा के लिए एक रणनीतिक दृष्टिकोण को रेखांकित करता है।

सांस्कृतिक और राष्ट्रवादी संदेश का उपयोग

मोदी की राजनीतिक शतरंज की बिसात का सांस्कृतिक एवं राष्ट्रवादी आयाम भारत की समृद्ध विरासत और पहचान पर उनके जोर से स्पष्ट है। स्टैच्यू ऑफ यूनिटी, सरदार पटेल का जश्न मनाने और वैश्विक मंच पर योग को बढ़ावा देने जैसी पहल राष्ट्रीय गौरव को बढ़ावा देने के उद्देश्य से एक सांस्कृतिक पुनर्जागरण को रेखांकित करती है।

मोदी का सांस्कृतिक प्रतीकों और राष्ट्रवादी आख्यानों का रणनीतिक उपयोग मतदाताओं के एक महत्त्वपूर्ण वर्ग की भावनाओं को प्रभावित करता है। वैश्विक मंच पर एक मजबूत व मुखर भारत का प्रक्षेपण इस कथा के अनुरूप है और अपनी विरासत पर गर्व करनेवाली आबादी के साथ प्रतिध्वनित होता है।

ऑनलाइन व्यक्तित्व का निर्माण

डिजिटल युग में मोदी की राजनीतिक शतरंज की बिसात सोशल मीडिया प्रभुत्व के दायरे तक फैली हुई है। एक्स, फेसबुक और इंस्टाग्राम जैसे प्लेटफॉर्मों पर उनकी सक्रिय उपस्थिति लाखों लोगों के साथ सीधे संवाद की ताकत देती है। नीति घोषणाओं से लेकर व्यक्तिगत प्रतिबिंबों तक के अपडेट के साथ उनके ऑनलाइन व्यक्तित्व का वैयक्तीकरण एक संबंधित छवि बनाता है।

सोशल मीडिया का रणनीतिक उपयोग महज संचार तक ही सीमित नहीं है; यह धारणाओं को आकार देने, आख्यानों का प्रतिकार करने और समर्थन जुटाने का एक उपकरण है। मोदी की टीम ने उनके राजनीतिक संदेश को बढ़ाने के लिए डेटा एनालिटिक्स, लक्षित मैसेजिंग और वास्तविक समय की सहभागिता का प्रभावी ढंग से उपयोग किया है।

चुनौतियों से निपटना और बदलती गतिशीलता को अपनाना

मोदी की राजनीतिक शतरंज की बिसात की अजेयता बदलती गतिशीलता के अनुकूल ढलने और चुनौतियों से निपटने की क्षमता में निहित है। सन् 2002 के गुजरात दंगों के बाद सफलतापूर्वक निपटने से लेकर विमुद्रीकरण के आर्थिक प्रभाव को संबोधित करने तक मोदी ने उभरती परिस्थितियों के

जवाब में लचीलापन और रणनीतियों को पुनः व्यवस्थित करने की क्षमता प्रदर्शित की है।

कोविड-19 महामारी ने एक अभूतपूर्व चुनौती पेश की और इस संकट के दौरान मोदी के नेतृत्व ने सहानुभूति, निर्णायकता और रणनीतिक संचार का मिश्रण दिखाया। 'प्रधानमंत्री गरीब कल्याण योजना' कमजोर वर्गों को राहत उपाय प्रदान करती है और 'आत्मनिर्भर भारत अभियान' आर्थिक सुधार पर ध्यान केंद्रित करते हुए संकट के प्रति एक रणनीतिक प्रतिक्रिया को दरशाता है।

निष्कर्ष : नरेंद्र मोदी की राजनीतिक यात्रा भारतीय राजनीति की भव्य शतरंज की बिसात पर रणनीतिक सोच और नेतृत्व की कला का प्रमाण है। एक कथा गढ़ने, मजबूत संगठनात्मक ढाँचे का निर्माण करने और विविध सामाजिक-राजनीतिक परिदृश्यों की जटिलताओं से निबटने की उनकी क्षमता ने उनकी कथित गारंटी में योगदान दिया है।

□

आर्थिक जादूगरी : मोदी का विकास फॉर्मूला

"भारत के प्रधानमंत्री के रूप में नरेंद्र मोदी के कार्यकाल की विशेषता आर्थिक विकास और परिवर्तनकारी सुधारों के प्रति प्रतिबद्धता रही है।"

सन् 2014 में अपने प्रधानमंत्रित्व काल की शुरुआत से नरेंद्र मोदी ने आर्थिक सुधारों के लिए मंच तैयार किया, जिसका उद्देश्य भारत की विकास क्षमता को अनलॉक करना था। इसके बाद की आर्थिक जादूगरी को साहसिक पहलों, नीतिगत सुधारों और भारत को एक वैश्विक आर्थिक महाशक्ति के रूप में स्थापित करने की दृष्टि के संयोजन द्वारा चिह्नित किया गया था।

वस्तु एवं सेवा कर (जी.एस.टी.) कराधान को सुव्यवस्थित करना

मोदी की आर्थिक जादूगरी की आधारशिला जुलाई 2017 में वस्तु एवं सेवा कर (जी.एस.टी.) की शुरुआत थी। जी.एस.टी. ने एक एकीकृत कर प्रणाली के साथ एक जटिल एवं बहुस्तरीय अप्रत्यक्ष कर संरचना को बदल दिया, कर अनुपालन को सुव्यवस्थित किया और एक आम बाजार को बढ़ावा दिया।

जी.एस.टी. का उद्देश्य व्यापक करों को हटाना, कर चोरी को कम करना और व्यवसायों के लिए कराधान प्रक्रिया को सरल बनाना है। हालाँकि, इसके कार्यान्वयन में तकनीकी गड़बड़ियों और व्यवसायों के लिए समायोजन सहित प्रारंभिक चुनौतियों का सामना करना पड़ा, लेकिन दीर्घकालिक प्रभाव

महत्त्वपूर्ण था। आर्थिक सर्वेक्षण 2020-21 के अनुसार, जी.एस.टी. से अप्रत्यक्ष करदाताओं की संख्या में वृद्धि हुई है, कर अनुपालन में सुधार हुआ है और अधिक पारदर्शी कर व्यवस्था में योगदान मिला है।

नोटबंदी : काले धन के खिलाफ एक साहसिक कदम

नवंबर 2016 में अपने एक साहसिक और अभूतपूर्व कदम में प्रधानमंत्री मोदी ने उच्च मूल्य वर्ग के मुद्रा नोटों के विमुद्रीकरण की घोषणा की। प्राथमिक उद्देश्य काले धन पर अंकुश लगाना, नकली मुद्रा को खत्म करना और डिजिटल अर्थव्यवस्था को बढ़ावा देना था।

जबकि विमुद्रीकरण को अर्थव्यवस्था में अल्पकालिक व्यवधान पैदा करने के लिए आलोचना का सामना करना पड़ा, इसने गहरे मुद्दों के समाधान के लिए निर्णायक कदम उठाने की मोदी की इच्छा को प्रदर्शित किया। इस कदम ने डिजिटल लेन-देन की ओर बदलाव को गति दी, अर्थव्यवस्था को औपचारिक बनाया और कर आधार बढ़ाया। भारतीय रिजर्व बैंक (आर.बी.आई.) के अनुसार, नोटबंदी के बाद प्रचलन में बैंक नोटों का मूल्य लगभग 20 प्रतिशत कम हो गया।

वित्तीय समावेशन : जन धन योजना और प्रत्यक्ष लाभ अंतरण (डी.बी.टी.)

अगस्त 2014 में शुरू की गई 'प्रधानमंत्री जन धन योजना' (पी.एम.जे.डी.वाई.) का उद्देश्य सभी परिवारों के लिए वित्तीय सेवाओं तक पहुँच सुनिश्चित करके वित्तीय समावेशन को बढ़ावा देना है। कार्यक्रम का उद्देश्य प्रत्येक परिवार को एक बैंक खाता, एक ओवरड्राफ्ट सुविधा और एक 'रुपे' डेबिट कार्ड (अगस्त 2023 तक लगभग 34 करोड़ कार्ड जारी) प्रदान करना था। अगस्त 2023 तक 50 करोड़ से अधिक जन धन खाते खोले जा चुके हैं, जो इस पहल की सफलता को दरशाता है।

पी.एम.जे.डी.वाई. को प्रत्यक्ष लाभ हस्तांतरण (डी.बी.टी.) प्रणाली द्वारा पूरक किया गया था, जो लाभार्थियों के बैंक खातों में सब्सिडी और कल्याण भुगतान को सीधे स्थानांतरित करने का एक रणनीतिक कदम था। इससे न केवल

लीकेज और भ्रष्टाचार में कमी आई, बल्कि यह भी सुनिश्चित हुआ कि लाभ लक्षित प्राप्तकर्ताओं तक अधिक कुशलता से पहुँचे। मार्च 2023 तक 3,000 से अधिक योजनाएँ डी.बी.टी. प्लेटफॉर्म के माध्यम से कार्यान्वित की जा रही थीं।

मेक इन इंडिया

सितंबर 2014 में शुरू किया गया 'मेक इन इंडिया' अभियान एक दूरदर्शी पहल है, जिसका उद्देश्य भारत को एक वैश्विक विनिर्माण केंद्र में बदलना है। अभियान में घरेलू विनिर्माण को बढ़ावा देने, प्रत्यक्ष विदेशी निवेश (एफ. डी.आई.) को आकर्षित करने और विनिर्माण क्षेत्र में रोजगार पैदा करने की माँग की गई।

'मेक इन इंडिया' ऑटोमोबाइल, कपड़ा एवं इलेक्ट्रॉनिक्स सहित 25 प्रमुख क्षेत्रों पर केंद्रित है और इसका उद्देश्य व्यवसायों के लिए नियामक वातावरण को आसान बनाना है। उद्योग और आंतरिक व्यापार संवर्धन विभाग (डी.पी.आई. आई.टी.) के अनुसार, भारत में एफ.डी.आई. इक्विटी प्रवाह 2014-15 में 24.3 अरब डॉलर से बढ़कर 2019-20 में 81.7 अरब डॉलर हो गया, जो निवेश आकर्षित करने पर इस आर्थिक जादू के प्रभाव को दरशाता है।

'स्टार्टअप इंडिया' नवाचार

नवाचार और उद्यमिता को बढ़ावा देने के महत्त्व को पहचानते हुए मोदी ने जनवरी 2016 में 'स्टार्टअप इंडिया' पहल शुरू की। इस कार्यक्रम का उद्देश्य वित्तीय सहायता, कर लाभ और नियामक आवश्यकताओं को आसान बनाकर स्टार्टअप के लिए एक अनुकूल पारिस्थितिकी तंत्र बनाना है।

'स्टार्टअप इंडिया' में फंड ऑफ फंड की स्थापना, स्टार्टअप के लिए कर छूट और अनुपालन प्रक्रियाओं का सरलीकरण जैसे उपाय शामिल हैं। इस पहल ने भारत में स्टार्टअप इकोसिस्टम के विकास में योगदान दिया है, जिसमें हजारों स्टार्टअप विभिन्न प्रोत्साहनों और समर्थन तंत्रों से लाभान्वित हुए हैं।

कृषि सुधार : किसानों की आर्थिक समृद्धि

मोदी की आर्थिक जादूगरी कृषि क्षेत्र तक फैली, जो भारत की अर्थव्यवस्था

की रीढ़ है। सन् 2020 में तीन ऐतिहासिक कृषि सुधारों की शुरुआत की गई। सरकार ने विधानों के माध्यम से तीन ऐतिहासिक कृषि सुधार पेश किए—

1. कृषक उपज व्यापार और वाणिज्य (संवर्धन एवं सुविधा) अधिनियम : इस अधिनियम का उद्देश्य किसानों के लिए एक बाधा मुक्त व्यापार पारिस्थितिकी तंत्र बनाना था। यह उन्हें पारंपरिक कृषि उपज बाजार समिति (ए.पी.एम.सी.) मंडियों के बाहर अपनी उपज बेचने की अनुमति देता, जिससे प्रतिस्पर्धा को बढ़ावा मिलता और संभावित रूप से किसानों की आय में वृद्धि होती।

2. मूल्य आश्वासन और कृषि सेवा अधिनियम पर किसान (सशक्तीकरण एवं संरक्षण) समझौता : यह कानून किसानों को कृषि व्यवसाय फर्मों, प्रोसेसर, निर्यातकों या बड़े खुदरा विक्रेताओं के साथ समझौते करने के लिए एक कानूनी ढाँचा प्रदान करके अनुबंध खेती की सुविधा प्रदान करता। यह उनकी उपज के लिए पूर्व निर्धारित मूल्य और आधुनिक कृषि तकनीकों तक पहुँच सुनिश्चित करता।

3. आवश्यक वस्तु (संशोधन) अधिनियम : इस अधिनियम में संशोधन अनाज, दालों, तिलहन, खाद्य तेल, प्याज और आलू सहित कुछ वस्तुओं को आवश्यक वस्तुओं की सूची से हटा देता। इस विनियमन का उद्देश्य कृषि में निजी निवेश को आकर्षित करना, बाजार की विकृतियों को कम करना तथा किसानों व उपभोक्ताओं दोनों को लाभ पहुँचाना था।

हालाँकि, इन बिलों को बाद में किसानों के विरोध के कारण वापस ले लेना पड़ा।

पी.एम. किसान योजना : प्रधानमंत्री किसान सम्मान निधि (पी.एम. किसान योजना) किसानों के लिए एक प्रत्यक्ष आय सहायता कार्यक्रम है। इस पहल के तहत छोटे और सीमांत किसानों को सालाना 6,000 रुपए की वित्तीय सहायता मिलती है, जो तीन समान किस्तों में सीधे उनके बैंक खातों में जमा की जाती है। यह योजना सुरक्षा जाल प्रदान करती है और किसानों की वित्तीय स्थिरता को बढ़ाती है, खासकर चुनौतीपूर्ण समय के दौरान।

राष्ट्रीय कृषि बाजार : ई.एन.ए.एम. प्लेटफॉर्म एक डिजिटल पहल है,

जो एकीकृत राष्ट्रीय बाजार बनाने के लिए मौजूदा ए.पी.एम.सी. मंडियों को जोड़ता है। यह किसानों को अपनी उपज ऑनलाइन बेचने, व्यापक बाजार तक पहुँचने और बेहतर कीमतें खोजने में सक्षम बनाता है। ई.एन.ए.एम. पारदर्शिता को बढ़ावा देता है, बिचौलियों को कम करता है और किसानों को जानकारी के साथ निर्णय लेने के लिए सशक्त बनाता है।

कृषि-बुनियादी ढाँचा कोष : सरकार ने फसल कटाई के बाद के बुनियादी ढाँचे के निर्माण को प्रोत्साहित करने के लिए कृषि अवसंरचना कोष (ए.आई.एफ.) की शुरुआत की है। इस फंड का लक्ष्य आपूर्ति शृंखला को मजबूत करना, बरबादी को कम करना और बाजार कनेक्टिविटी को बढ़ाना है। बुनियादी ढाँचा परियोजनाओं के लिए किफायती ऋण प्रदान करके सरकार किसानों और कृषि-उद्यमियों को सशक्त बनाना चाहती है।

मृदा स्वास्थ्य कार्ड और पी.एम. फसल बीमा योजना : मृदा स्वास्थ्य कार्ड योजना मृदा स्वास्थ्य का आकलन करने और किसानों को बेहतर फसल प्रबंधन के लिए अनुकूलित सिफारिशें प्रदान करने पर केंद्रित है। इसके अतिरिक्त, प्रधानमंत्री फसल बीमा योजना (पी.एम.एफ.बी.वाई.) एक व्यापक फसल बीमा योजना है, जो किसानों को प्राकृतिक आपदाओं, कीटों और बीमारियों के कारण फसल के नुकसान से बचाती है। इन पहलों का उद्देश्य जोखिमों को कम करना और किसानों का लचीलापन बढ़ाना है।

बुनियादी ढाँचे का विकास, विकास प्रक्षेपवक्र को तेज करना

बुनियादी ढाँचे के विकास में निवेश मोदी की आर्थिक रणनीति का एक महत्त्वपूर्ण घटक रहा है। 'भारतमाला परियोजना', 'सागरमाला परियोजना' और 'प्रधानमंत्री आवास योजना' प्रमुख पहलें हैं, जिनका उद्देश्य क्रमशः सड़क कनेक्टिविटी में सुधार, बंदरगाहों का आधुनिकीकरण और किफायती आवास प्रदान करना है।

सन् 2019 में लॉन्च की गई नेशनल इन्फ्रास्ट्रक्चर पाइपलाइन (एन.आई.पी.) ने ऊर्जा, परिवहन और सामाजिक बुनियादी ढाँचे जैसे क्षेत्रों में 111 लाख करोड़ रुपए (लगभग 1.5 ट्रिलियन डॉलर) की परियोजनाओं की रूपरेखा

तैयार की। एन.आई.पी. का उद्देश्य आर्थिक विकास को बढ़ावा देना, नौकरियाँ पैदा करना और जीवन की समग्र गुणवत्ता में सुधार करना है।

भारत को व्यापार-अनुकूल बनाना

व्यापार करने में आसानी में सुधार करना मोदी के आर्थिक एजेंडे का लगातार फोकस रहा है। उनके कार्यकाल के दौरान विश्व बैंक के कारोबार सुगमता सूचकांक में भारत की रैंकिंग में उल्लेखनीय सुधार हुआ। दिवाला और दिवालियापन संहिता (आई.बी.सी.) की शुरुआत, जी.एस.टी. के माध्यम से कर प्रक्रियाओं का सरलीकरण और व्यापार पंजीकरण के लिए डिजिटल पहल जैसे सुधारों ने इस सुधार में योगदान दिया।

दिवाला और दिवालियापन संहिता 2016 में पेश की गई, जिसका उद्देश्य दिवालियेपन के मुद्दों को हल करना और व्यवसायों के लिए बाहर निकलने में आसानी की सुविधा प्रदान करना है। विश्व बैंक की 'डूइंग बिजनेस' 2020 रिपोर्ट ने भारत को व्यापार करने में आसानी के मामले में शीर्ष 10 सुधारकों में से एक के रूप में मान्यता दी है।

प्रत्यक्ष विदेशी निवेश (एफ.डी.आई.) द्वारा वैश्विक निवेश का आकर्षण

मोदी की आर्थिक जादूगरी भारत में प्रत्यक्ष विदेशी निवेश (एफ.डी.आई.) आकर्षित करने में सहायक रही है। 'मेक इन इंडिया' अभियान ने व्यापार करने में आसानी को बेहतर बनाने की पहल के साथ मिलकर भारत को वैश्विक निवेशकों के लिए एक आकर्षक गंतव्य के रूप में स्थापित किया है।

व्यापार और विकास पर संयुक्त राष्ट्र सम्मेलन के अनुसार, भारत को सन् 2020 में 81.7 अरब डॉलर का एफ.डी.आई. प्राप्त हुआ, जिससे यह वैश्विक स्तर पर एफ.डी.आई. के शीर्ष प्राप्तकर्ताओं में से एक बन गया। मोदी सरकार द्वारा लागू की गई रणनीतिक आर्थिक नीतियों और सुधारों ने निवेशक-अनुकूल माहौल बनाने में महत्त्वपूर्ण भूमिका निभाई है।

कोविड-19 महामारी प्रतिक्रिया संकट में आर्थिक लचीलापन

कोविड-19 महामारी ने वैश्विक अर्थव्यवस्था के लिए एक अभूतपूर्व चुनौती पेश की और भारत भी इसका अपवाद नहीं था। मोदी की आर्थिक जादूगरी की परीक्षा तब हुई, जब उनकी सरकार ने विभिन्न क्षेत्रों पर महामारी के प्रभाव को कम करने के लिए राहत उपाय और प्रोत्साहन पैकेज पेश किए।

'प्रधानमंत्री गरीब कल्याण योजना', कमजोर वर्गों को मुफ्त खाद्यान्न प्रदान करना, 'आत्मनिर्भर भारत' अभियान, आर्थिक सुधार और आत्मनिर्भरता पर ध्यान केंद्रित करना, महामारी से उत्पन्न आर्थिक चुनौतियों के लिए रणनीतिक प्रतिक्रियाएँ थीं। इन पहलों का उद्देश्य व्यवसायों को समर्थन देना, व्यक्तियों को वित्तीय राहत प्रदान करना और आर्थिक गतिविधियों को प्रोत्साहित करना है।

आर्थिक जादूगरी को उजागर करनेवाला निष्कर्ष

जैसा कि रणनीतिक नीतियों और पहलों की एक शृंखला के माध्यम से दरशाया गया है, नरेंद्र मोदी की आर्थिक जादूगरी ने भारत के आर्थिक परिदृश्य पर एक अमिट छाप छोड़ी है। नोटबंदी के साहसिक कदम से लेकर जी.एस.टी. के दूरगामी प्रभाव तक और 'स्टार्टअप इंडिया' के माध्यम से नवाचार को बढ़ावा देने से लेकर कृषि क्षेत्र को उदार बनाने तक मोदी की आर्थिक रणनीति एक जीवंत एवं आत्मनिर्भर भारत के दृष्टिकोण को दरशाती है।

□

राष्ट्र के लिए गुजरात मॉडल ब्लूप्रिंट

"गुजरात मॉडल एक ऐसा शब्द है, जिसे वर्ष 2001 से 2014 तक राज्य के मुख्यमंत्री के रूप में नरेंद्र मोदी के कार्यकाल के दौरान प्रमुखता मिली। इसे विकास और आर्थिक विकास के ब्लूप्रिंट के रूप में देखा गया है। गुजरात मॉडल को समझना उन कारकों को उजागर करने में महत्त्वपूर्ण है, जिन्होंने राष्ट्रीय मंच पर नरेंद्र मोदी की कथित गारंटी में योगदान दिया।"

गुजरात मॉडल का परिचय

गुजरात मॉडल एक विकास प्रतिमान के रूप में उभरा, जो आर्थिक विकास, औद्योगिकीकरण और बुनियादी ढाँचे के विकास पर केंद्रित रहा है। मोदी के नेतृत्व में गुजरात ने कृषि अर्थव्यवस्था से भारत के सबसे औद्योगिक रूप से जीवंत राज्यों में से एक में परिवर्तन देखा। यह मॉडल दक्षता, शासन और व्यवसाय-समर्थक माहौल का पर्याय बन गया।

आर्थिक विकास और औद्योगिकीकरण

गुजरात मॉडल के मूल में आर्थिक विकास और औद्योगिकीकरण पर निरंतर ध्यान केंद्रित रहा है। मोदी के कार्यकाल के दौरान सकल राज्य घरेलू उत्पाद (जी.एस.डी.पी.) वृद्धि के मामले में गुजरात लगातार राष्ट्रीय औसत से आगे रहा। भारतीय रिजर्व बैंक के आँकड़ों के अनुसार, गुजरात की जी.एस. डी.पी. वर्ष 2001 से 2014 तक 10 प्रतिशत से अधिक की औसत वार्षिक दर से बढ़ी, जो राष्ट्रीय औसत से काफी अधिक है।

गुजरात के आर्थिक विकास में औद्योगिक क्षेत्र ने महत्त्वपूर्ण भूमिका निभाई। राज्य पेट्रोकेमिकल और कपड़ा उद्योग से लेकर ऑटोमोबाइल एवं फार्मास्यूटिकल्स तक के उद्योगों के लिए एक पसंदीदा स्थान बन गया। सन् 2003 में मोदी द्वारा शुरू किया गया 'वाइब्रेंट गुजरात' शिखर सम्मेलन राज्य में निवेश के अवसरों का पता लगाने के लिए व्यापारिक नेताओं और नीति-निर्माताओं के लिए एक वैश्विक मंच बन गया। इन वर्षों में शिखर सम्मेलन ने अरबों डॉलर की निवेश प्रतिबद्धताओं को आकर्षित किया, जिससे गुजरात के औद्योगिक परिदृश्य को और मजबूती मिली।

बुनियादी ढाँचे का विकास

गुजरात मॉडल ने आर्थिक विकास के प्रमुख प्रवर्तक के रूप में मजबूत बुनियादी ढाँचे के विकास पर जोर दिया। मोदी सरकार ने सड़कों, बंदरगाहों और बिजली सहित बुनियादी ढाँचे के निर्माण व उन्नयन में भारी निवेश किया। अहमदाबाद में साबरमती रिवरफ्रंट का विकास और सरदार वल्लभभाई पटेल अंतरराष्ट्रीय हवाई अड्डे का विस्तार इसके बुनियादी ढाँचे के आधुनिकीकरण के लिए राज्य की प्रतिबद्धता के उल्लेखनीय उदाहरण हैं।

राज्य के सड़क नेटवर्क को मजबूत किया गया, जिससे परिवहन लागत कम हुई और कनेक्टिविटी में सुधार हुआ। कांडला और मुंद्रा जैसे बंदरगाह भारत के अंतरराष्ट्रीय व्यापार में प्रमुख योगदानकर्ता बन गए। बिजली संयंत्रों की स्थापना और नवीकरणीय ऊर्जा में निवेश सहित विश्वसनीय बिजली बुनियादी ढाँचे के विकास ने बिजली की स्थिर व कुशल आपूर्ति सुनिश्चित की।

कृषि एवं जल-प्रबंधन

जबकि औद्योगिकीकरण एक प्रमुख फोकस था, गुजरात मॉडल ने कृषि चुनौतियों और जल-प्रबंधन को भी संबोधित किया। सरदार सरोवर बाँध और नर्मदा नहर परियोजना जैसी पहलों का उद्देश्य कृषि के लिए जल संसाधनों का दोहन करना है। ड्रिप सिंचाई और वर्षा जल संचयन तकनीकों को अपनाने से बेहतर जल उपयोग और कृषि उत्पादकता में वृद्धि हुई है।

मोदी के कार्यकाल में गुजरात की कृषि विकास दर राष्ट्रीय औसत से आगे

निकल गई। राज्य में कृषि पद्धतियों में नवाचार देखे गए, जिनमें कृषि आधारित उद्योगों को बढ़ावा देना और कृषि उपज का मूल्य-वर्धन शामिल है। कृषि महोत्सव, एक वार्षिक कृषि उत्सव, सर्वोत्तम प्रथाओं को बढ़ावा देने, ज्ञान का प्रसार करने और किसानों को सशक्त बनाने के लिए शुरू किया गया।

सामाजिक क्षेत्र का विकास

गुजरात मॉडल आर्थिक और ढाँचागत पहलुओं से आगे बढ़कर सामाजिक क्षेत्र के विकास को शामिल करता है। राज्य सरकार ने स्वास्थ्य देखभाल, शिक्षा और सामाजिक कल्याण कार्यक्रमों में सुधार पर ध्यान केंद्रित किया। सन् 2005 में शुरू की गई 'चिरंजीवी योजना' का उद्देश्य संस्थागत प्रसव को बढ़ावा देकर मातृ एवं शिशु मृत्यु दर को कम करना था। 'कन्या केलवानी' (बालिका शिक्षा) पहल ने महिला साक्षरता और शिक्षा में सुधार करने की माँग की।

ग्रामीण विकास में गुजरात के प्रयासों को कृषि में उत्कृष्ट प्रदर्शन के लिए 'कृषि कर्मण पुरस्कार' जैसे पुरस्कारों से पुरस्कृत किया गया। राज्य ने ग्रामीण विद्युतीकरण में भी प्रगति की है, जिससे यह सुनिश्चित हुआ है कि दूर-दराज के इलाकों में भी विश्वसनीय बिजली पहुँच सके।

शासन और प्रशासनिक दक्षता

गुजरात मॉडल की विशिष्ट विशेषताओं में से एक सुशासन और प्रशासनिक दक्षता पर जोर था। सरकार ने प्रक्रियाओं को सुव्यवस्थित करने, लालफीताशाही को कम करने और पारदर्शिता बढ़ाने के लिए प्रौद्योगिकी का लाभ उठाया। ई-गवर्नेंस और सार्वजनिक सेवाओं में सूचना प्रौद्योगिकी के उपयोग जैसी पहलों ने अधिक कुशल एवं नागरिक-अनुकूल प्रशासन में योगदान दिया है।

राज्य सरकार ने ऐसी नीतियाँ लागू कीं, जिससे व्यापार करने में आसानी, निवेश आकर्षित करने और उद्यमशीलता को बढ़ावा मिला। भूमि अधिग्रहण प्रक्रियाओं को सुव्यवस्थित किया और सिंगल विंडो क्लीयरेंस तंत्र ने व्यवसायों के लिए नौकरशाही प्रक्रियाओं को सरल बनाया। यह व्यवसाय-समर्थक माहौल गुजरात की औद्योगिक सफलता का एक महत्त्वपूर्ण कारक था।

रोजगार-सृजन एवं कौशल विकास

गुजरात मॉडल ने रोजगार-सृजन एवं कौशल विकास पर जोर दिया। सरकार ने युवाओं को प्रशिक्षण तथा कौशल वृद्धि प्रदान करने, उनके कौशल को नौकरी बाजार की माँगों के अनुरूप बनाने के लिए योजनाएँ और पहलें शुरू कीं। 'वाइब्रेंट गुजरात' ग्लोबल स्किल समिट नौकरी चाहनेवालों को संभावित नियोक्ताओं से जोड़ने का एक मंच बन गया।

औद्योगिक विकास और कौशल विकास पर जोर ने विभिन्न क्षेत्रों में रोजगार-सृजन में योगदान दिया। गुजरात विनिर्माण और उद्योगों का केंद्र बन गया, जिसने कुशल कार्यबल को आकर्षित किया और राज्य की आर्थिक समृद्धि में योगदान दिया।

पर्यावरणीय स्थिरता

विकास की अपनी खोज में गुजरात मॉडल ने पर्यावरणीय स्थिरता के महत्त्व को भी ध्यान में रखा। राज्य ने पर्यावरणीय चिंताओं को दूर करने तथा स्वच्छ एवं हरित प्रथाओं को बढ़ावा देने के लिए उपाय लागू किए। सौर ऊर्जा नीति जैसी पहल का उद्द्देश्य नवीकरणीय ऊर्जा का दोहन करना है और वनीकरण कार्यक्रमों का उद्द्देश्य पारिस्थितिक विचारों के साथ औद्योगिक विकास को संतुलित करना है।

राज्य सरकार ने सतत विकास मॉडल के महत्त्व को पहचानते हुए अपशिष्ट प्रबंधन और प्रदूषण नियंत्रण पर ध्यान केंद्रित किया। इन प्रयासों ने गुजरात की प्रतिष्ठा को एक ऐसे राज्य के रूप में स्थापित करने में योगदान दिया, जो पर्यावरणीय जिम्मेदारी के साथ आर्थिक विकास को संतुलित करता है।

चुनौतियाँ और आलोचनाएँ

जबकि गुजरात मॉडल को अपनी आर्थिक सफलताओं के लिए प्रशंसा मिली, यह आलोचनाओं और चुनौतियों से रहित नहीं था। सन् 2002 के गुजरात दंगे राज्य के इतिहास में एक काला अध्याय बने हुए हैं और स्थिति से निपटने के मोदी के तरीके की व्यापक आलोचना हुई। दंगों के बाद शासन, सामाजिक

सद्भाव और मानवाधिकारों के बारे में सवाल उठने लगे, जिससे मॉडल की समग्र कहानी पर असर पड़ा।

आलोचकों ने औद्योगिकीकरण की दिशा में भूमि अधिग्रहण, समुदायों के विस्थापन और पर्यावरणीय मुद्दों से संबंधित चिंताओं की ओर भी ध्यान दिलाया। मॉडल को अपनी समावेशिता और क्या विकास के लाभ समाज के सभी वर्गों तक पहुँचे, इस बारे में बहस का सामना करना पड़ा।

राष्ट्रीय राजनीति पर प्रभाव

गुजरात मॉडल की सफलता का नरेंद्र मोदी के राजनीतिक पथ पर गहरा प्रभाव पड़ा। गुजरात में तैयार की गई विकास कथा वर्ष 2014 के आम चुनावों के दौरान मोदी के अभियान का केंद्रीय विषय बन गई। राष्ट्रीय स्तर पर गुजरात मॉडल को दोहराने का वादा मतदाताओं को पसंद आया और मोदी की निर्णायक जीत ने उन्हें भारत के प्रधानमंत्री के पद तक पहुँचा दिया।

प्रधानमंत्री के रूप में मोदी ने राष्ट्रीय नीतियों को आकार देने में गुजरात मॉडल के सिद्धांतों का सहारा लेना जारी रखा। 'मेक इन इंडिया', 'स्किल इंडिया' और 'स्वच्छ भारत अभियान' जैसी पहलों ने विकासात्मक लोकाचार को प्रतिबिंबित किया, जिसने गुजरात में उनके नेतृत्व को परिभाषित किया था।

निष्कर्ष : गुजरात मॉडल मोदी परिघटना के व्यापक आख्यान को समझने में एक महत्त्वपूर्ण अध्याय के रूप में कार्य करता है। यह आर्थिक व्यावहारिकता, विकासात्मक फोकस और कुशल शासन पर जोर देनेवाली नेतृत्व-शैली को दरशाता है। गुजरात में तैयार किए गए ब्लूप्रिंट ने मोदी की राष्ट्रीय दृष्टि की नींव रखी, जिसमें आर्थिक विकास, बुनियादी ढाँचे के विकास और सामाजिक कल्याण के सिद्धांतों पर जोर दिया गया।

□

मोदी का दूरदर्शी दृष्टिकोण

"नरेंद्र मोदी की नेतृत्व-शैली उनकी राजनीतिक यात्रा का एक निर्णायक पहलू रही है, जो एक दूरदर्शी दृष्टिकोण द्वारा प्राणित है, जो पारंपरिक प्रतिमानों से परे है। इस विशिष्ट शैली ने भारतीय राजनीति के क्षेत्र में उनकी गारंटी में योगदान दिया है।"

दूरदर्शी शासन

मोदी के नेतृत्व के मूल में शासन के प्रति एक दूरदर्शी दृष्टिकोण है, जो नियमित प्रशासन से परे है। उनका दृष्टिकोण राष्ट्रीय विकास, आर्थिक प्रगति और सामाजिक परिवर्तन के बड़े कैनवास तक फैला हुआ है। यह दूरदर्शी शासन महत्त्वाकांक्षी लक्ष्यों की अभिव्यक्ति, रणनीतिक योजना और परिवर्तनकारी नीतियों की निरंतर खोज में परिलक्षित होता है।

'स्वच्छ भारत अभियान' से लेकर 'मेक इन इंडिया' अभियान तक मोदी के नेतृत्व की विशेषता उन पहलों से है, जो एक समग्र एवं समृद्ध भारत की कल्पना करते हैं। ये कार्यक्रम सिर्फ नीतिगत उपाय नहीं हैं, बल्कि देश के भविष्य के लिए एक बड़े दृष्टिकोण की अभिव्यक्ति भी हैं।

आर्थिक दृष्टि

मोदी की आर्थिक दृष्टि आत्मनिर्भरता और समावेशी विकास के विचार पर आधारित है। कोविड-19 महामारी के जवाब में शुरू किया गया 'आत्मनिर्भर

भारत' अभियान इस दृष्टिकोण का उदाहरण है। यह आत्मनिर्भर भारत के महत्त्व, स्वदेशी उद्योगों को बढ़ावा देने और बाहरी कारकों पर निर्भरता कम करने पर जोर देता है।

आर्थिक सुधारों पर जोर, व्यापार करने में आसानी पर जोर तथा विनिर्माण एवं प्रौद्योगिकी जैसे क्षेत्रों पर ध्यान एक मजबूत और आत्मनिर्भर अर्थव्यवस्था के लिए मोदी के दृष्टिकोण को दरशाता है। उनकी आर्थिक नीतियाँ समाज के हर वर्ग को सशक्त बनाने तथा उद्यमशीलता और रोजगार-सृजन को बढ़ावा देने का प्रयास करती हैं।

कूटनीति और वैश्विक नेतृत्व

मोदी का दूरदर्शी दृष्टिकोण वैश्विक मंच तक फैला हुआ है, जहाँ उन्होंने भारत को अंतरराष्ट्रीय मामलों में एक प्रमुख खिलाड़ी के रूप में स्थापित किया है। 'नेबरहुड फर्स्ट' नीति पड़ोसी देशों के साथ संबंधों को मजबूत करने पर जोर देती है, जबकि 'एक्ट ईस्ट' नीति दक्षिण-पूर्व एशियाई देशों के साथ जुड़ाव बढ़ाने का प्रयास करती है।

मोदी के कार्यकाल के दौरान दिखाई गई व्यावहारिक और मुखर कूटनीति ने भारत की वैश्विक प्रतिष्ठा को ऊँचा किया है। उनके नेतृत्व की विशेषता जलवायु-परिवर्तन, आतंकवाद-विरोधी और आर्थिक सहयोग जैसे मुद्दों पर सक्रिय भागीदारी रही है। जटिल भू-राजनीतिक परिदृश्यों से निबटने की क्षमता वैश्विक आख्यानों को आकार देने में भारत की भूमिका की दूरदर्शी समझ को दरशाती है।

तकनीकी दृष्टि

मोदी के नेतृत्व की एक पहचान शासन एवं विकास के उपकरण के रूप में प्रौद्योगिकी का एकीकरण है। सन् 2015 में शुरू की गई 'डिजिटल इंडिया' पहल इस तकनीकी दृष्टि का उदाहरण है। इसका उद्देश्य भारत को डिजिटल रूप से सशक्त समाज में बदलना है और शासन, सेवा वितरण एवं नागरिक जुड़ाव में सुधार के लिए प्रौद्योगिकी के महत्त्व को रेखांकित करना है।

मोदी के नेतृत्व में डिजिटल समावेशन पर जोर दिया गया है, जिसमें 'प्रधानमंत्री जन धन योजना' जैसी पहल डिजिटल प्लेटफॉर्मों के माध्यम से वित्तीय समावेशन की सुविधा प्रदान करती है। डिजिटल भुगतान को बढ़ावा देना, लक्षित सेवा वितरण के लिए 'आधार' का उपयोग और एक मजबूत डिजिटल बुनियादी ढाँचे को विकसित करने पर ध्यान केंद्रित करना प्रौद्योगिकी के प्रति दूरदर्शी दृष्टिकोण को दरशाता है।

सामाजिक दृष्टि

मोदी की सामाजिक दृष्टि समावेशिता और सशक्तीकरण में निहित है। 'बेटी बचाओ, बेटी पढ़ाओ' पहल का उद्देश्य लैंगिक असंतुलन को दूर करना है; जबकि 'प्रधानमंत्री जन आरोग्य योजना' (आयुष्मान भारत) समाज के कमजोर वर्गों को स्वास्थ्य कवरेज प्रदान करना चाहती है।

'स्वच्छ भारत अभियान' और 'प्रधानमंत्री उज्ज्वला योजना' के माध्यम से स्वच्छता पर उनका जोर तथा आर्थिक रूप से अक्षम परिवारों को स्वच्छ खाना पकाने का ईंधन प्रदान करना एक सामाजिक दृष्टि को दरशाता है, जो बुनियादी जरूरतों और जीवन की गुणवत्ता को संबोधित करता है। किफायती आवास, पोषण एवं शिक्षा पर ध्यान केंद्रित करना सामाजिक कल्याण और मानव विकास के प्रति प्रतिबद्धता को रेखांकित करता है।

सांस्कृतिक दृष्टि

सांस्कृतिक पुनर्जागरण मोदी के नेतृत्व का एक प्रमुख पहलू है, जो एक ऐसे दृष्टिकोण को दरशाता है, जो आधुनिकता को अपनाने के साथ-साथ भारत की समृद्ध विरासत का जश्न मनाता है। स्टैच्यू ऑफ यूनिटी, सरदार पटेल को समर्पित दुनिया की सबसे ऊँची प्रतिमा और वैश्विक मंच पर योग को बढ़ावा देने जैसी पहल एक सांस्कृतिक दृष्टि को रेखांकित करती है, जो राष्ट्रीय गौरव की भावना पैदा करना चाहती है।

मोदी के नेतृत्व में पारंपरिक शिल्प और कला रूपों को पुनरुज्जीवित करने और बढ़ावा देने के प्रयास देखे गए हैं। 'वोकल फॉर लोकल' जैसे अभियानों

के माध्यम से स्वदेशी उत्पादों को बढ़ावा देना एक सांस्कृतिक दृष्टि के अनुरूप है, जो भारत की विविध सांस्कृतिक बुनावट को महत्त्व देता है और संरक्षित करता है।

संकट पर प्रतिक्रिया

एक दूरदर्शी नेता को अकसर संकटों से निपटने और प्रभावी ढंग से प्रतिक्रिया देने की क्षमता से परिभाषित किया जाता है। कोविड-19 महामारी के दौरान मोदी के नेतृत्व ने सहानुभूति, निर्णायकता और रणनीतिक संचार का मिश्रण प्रदर्शित किया। 'प्रधानमंत्री गरीब कल्याण योजना' कमजोर वर्गों को राहत उपाय प्रदान करती है और 'आत्मनिर्भर भारत' अभियान आर्थिक सुधार पर ध्यान केंद्रित करते हुए संकट के प्रति एक दूरदर्शी प्रतिक्रिया को दरशाता है।

जटिल चुनौतियों को जनता तक पहुँचाने, संसाधन जुटाने और बदलती परिस्थितियों के अनुसार नीतियों को अपनाने की क्षमता ने एक ऐसी नेतृत्व-शैली को उजागर किया, जो विपरीत परिस्थितियों में भी दृढ़ रहती है।

जमीनी स्तर से जुड़ाव

जबकि मोदी की दृष्टि में भव्य राष्ट्रीय आख्यान शामिल हैं, यह जमीनी स्तर के जुड़ाव में भी गहराई से निहित है। उनकी नेतृत्व-शैली में अकसर पारंपरिक नौकरशाही चैनलों को दरकिनार करते हुए आम लोगों के साथ सीधा जुड़ाव शामिल होता है। 'मन की बात' जैसी पहल, जहाँ प्रधानमंत्री रेडियो के माध्यम से राष्ट्र को संबोधित करते हैं, इस प्रत्यक्ष संचार दृष्टिकोण का उदाहरण देते हैं।

'प्रधानमंत्री जन धन योजना', जिसका उद्देश्य बैंकिंग सुविधा से वंचित लोगों को वित्तीय सेवाएँ प्रदान करना है, एक ऐसी दृष्टि को दरशाती है, जो समाज के सबसे हाशिए पर रहनेवाले वर्गों की जरूरतों को पूरा करती है। जमीनी स्तर पर लोगों से जुड़ने की मोदी की क्षमता एक ऐसे नेता की धारणा में योगदान करती है, जो आम व्यक्ति की आकांक्षाओं व चुनौतियों को समझता है और उनके साथ सहानुभूति रखता है।

चुनावी दृष्टि

मोदी की चुनावी सफलता मतदाताओं की नब्ज को समझने में उनके दूरदर्शी दृष्टिकोण का प्रमाण है। उनके अभियानों को समाज के विभिन्न वर्गों से जुड़ने के लिए सावधानीपूर्वक तैयार किया गया है। सोशल मीडिया का उपयोग, नवीन नारे और एक करिश्माई सार्वजनिक व्यक्तित्व एक चुनावी दृष्टि में योगदान देता है, जो पारंपरिक राजनीतिक रणनीतियों से परे है।

जनसांख्यिकी और क्षेत्रों में समर्थन जुटाने की क्षमता एक नेतृत्व की दृष्टि को दरशाती है, जो भारत की विविधता को पहचानती है और व्यापक दर्शकों को आकर्षित करने के लिए संदेशों को तैयार करती है।

चुनौतियाँ और आलोचनाएँ

दूरदर्शी नेतृत्व आलोचनाओं और चुनौतियों से अछूता नहीं है। मोदी की नेतृत्व-शैली को विभिन्न मोर्चों पर जाँच का सामना करना पड़ा है। आलोचकों का तर्क है कि व्यक्त की गई दृष्टि हमेशा जमीनी हकीकत के अनुरूप नहीं हो सकती और कुछ नीतियों के कार्यान्वयन में बाधाओं का सामना करना पड़ा है।

आर्थिक चुनौतियों, सामाजिक तनाव और अभिव्यक्ति की स्वतंत्रता से संबंधित चिंताओं जैसे मुद्दों से निपटने की आलोचना हुई है। कुछ नीतियों, विशेष रूप से दीर्घकालिक प्रभाववाली नीतियों, पर आम सहमति की कमी दूरदर्शी दृष्टिकोण की जटिलताओं को उजागर करती है।

विरासत निर्माण

एक दूरदर्शी नेता अकसर विरासत निर्माण के बारे में चिंतित रहता है—एक स्थायी प्रभाव पैदा करना, जो तात्कालिक अवधि से परे हो। मोदी के नेतृत्व की पहचान उन पहलों और नीतियों से है, जिनका उद्देश्य एक परिवर्तनकारी विरासत छोड़ना है। 'प्रधानमंत्री आवास योजना' जैसी परियोजनाएँ, जो सभी के लिए आवास की कल्पना करती हैं और 'सागरमाला परियोजना' के तहत बुनियादी ढाँचे का विकास विरासत-निर्माण दृष्टिकोण के उदाहरण हैं।

काशी विश्वनाथ मंदिर और अयोध्या राम मंदिर के पुनर्विकास जैसी ऐतिहासिक व सांस्कृतिक परियोजनाओं पर ध्यान केंद्रित करना भारत की सांस्कृतिक व ऐतिहासिक विरासत में योगदान करने के इरादे को दरशाता है।

निष्कर्ष : नेतृत्व के प्रति नरेंद्र मोदी का दूरदर्शी दृष्टिकोण एक बहुआयामी बुनावट है, जो आर्थिक व्यावहारिकता, तकनीकी नवाचार, सामाजिक कल्याण और एक गहरे सांस्कृतिक जुड़ाव को एक साथ जोड़ता है। उनका दूरदर्शी दृष्टिकोण भारतीय राजनीति के परिदृश्य में उन्हें घेरनेवाली अजेयता की आभा में महत्त्वपूर्ण योगदान देता है।

□

लोक-लुभावनवाद या प्रगति ? मोदी की नीतियों का डिकोड

"नरेंद्र मोदी की नीतियाँ एवं शासन रणनीतियाँ गहन जाँच और बहस का विषय रही हैं। इस बात पर अकसर राय अलग-अलग होती है कि क्या वे लोकप्रिय समर्थन या वास्तविक प्रगति-संचालित पहल हासिल करने के उद्देश्य से लोक-लुभावन उपायों का प्रतिनिधित्व करते हैं!"

लोक-लुभावनवाद और प्रगति का द्वंद्व

लोक-लुभावनवाद और प्रगति के बीच का द्वंद्व मोदी की नीतियों से जुड़ी चर्चाओं में एक केंद्रीय विषय है। आलोचकों का तर्क है कि कुछ उपाय प्रकृति में लोक-लुभावन हैं, जिन्हें चुनावी लाभ के लिए जनता से अपील करने के लिए डिजाइन किया गया है, जबकि समर्थकों का तर्क है कि ये नीतियाँ देश की प्रगति और विकास के लिए अभिन्न अंग हैं। यह अध्याय यह समझने के लिए प्रमुख नीतिगत क्षेत्रों पर प्रकाश डालता है कि क्या मोदी का शासन लोक-लुभावनवाद, प्रगति या दोनों के नाजुक संतुलन पर आधारित है ?

'प्रधानमंत्री जन धन योजना' (पी.एम.जे.डी.वाई.) वित्तीय समावेशन

अगस्त 2014 में शुरू की गई 'प्रधानमंत्री जन धन योजना' (पी.एम.जे. डी.वाई.) का उद्देश्य भारत में सभी परिवारों के लिए वित्तीय समावेशन

सुनिश्चित करना है। जबकि आलोचकों का तर्क है कि व्यापक वित्तीय परिदृश्य को संबोधित किए बिना बैंक खातों को वितरित करना एक लोक-लुभावन कदम था, डाटा एक अलग तसवीर पेश करता है।

नवीनतम उपलब्ध आँकड़ों के अनुसार, पी.एम.जे.डी.वाई. के तहत 50 करोड़ से अधिक खाते खोले गए हैं, जिनमें कुल शेष राशि 1.5 लाख करोड़ रुपए (लगभग 20 अरब डॉलर) से अधिक है। इस पहल ने कोविड-19 महामारी के दौरान महत्त्वपूर्ण भूमिका निभाई, क्योंकि इन खातों का उपयोग प्रत्यक्ष लाभ हस्तांतरण और राहत उपायों के लिए किया गया था। पी.एम.जे.डी.वाई. की सफलता दरशाती है कि कैसे एक लोक-लुभावन जैसा प्रतीत होता उपाय वित्तीय प्रगति का चालक भी हो सकता है, जिससे लाखों लोग औपचारिक बैंकिंग प्रणाली में आ सकते हैं।

नोटबंदी : साहसिक कदम या लोक-लुभावन चाल?

नवंबर 2016 में उच्च मूल्य वर्ग के करेंसी नोटों का विमुद्रीकरण मोदी के कार्यकाल के सबसे विवादास्पद नीतिगत निर्णयों में से एक बना हुआ है। आलोचकों का तर्क है कि यह सीमित आर्थिक लाभ के साथ एक लोक-लुभावन कदम था; जबकि समर्थक इसे काले धन, भ्रष्टाचार और नकली मुद्रा पर अंकुश लगाने के लिए एक साहसिक कदम के रूप में देखते हैं।

नकदी की उपलब्धता और लेन-देन में चुनौतियों के साथ अर्थव्यवस्था में अल्पकालिक व्यवधान स्पष्ट थे। हालाँकि, इस कदम से डिजिटल भुगतान को अपनाने में तेजी आई, अर्थव्यवस्था औपचारिक हुई और कर आधार में वृद्धि हुई। भारतीय रिजर्व बैंक (आर.बी.आई.) के अनुसार, नोटबंदी के बाद प्रचलन में उच्च मूल्य वर्ग के बैंक नोटों का मूल्य लगभग 20 प्रतिशत कम हो गया।

वस्तु एवं सेवा कर (जी.एस.टी.) कराधान को सरल बना रहा है या व्यवसायों पर बोझ डाल रहा है?

जुलाई 2017 में वस्तु एवं सेवा कर (जी.एस.टी.) के कार्यान्वयन का उद्देश्य भारत की जटिल अप्रत्यक्ष कर संरचना को सरल बनाना था। जबकि जी.एस.टी. को शुरुआती चुनौतियों का सामना करना पड़ा, जिसमें तकनीकी

गड़बड़ियाँ और व्यवसायों का प्रतिरोध शामिल था, इसने एकीकृत व पारदर्शी कर प्रणाली की दिशा में एक महत्त्वपूर्ण बदलाव को चिह्नित किया।

आलोचकों का तर्क है कि जटिल बहुस्तरीय संरचना और अनुपालन आवश्यकताएँ इसे छोटे व्यवसायों के लिए बोझ बनाती हैं। वे इसे प्रतिकूल प्रभाव वाला लोक-लुभावन कदम करार देते हैं। दूसरी ओर, समर्थक दीर्घकालिक लाभों पर प्रकाश डालते हैं, जैसे कि कर अनुपालन में वृद्धि, व्यापक करों का उन्मूलन और एक एकीकृत बाजार का निर्माण। आर्थिक सर्वेक्षण 2022-23 में बताया गया कि जी.एस.टी. के कारण अप्रत्यक्ष करदाताओं की संख्या में वृद्धि हुई है।

समाज कल्याण योजनाएँ कमियाँ पाट रही हैं या महज लोक-लुभावनवाद ?

मोदी सरकार ने समाज के वंचित वर्गों को लक्ष्य करते हुए कई सामाजिक कल्याण योजनाएँ शुरू की हैं। आर्थिक रूप से अक्षम परिवारों को स्वच्छ खाना पकाने का ईंधन प्रदान करनेवाली 'प्रधानमंत्री उज्ज्वला योजना' और किफायती आवास प्रदान करने के उद्देश्य से 'प्रधानमंत्री आवास योजना' जैसी योजनाओं को अकसर लोक-लुभावन उपायों के रूप में लेबल किया जाता है।

हालाँकि, इन योजनाओं के लाखों लोगों के जीवन पर प्रभाव को नजरअंदाज नहीं किया जा सकता। 'उज्ज्वला योजना' के तहत 10 करोड़ से अधिक मुफ्त एल.पी.जी. कनेक्शन वितरित किए गए, जिससे घरों में खाना पकाने का स्वच्छ और सुरक्षित वातावरण आया। इसी तरह, आवास योजना ने महत्त्वपूर्ण प्रगति की है। इसके दायरे में लाखों घर बने हैं।

सभी के लिए आयुष्मान भारत : हेल्थकेयर या लोक-लुभावन दिखावा ?

सितंबर 2018 में शुरू की गई आयुष्मान भारत 'प्रधानमंत्री जन आरोग्य योजना' का उद्देश्य समाज के कमजोर वर्गों को स्वास्थ्य कवरेज प्रदान करना है। आलोचकों का तर्क है कि कार्यान्वयन की चुनौतियाँ और कार्यक्रम का व्यापक पैमाना इसे सीमित प्रभाववाला एक लोक-लुभावन वादा बनाता है।

हालाँकि, 'आयुष्मान भारत' दुनिया की सबसे बड़ी स्वास्थ्य बीमा योजनाओं में से एक बनकर उभरी है, जो 10 करोड़ से अधिक परिवारों को

कवर करती है। इस पहल ने लाखों लोगों को वित्तीय सुरक्षा प्रदान की है, खासकर ग्रामीण इलाकों में, जहाँ गुणवत्तापूर्ण स्वास्थ्य देखभाल तक पहुँच एक लंबे समय से चुनौती थी।

राष्ट्रीय अवसंरचना परियोजनाओं का प्रगतिशील विकास या राजनीतिक रुख?

बुनियादी ढाँचे के विकास पर मोदी का जोर 'भारतमाला परियोजना', 'सागरमाला परियोजना' और 'प्रधानमंत्री आवास योजना' जैसी पहलों से स्पष्ट है। आलोचकों का तर्क है कि इन परियोजनाओं का उपयोग अकसर राजनीतिक दिखावे के लिए किया जाता है, जिसमें प्रभावी कार्यान्वयन के बजाय घोषणाओं पर ध्यान केंद्रित किया जाता है।

हालाँकि, बुनियादी ढाँचे के विकास में ठोस प्रगति को नजरअंदाज नहीं किया जा सकता। 'भारतमाला परियोजना' का लक्ष्य सड़क कनेक्टिविटी में सुधार करना है, 'सागरमाला परियोजना' बंदरगाहों के आधुनिकीकरण पर केंद्रित है, और 'आवास योजना' किफायती आवास के महत्त्वपूर्ण मुद्दे को संबोधित करती है। नेशनल इन्फ्रास्ट्रक्चर पाइपलाइन (एन.आई.पी.) विभिन्न क्षेत्रों में 111 लाख करोड़ रुपए (लगभग 1.5 ट्रिलियन डॉलर) की परियोजनाओं की रूपरेखा तैयार करती है, जो प्रगति के लिए पर्याप्त प्रतिबद्धता का संकेत देती है।

कृषि सुधार परिवर्तन या लोक-लुभावन राजनीति?

सन् 2020 में पेश किए गए कृषि सुधारों, जिनमें किसान उत्पादन व्यापार और वाणिज्य (संवर्धन एवं सुविधा) अधिनियम, मूल्य आश्वासन और कृषि सेवा अधिनियम पर किसान (सशक्तीकरण एवं संरक्षण) समझौता तथा आवश्यक वस्तु (संशोधन) अधिनियम शामिल हैं, ने गहन बहस छेड़ी, जिन्हें बाद में वापस भी लेना पड़ा। आलोचकों का तर्क है कि ये सुधार बड़े निगमों के पक्ष में थे और कुछ वर्गों को खुश करने के लिए लोक-लुभावन कदम थे; जबकि समर्थक इन्हें कृषि क्षेत्र को उदार बनाने और आधुनिक बनाने के परिवर्तनकारी उपायों के रूप में देखते हैं।

सुधारों का उद्द्देश्य किसानों को अपनी उपज बेचने के लिए अधिक

विकल्प प्रदान करना, निजी निवेश को आकर्षित करना तथा अधिक प्रतिस्पर्धी एवं कुशल कृषि पारिस्थितिकी तंत्र बनाना था। इन सुधारों को लेकर चले विरोध-प्रदर्शन और बहसों ने विभिन्न हित-धारकों की चिंताओं को दूर करने के साथ प्रगति को संतुलित करने की जटिलता को रेखांकित किया।

'स्किल इंडिया' और 'स्टार्टअप इंडिया' युवाओं को सशक्त बना रहा है या सांकेतिक लोक-लुभावनवाद?

'स्किल इंडिया' एवं 'स्टार्टअप इंडिया' जैसी पहलें कौशल विकास के अवसर प्रदान करके और उद्यमशीलता को बढ़ावा देकर युवाओं को सशक्त बनाने के लिए बनाई गई हैं। आलोचकों का तर्क है कि कौशल विकास कार्यक्रमों की गुणवत्ता और स्टार्टअप के सामने आनेवाली चुनौतियों के बारे में चिंताओं के साथ प्रभाव को अकसर बढ़ा-चढ़ाकर बताया जाता है।

हालाँकि, पहलों ने भारत में स्टार्टअप पारिस्थितिकी तंत्र के विकास में योगदान दिया है। समर्थन तंत्र से हजारों स्टार्टअप्स लाभान्वित हुए हैं और 'स्किल इंडिया' ने लाखों लोगों को प्रशिक्षण प्रदान किया है, उनके कौशल को नौकरी बाजार की माँगों के साथ जोड़ा है। इन कार्यक्रमों से उभरनेवाली सफलता की कहानियाँ महज सांकेतिक लोक-लुभावनवाद की धारणा को चुनौती देती हैं।

कूटनीति और विदेश नीति रणनीतिक दृष्टि या लोक-लुभावन भव्यता?

'नेबरहुड फर्स्ट' और 'एक्ट ईस्ट' नीतियों सहित मोदी की कूटनीतिक पैंतरेबाजी ने भारत को अंतरराष्ट्रीय मामलों में एक प्रमुख खिलाड़ी के रूप में स्थापित किया है। आलोचकों का तर्क है कि कुछ हाई-प्रोफाइल कार्यक्रम, जैसे कि अमेरिका में 'हाउडी मोदी' कार्यक्रम और 'नमस्ते ट्रंप' यात्रा वास्तविक राजनयिक उपलब्धियों की तुलना में लोक-लुभावन भव्यता के बारे में अधिक हैं।

हालाँकि, मोदी के कार्यकाल के दौरान प्रदर्शित व्यावहारिक और मुखर कूटनीति ने भारत की वैश्विक प्रतिष्ठा को बढ़ाया है। क्षेत्रीय सहयोग, व्यापार साझेदारी और अंतरराष्ट्रीय मंचों पर भागीदारी पर जोर एक रणनीतिक दृष्टि को दरशाता है, जो महज प्रतीकवाद से परे है।

कोविड-19 प्रतिक्रिया : संकट-प्रबंधन या लोक-लुभावन बयानबाजी ?

कोविड-19 महामारी ने एक अभूतपूर्व चुनौती पेश की और मोदी सरकार की प्रतिक्रिया की बारीकी से जाँच की गई। आलोचकों का तर्क है कि कुछ पहलू, जैसे देशव्यापी तालाबंदी की अचानक घोषणा, पर्याप्त योजना के बिना लोक-लुभावन उपाय थे। 'प्रधानमंत्री गरीब कल्याण योजना' और 'आत्मनिर्भर भारत' अभियान सहित बाद के राहत उपायों को सार्वजनिक धारणा को प्रबंधित करने के प्रयासों के रूप में देखा गया।

दूसरी ओर, टीकों की खरीद एवं वितरण, आर्थिक सुधार के उपाय शुरू करने और कमजोर वर्गों को राहत प्रदान करने में सरकार के प्रयासों ने संकट-प्रबंधन के लिए एक व्यापक दृष्टिकोण का प्रदर्शन किया। टीकाकरण अभियान में सफलता और क्रमिक आर्थिक सुधार ने बिना किसी तथ्य के लोक-लुभावनवाद की कहानी को चुनौती दी।

निष्कर्ष : मोदी की नीतियों को समझने के लिए लोक-लुभावनवाद और प्रगति की सूक्ष्म अंत:क्रिया के माध्यम से निपटने की आवश्यकता है। हालाँकि, कुछ उपायों का लोक-लुभावन प्रभाव हो सकता है, लेकिन जमीन पर वास्तविक प्रभाव अकसर प्रगति और विकास के व्यापक लक्ष्य के अनुरूप होता है। द्विभाजन आवश्यक रूप से द्विआधारी नहीं है। इसके बजाय यह एक विविध और गतिशील राष्ट्र में शासन की जटिल वास्तविकता को दरशाता है।

□

चुनौतियों से निपटना : मोदी का शासन अभियान

"एक राजनेता के रूप में नरेंद्र मोदी की यात्रा को कई चुनौतियों से चिह्नित किया गया है, जिनमें से प्रत्येक को शासन के लिए एक विशिष्ट दृष्टिकोण का सामना करना पड़ा। आर्थिक चुनौतियों एवं सामाजिक तनावों से लेकर वैश्विक महामारियों तक मोदी की शासन-शैली का परीक्षण और परिवर्तन दोनों हुआ है, जिसने भारतीय राजनीति में उनकी अजेयता की कहानी में योगदान दिया है।"

आर्थिक चुनौतियाँ

मोदी सरकार के सामने आनेवाली शुरुआती चुनौतियों में से एक भारतीय अर्थव्यवस्था की स्थिति थी। जब उन्होंने सन् 2014 में पदभार सँभाला तो धीमी वृद्धि, उच्च मुद्रास्फीति और बढ़ते राजकोषीय घाटे को लेकर चिंताएँ थीं। जवाब में सरकार ने विकास को पुनरुज्जीवित करने और निवेश आकर्षित करने के लिए आर्थिक सुधारों की एक शृंखला शुरू की।

वस्तु एवं सेवा कर (जी.एस.टी.), विमुद्रीकरण और 'मेक इन इंडिया' जैसी पहलें आर्थिक पुनरुद्धार रणनीति का हिस्सा थीं। हालाँकि, इन उपायों को आलोचनाओं और चुनौतियों का सामना करना पड़ा, लेकिन ये अर्थव्यवस्था में संरचनात्मक मुद्दों को संबोधित करने के लिए मोदी की

प्रतिबद्धता के संकेत थे। आर्थिक सर्वेक्षण 2022-23 में बताया गया कि भारत की अर्थव्यवस्था दुनिया की सबसे तेजी से बढ़ती प्रमुख अर्थव्यवस्था बनने की राह पर है।

सामाजिक तनाव और सांप्रदायिक सद्भाव

भारत की विविधता—इसकी असंख्य संस्कृतियों, धर्मों और भाषाओं के साथ—शासन के लिए एक निरंतर चुनौती प्रस्तुत करती है। मोदी के कार्यकाल में धार्मिक असहिष्णुता और सांस्कृतिक पहचान जैसे मुद्दों पर सामाजिक तनाव एवं बहस की घटनाएँ देखी गई हैं। वर्ष 2002 के गुजरात दंगे, जो मुख्यमंत्री के रूप में मोदी के कार्यकाल के दौरान हुए थे, उनकी राजनीतिक विरासत पर छाया डालते रहे हैं।

प्रधानमंत्री के रूप में मोदी ने विभिन्न समुदायों की चिंताओं को संबोधित करते हुए सांप्रदायिक सद्भाव को बढ़ावा देने की चुनौती का सामना किया है। 'सबका साथ, सबका विकास' और 'एक भारत, श्रेष्ठ भारत' जैसी पहलें विविधता में एकता को बढ़ावा देने के प्रयास को दरशाती हैं। हालाँकि, सामाजिक तनाव एवं बहस जारी है, जिसके लिए समावेशिता और शासन के बीच एक नाजुक संतुलन की आवश्यकता होती है।

राष्ट्रीय सुरक्षा और आतंकवाद-निरोध : एक जीरो-टॉलरेंस दृष्टिकोण

भारत के भू-राजनीतिक परिदृश्य और आतंकवाद से उत्पन्न चुनौतियों को देखते हुए राष्ट्रीय सुरक्षा मोदी सरकार के लिए सर्वोपरि चिंता रही है। वर्ष 2016 एवं 2019 में क्रमशः उरी और पुलवामा हमलों ने मोदी के नेतृत्व की महत्त्वपूर्ण परीक्षाएँ प्रस्तुत कीं। उरी हमले के जवाब में भारत सरकार ने सीमा पार आतंकवाद के खिलाफ एक मजबूत रुख का संकेत देते हुए नियंत्रण रेखा के पार सर्जिकल स्ट्राइक की।

पुलवामा हमले के बाद पाकिस्तान में बालाकोट हवाई हमला हुआ, जो आतंकवाद के प्रति शून्य-सहिष्णुता (जीरो-टॉलरेंस) दृष्टिकोण का प्रदर्शन करता है। हालाँकि, इन काररवाइयों को घरेलू और अंतरराष्ट्रीय दोनों तरह से समर्थन मिला, लेकिन इससे क्षेत्र में तनाव भी बढ़ गया। राष्ट्रीय सुरक्षा के क्षेत्र

में मोदी की शासन यात्रा जटिल कूटनीतिक गतिशीलता को पार करते हुए भारत के हितों की रक्षा करने की प्रतिबद्धता को दरशाती है।

कोविड-19 महामारी : संकट-प्रबंधन को सँभालना

कोविड-19 महामारी ने एक अभूतपूर्व चुनौती पेश की, जिसने दुनिया भर में सरकारों के लचीलेपन की परीक्षा ली। भारत में, मार्च 2020 में वायरस को रोकने के उद्‌देश्य से देशव्यापी तालाबंदी की अचानक घोषणा का गहरा प्रभाव पड़ा। यह कदम, सार्वजनिक स्वास्थ्य के लिए आवश्यक होते हुए भी, बड़े पैमाने पर पलायन, आपूर्ति-शृंखलाओं में व्यवधान और आर्थिक कठिनाइयों सहित तत्काल चुनौतियों का परिणाम था।

महामारी के दौरान मोदी के शासन में बहुआयामी रणनीति शामिल थी। 'प्रधानमंत्री गरीब कल्याण योजना' ने कमजोर वर्गों को राहत प्रदान की, जबकि 'आत्मनिर्भर भारत' अभियान ने आर्थिक सुधार और आत्मनिर्भरता पर ध्यान केंद्रित किया। टीकाकरण अभियान दुनिया के सबसे बड़े अभियानों में से एक था, जिसका उद्‌देश्य व्यापक प्रतिरक्षा प्राप्त करना रहा है।

इन प्रयासों के बावजूद लॉकडाउन के समय अनौपचारिक क्षेत्रों पर प्रभाव और चिकित्सा संसाधनों की उपलब्धता को लेकर आलोचनाएँ सामने आईं। वैश्विक स्वास्थ्य संकट के अज्ञात प्रभाव से निपटने के लिए अनुकूलन क्षमता की आवश्यकता होती है और महामारी के दौरान मोदी का शासन अभियान रणनीतिक निर्णय लेने तथा अनुकूली प्रतिक्रिया के मिश्रण को दरशाता है।

एक जटिल दुनिया में कूटनीतिक चुनौतियाँ एवं पैंतरेबाजी

कूटनीति के क्षेत्र में अद्वितीय चुनौतियाँ हैं और मोदी के कार्यकाल में भारत की वैश्विक स्थिति में पुनः सुधार देखा गया है। 'नेबरहुड फर्स्ट' नीति में पड़ोसी देशों के साथ संबंधों को मजबूत करने पर जोर दिया गया, जबकि 'एक्ट ईस्ट' नीति में दक्षिण-पूर्व एशियाई देशों के साथ जुड़ाव बढ़ाने की माँग की गई।

कूटनीतिक पैंतरेबाजी, जैसे संयुक्त राज्य अमेरिका के साथ जुड़ाव तथा ब्रिक्स (BRICS) और जी20 जैसे अंतरराष्ट्रीय मंचों में भागीदारी मोदी के शासन

अभियान के प्रमुख पहलू रहे हैं। हालाँकि, चुनौतियाँ बनी हुई हैं, जिसमें सन् 2020 में गलवान घाटी में चीन के साथ सीमा तनाव भी शामिल है। राष्ट्रीय हितों की रक्षा करते हुए जटिल भू-राजनीतिक परिदृश्यों को नेविगेट करने की क्षमता मोदी के राजनयिक दृष्टिकोण की पहचान है।

किसान-विरोध और कृषि सुधार : एक संतुलन अधिनियम

कृषि क्षेत्र को उदार बनाने और आधुनिक बनाने के उद्देश्य से सन् 2020 में पेश किए गए कृषि सुधारों के कारण किसानों ने व्यापक विरोध-प्रदर्शन किया। प्रदर्शनों ने छोटे और हाशिए पर रहनेवाले किसानों पर सुधारों के प्रभाव के बारे में चिंता जताई, जिससे मोदी सरकार के लिए एक महत्त्वपूर्ण चुनौती उत्पन्न हो गई।

किसानों के विरोध को संबोधित करने में शासन की योजना में एक नाजुक संतुलन कार्य शामिल है—सुधारों के संभावित लाभों पर जोर देते हुए किसानों की चिंताओं को स्वीकार करना। चल रहे संवाद और कुछ प्रावधानों में संशोधन समावेशी नीति-निर्माण की आवश्यकता को पहचानते हुए शासन के प्रति एक संवेदनशील दृष्टिकोण को दरशाते हैं।

सी.ए.ए. एवं एन.आर.सी. : पहचान और समावेशन से निपटना

नागरिकता संशोधन अधिनियम (सी.ए.ए.) और प्रस्तावित राष्ट्रीय नागरिक रजिस्टर (एन.आर.सी.) ने पहचान, समावेशन एवं नागरिकता को लेकर बहस छेड़ रखी है। कथित तौर पर कुछ समुदायों को बाहर करने और भारत के धर्मनिरपेक्ष ताने-बाने को चुनौती देने के लिए नीतियों को आलोचनाओं का सामना करना पड़ा।

इस संदर्भ में मोदी के शासन अभियान में सताए गए अल्पसंख्यकों की सुरक्षा पर सरकार के दृष्टिकोण को स्पष्ट करते हुए चिंताओं को संबोधित करना शामिल है। चुनौती मानवीय विचारों और राष्ट्रीय सुरक्षा अनिवार्यताओं के बीच संतुलन खोजने में है। यह कार्य बहस की आरोपित प्रकृति के कारण जटिल है।

आर्थिक सुधार और आत्मनिर्भर भारत : आत्मनिर्भरता की ओर

'आत्मनिर्भर भारत' का आह्वान कोविड-19 महामारी से बढ़ी आर्थिक चुनौतियों की प्रतिक्रिया के रूप में उभरा। इस दृष्टिकोण में बाहरी कारकों पर निर्भरता कम करना, स्वदेशी उद्योगों को बढ़ावा देना और भारत की विनिर्माण क्षमताओं को बढ़ाना शामिल है।

आर्थिक आत्मनिर्भरता की खोज में शासन की यात्रा में नीतिगत सुधार, बुनियादी ढाँचे का विकास और प्रमुख क्षेत्रों पर ध्यान केंद्रित करना शामिल है। इलेक्ट्रॉनिक्स एवं फार्मास्यूटिकल्स सहित विभिन्न उद्योगों के लिए उत्पादन-लिंक्ड प्रोत्साहन (पी.एल.आई.) योजनाएँ घरेलू विनिर्माण और वैश्विक प्रतिस्पर्धात्मकता को बढ़ावा देने के प्रयास को दरशाती हैं।

डिजिटल परिवर्तन

मोदी के शासन अभियान में शासन, सेवा वितरण और नागरिक जुड़ाव में सुधार के साधन के रूप में डिजिटल परिवर्तन पर महत्त्वपूर्ण जोर दिया गया है। 'डिजिटल इंडिया' और लक्षित सेवा वितरण के लिए आधार का उपयोग जैसी पहलें समावेशी विकास के लिए प्रौद्योगिकी का लाभ उठाने की प्रतिबद्धता को दरशाती हैं।

इस क्षेत्र में शासन की चुनौतियों में डिजिटल साक्षरता, डेटा गोपनीयता के मुद्दों को संबोधित करना और यह सुनिश्चित करना शामिल है कि तकनीकी प्रगति का लाभ समाज के सभी वर्गों तक पहुँचे। डिजिटल भुगतान पर जोर, ई-गवर्नेंस को बढ़ावा देना और एक मजबूत डिजिटल बुनियादी ढाँचे के विकास पर ध्यान देना तकनीकी रूप से सशक्त भारत के लिए मोदी के दृष्टिकोण का संकेत है।

पर्यावरण प्रबंधन : संतुलन, विकास और संरक्षण

जैसे-जैसे भारत तेजी से आर्थिक विकास कर रहा है, शासन की प्रक्रिया में पर्यावरणीय विचार महत्त्वपूर्ण हो गए हैं। पर्यावरणीय प्रबंधन के साथ विकास की अनिवार्यताओं को संतुलित करना एक जटिल चुनौती है। अंतरराष्ट्रीय सौर

गठबंधन और नवीकरणीय ऊर्जा को बढ़ावा देने जैसी पहल सतत विकास के महत्त्व के बारे में जागरूकता को दरशाती है।

हालाँकि, चुनौतियाँ बरकरार हैं, जिनमें वायु गुणवत्ता, वनों की कटाई और पारिस्थितिकी तंत्र पर बड़े पैमाने पर बुनियादी ढाँचा परियोजनाओं के प्रभाव के बारे में चिंताएँ शामिल हैं। पर्यावरण के क्षेत्र में मोदी के शासन में आर्थिक प्रगति और पारिस्थितिक स्थिरता के बीच नाजुक संतुलन बनाना शामिल है।

निष्कर्ष के तौर पर, नरेंद्र मोदी की शासन-यात्रा एक विविध एवं गतिशील राष्ट्र का नेतृत्व करने में निहित चुनौतियों और जटिलताओं से आकार लेनेवाली एक सतत कथा है। आर्थिक सुधारों से लेकर सामाजिक तनावों तक, वैश्विक महामारी से लेकर कूटनीतिक पेचीदगियों तक, मोदी के शासन की कहानी का प्रत्येक अध्याय उनके नेतृत्व की कहानी में परतें जोड़ता है।

□

मोदी युग : 'डिजिटल इंडिया' की परिवर्तनकारी तकनीकें

"तीव्र तकनीकी प्रगति के युग में 'डिजिटल इंडिया' का दृष्टिकोण एक परिवर्तनकारी शक्ति के रूप में उभरा है, जिसने शासन, कनेक्टिविटी और नागरिक सेवाओं के परिदृश्य को नया आकार दिया है। प्रधानमंत्री नरेंद्र मोदी के नेतृत्व में 'डिजिटल इंडिया' पहल शासन की आधारशिला बन गई है, जो समावेशी विकास के लिए प्रौद्योगिकी का लाभ उठाने की प्रतिबद्धता का प्रतीक है।"

'डिजिटल इंडिया' विजन

सन् 2015 में शुरू की गई 'डिजिटल इंडिया' पहल एक व्यापक कार्यक्रम है, जिसका उद्‍देश्य भारत को डिजिटल रूप से सशक्त समाज एवं ज्ञान अर्थव्यवस्था में बदलना है। इसमें डिजिटल बुनियादी ढाँचे में सुधार और इंटरनेट पहुँच का विस्तार करने से लेकर ई-गवर्नेंस को बढ़ावा देने तथा डिजिटल साक्षरता बढ़ाने तक कई पहलें शामिल हैं। लक्ष्य एक डिजिटल रूप से समावेशी समाज का निर्माण करना है, जहाँ प्रौद्योगिकी का लाभ हर नागरिक तक पहुँचे, डिजिटल विभाजन को पाटना और नवाचार को बढ़ावा देना।

कनेक्टिविटी क्रांति : भारतनेट और लास्ट-माइल कनेक्टिविटी

'डिजिटल इंडिया' का एक प्रमुख स्तंभ 'भारतनेट' परियोजना है, जिसका उद्द्देश्य ग्रामीण क्षेत्रों में हाई-स्पीड ब्रॉडबैंड कनेक्टिविटी प्रदान करना है। सन् 2011 में लॉञ्च किया गया, लेकिन 'डिजिटल इंडिया' के तहत नए सिरे से ध्यान केंद्रित करते हुए 'भारतनेट' यह सुनिश्चित करके डिजिटल विभाजन को पाटना चाहता है कि दूर-दराज के गाँवों में भी इंटरनेट तक पहुँच हो।

नवीनतम उपलब्ध आँकड़ों के अनुसार, 1.5 लाख (1,50,000) से अधिक ग्राम पंचायतें (ग्राम परिषदें) 'भारतनेट' के तहत ऑप्टिकल फाइबर से जुड़ी हुई हैं। इस कनेक्टिविटी क्रांति का ग्रामीण विकास, सूचना, शिक्षा और ई-गवर्नेंस सेवाओं तक पहुँच के साथ समुदायों को सशक्त बनाने पर महत्त्वपूर्ण प्रभाव है।

ई-गवर्नेंस और डिजिटल प्लेटफॉर्म

'डिजिटल इंडिया' पहल ई-गवर्नेंस पर जोर देती है, जिसका लक्ष्य सरकारी सेवाओं को अधिक सुलभ और नागरिक-अनुकूल बनाना है। 'माईजीओवी' सन् 2014 में लॉञ्च किया गया एक नागरिक जुड़ाव मंच है, जो नागरिकों को अपने विचार और प्रतिक्रिया साझा करके शासन में भाग लेने के लिए एक स्थान प्रदान करता है। यह भागीदारी दृष्टिकोण को बढ़ावा देते हुए सरकार और लोगों के बीच एक पुल के रूप में कार्य करता है।

'यूनिफाइड पेमेंट्स इंटरफेस' (यू.पी.आई.) जैसे डिजिटल प्लेटफॉर्म ने निर्बाध और सुरक्षित लेन-देन को सक्षम करने में महत्त्वपूर्ण भूमिका निभाई है। डिजिटल भुगतान विधियों को अपनाने से उल्लेखनीय वृद्धि देखी गई है। यू.पी. आई. लेन-देन की मात्रा कई करोड़ को पार कर गई है। यह न केवल कैशलेस अर्थव्यवस्था की दृष्टि में योगदान देता है, बल्कि वित्तीय समावेशन को भी बढ़ाता है।

डिजिटल पहचान के लिए 'आधार' : एक फाउंडेशन

'आधार' पहल, एक बायोमेट्रिक-आधारित विशिष्ट पहचान प्रणाली, भारत के प्रत्येक निवासी को एक डिजिटल पहचान प्रदान करने में सहायक रही है।

सन् 2009 में लॉन्च किया गया 'आधार' बैंकिंग, प्रत्यक्ष लाभ हस्तांतरण और ई-गवर्नेंस सहित विभिन्न सेवाओं के लिए आधारशिला बन गया है। नवीनतम आँकड़ों के अनुसार, 125 करोड़ से अधिक आधार संख्याएँ तैयार की गई हैं, जो आबादी के एक बड़े हिस्से को कवर करती हैं।

आधार-सक्षम भुगतान प्रणाली (ए.ई.पी.एस.) ने विशेष रूप से ग्रामीण और वंचित क्षेत्रों में आधार प्रमाणीकरण के माध्यम से वित्तीय लेन-देन की सुविधा प्रदान की है; जबकि 'आधार' को गोपनीयता संबंधी चिंताओं को लेकर बहस का सामना करना पड़ा है, डिजिटल इंटरैक्शन को सरल एवं सुरक्षित बनाने में इसकी भूमिका को कम करके नहीं आँका जा सकता।

डिजिटल साक्षरता : प्रधानमंत्री ग्रामीण डिजिटल साक्षरता अभियान (पी.एम.जी. दिशा)

डिजिटल साक्षरता 'डिजिटल इंडिया' विजन का एक प्रमुख घटक है। सन् 2017 में शुरू किए गए प्रधानमंत्री ग्रामीण डिजिटल साक्षरता अभियान (पी.एम.जी.दिशा) का लक्ष्य 6 करोड़ ग्रामीण परिवारों को डिजिटल रूप से साक्षर बनाना है। कार्यक्रम डिजिटल उपकरणों के उपयोग, ऑनलाइन जानकारी तक पहुँचने और डिजिटल सेवाओं का उपयोग करने पर प्रशिक्षण प्रदान करता है।

नवीनतम आँकड़ों के अनुसार, पी.एम.जी. दिशा ने 3.5 करोड़ से अधिक उम्मीदवारों को नामांकित किया है, जिससे ग्रामीण क्षेत्रों में डिजिटल साक्षरता बढ़ाने में महत्त्वपूर्ण प्रगति हुई है। यह पहल यह सुनिश्चित करने के लिए महत्त्वपूर्ण है कि प्रौद्योगिकी का लाभ भौगोलिक स्थिति के बावजूद समाज के सभी वर्गों तक पहुँच सके।

स्टार्टअप और इनोवेशन : अटल इनोवेशन मिशन (ए.आई.एम.)

नवाचार को बढ़ावा देना और स्टार्टअप पारिस्थितिकी तंत्र का पोषण करना 'डिजिटल इंडिया' दृष्टिकोण का अभिन्न अंग है। सन् 2016 में लॉन्च किए गए अटल इनोवेशन मिशन (ए.आई.एम.) का उद्देश्य छात्रों के बीच नवाचार और उद्यमिता की संस्कृति को बढ़ावा देना है। इसमें प्रौद्योगिकी के माध्यम से सामाजिक समस्याओं को हल करने के लिए स्कूलों में 'अटल टिंकरिंग लैब्स',

'अटल इनक्यूबेशन सेंटर' और 'अटल न्यू इंडिया चैलेंज' जैसी पहलें शामिल हैं।

ए.आई.एम. की सफलता देश भर में कई टिंकरिंग प्रयोगशालाओं और ऊष्मायन केंद्रों की स्थापना में स्पष्ट है। यह न केवल युवा दिमागों को नवोन्मेषी ढंग से सोचने के लिए प्रोत्साहित करता है, बल्कि तकनीकी प्रगति को आगे बढ़ाने वाले उद्यमियों का एक समूह बनाने में भी योगदान देता है।

भारतस्टैक : डिजिटल इन्फ्रास्ट्रक्चर का निर्माण

भारतस्टैक 'डिजिटल इंडिया' इन्फ्रास्ट्रक्चर का एक महत्त्वपूर्ण घटक है, जिसमें ए.पी.आई. (एप्लिकेशन प्रोग्रामिंग इंटरफेस) का एक सेट शामिल है, जो डिजिटल प्लेटफॉर्म और सेवाओं के विकास को सक्षम बनाता है। इसमें यूनिफाइड पेमेंट्स इंटरफेस (यू.पी.आई.), डिजिटल लॉकर और ई-साइन फ्रेमवर्क जैसे घटक शामिल हैं, जो डिजिटल इंटरैक्शन और लेन-देन को सुव्यवस्थित करते हैं।

विशेष रूप से यू.पी.आई. में अभूतपूर्व वृद्धि देखी गई है और यह डिजिटल भुगतान का एक पसंदीदा माध्यम बन गया है। नवीनतम आँकड़ों के अनुसार, यू.पी.आई. लेन-देन कई अरब को पार कर गया है, जो लोगों द्वारा इस डिजिटल भुगतान प्रणाली को तेजी से अपनाने को दरशाता है।

प्रौद्योगिकी के माध्यम से स्मार्ट सिटीज मिशन : शहरी परिवर्तन

सन् 2015 में लॉन्च किए गए स्मार्ट सिटीज मिशन का उद्देश्य प्रौद्योगिकी और नवाचार का लाभ उठाकर शहरी क्षेत्रों में बदलाव लाना है। यह मिशन बुनियादी ढाँचे के विकास, जीवन की गुणवत्ता बढ़ाने और सतत शहरी विकास को बढ़ावा देने पर केंद्रित है। प्रौद्योगिकी के एकीकरण में बुद्धिमान यातायात प्रबंधन, स्मार्ट अपशिष्ट प्रबंधन और शहरी नियोजन के लिए डेटा एनालिटिक्स का उपयोग जैसी पहलें शामिल हैं।

नवीनतम उपलब्ध आँकड़ों के अनुसार, पूरे भारत में 100 शहरों को स्मार्ट सिटीज मिशन के लिए चुना गया है, जिनमें से प्रत्येक शहरी कायाकल्प और डिजिटल परिवर्तन की प्रक्रिया से गुजर रहा है। यह पहल प्रखर, कनेक्टेड और नागरिक-केंद्रित शहरी स्थान बनाने की व्यापक दृष्टि के अनुरूप है।

चुनौतियाँ एवं आलोचनाएँ : गोपनीयता संबंधी चिंताएँ और डिजिटल बहिष्करण

हालाँकि, 'डिजिटल इंडिया' ने महत्त्वपूर्ण प्रगति की है, लेकिन यह आलोचनाओं और चुनौतियों से अछूता नहीं रहा है। एक बड़ी चिंता गोपनीयता के मुद्दों के इर्द-गिर्द घूमती है, खासकर आधार के संदर्भ में। व्यक्तिगत बायोमेट्रिक डाटा के संग्रह और उपयोग के संबंध में बहसें उभरी हैं, जिससे कानूनी चुनौतियाँ उत्पन्न हो रही हैं और डाटा सुरक्षा उपायों को बढ़ाने की माँग हो रही है।

डिजिटल बहिष्करण, जहाँ आबादी के कुछ वर्ग डिजिटल परिवर्तन से वंचित रह जाते हैं, एक और चुनौती है। कनेक्टिविटी में प्रगति के बावजूद अभी भी ऐसे क्षेत्र हैं, जहाँ इंटरनेट तक पहुँच सीमित है, जिससे डिजिटल सेवाओं का लाभ देश के हर कोने तक पहुँचने में बाधा आ रही है।

कोविड-19 और डिजिटल समाधान : लचीलेपन की परीक्षा

कोविड-19 महामारी ने संकट-प्रबंधन में डिजिटल समाधानों के महत्त्व को रेखांकित किया। संपर्क अनुरेखण और स्वास्थ्य निगरानी उपकरण के रूप में लॉन्च किया गया 'आरोग्य सेतु' एप वायरस के प्रसार को नियंत्रित करने के लिए सरकार की रणनीति का एक प्रमुख घटक बन गया। एप को व्यापक रूप से अपनाया गया, जो सार्वजनिक स्वास्थ्य आपात-स्थितियों में प्रौद्योगिकी की भूमिका को दरशाता है।

महामारी ने दूरस्थ कार्य, शिक्षा और स्वास्थ्य देखभाल के लिए डिजिटल प्लेटफॉर्म को अपनाने में भी तेजी ला दी है। टेलीमेडिसिन प्लेटफॉर्म 'ई-संजीवनी' जैसी पहल के उपयोग में वृद्धि देखी गई, जो चुनौतीपूर्ण समय के दौरान आवश्यक सेवाओं की निरंतरता सुनिश्चित करने में प्रौद्योगिकी की भूमिका को उजागर करती है।

वैश्विक मान्यता और सहयोग : 'डिजिटल इंडिया' का अंतरराष्ट्रीय प्रभाव

'डिजिटल इंडिया' पहल ने अंतरराष्ट्रीय स्तर पर पहचान हासिल की है, जिससे भारत डिजिटल परिवर्तन में अग्रणी बन गया है। जापान एवं अमेरिका

जैसे देशों के साथ सहयोग, जैसा कि भारत-जापान एशिया-अफ्रीका ग्रोथ कॉरिडोर और यू.एस.-भारत रणनीतिक ऊर्जा साझेदारी में देखा गया है, भारत की डिजिटल प्रगति के वैश्विक प्रभाव को उजागर करता है।

जी20 और साइबर स्पेस पर वैश्विक सम्मेलन जैसे अंतरराष्ट्रीय मंचों में भागीदारी, भारत को डिजिटल प्रशासन, साइबर सुरक्षा और प्रौद्योगिकी के नैतिक उपयोग पर वैश्विक चर्चा में योगदान करने के लिए एक मंच प्रदान करती है।

कुल मिलाकर, प्रधानमंत्री नरेंद्र मोदी के नेतृत्व में 'डिजिटल इंडिया' पहल, शासन, कनेक्टिविटी और नागरिक सेवाओं में एक आदर्श बदलाव का प्रतिनिधित्व करती है। इस दृष्टिकोण में अंतर्निहित परिवर्तनकारी प्रौद्योगिकियों ने न केवल डिजिटल विभाजन को पाट दिया है, बल्कि भारत को एक डिजिटल पावरहाउस के रूप में वैश्विक मंच पर भी आगे बढ़ाया है। कनेक्टिविटी, शासन, नवाचार और वैश्विक सहयोग पर बहुमुखी प्रभाव 'डिजिटल इंडिया' को 'मोदी की गारंटी' की कहानी में आधारशिला के रूप में रखता है। डिजिटल परिवर्तन की यात्रा जारी है, जो भारत में शासन के भविष्य को आकार दे रही है और एक ऐसे नेता के रूप में नरेंद्र मोदी की स्थायी विरासत में योगदान दे रही है, जिन्होंने सभी के लाभ के लिए प्रौद्योगिकी की शक्ति को अपनाया और उसका उपयोग किया।

□

राष्ट्रीय सुरक्षा : मोदी का अडिग रुख

"किसी राष्ट्र की ताकत और लचीलेपन की इमारत में राष्ट्रीय सुरक्षा एक सर्वोपरि स्तंभ के रूप में खड़ी होती है। 'मोदी की गारंटी' की कथा में राष्ट्रीय सुरक्षा पर मोदी के अडिग रुख को समझना महत्त्वपूर्ण है। सर्जिकल स्ट्राइक से लेकर सीमा तनाव तक, राष्ट्रीय सुरक्षा के क्षेत्र में मोदी के नेतृत्व का न केवल परीक्षण किया गया, बल्कि उनकी गारंटी की धारणा को आकार देने में भी महत्त्वपूर्ण भूमिका निभाई है।"

राष्ट्रीय सुरक्षा के लिए एक समग्र दृष्टिकोण

राष्ट्रीय सुरक्षा की अवधारणा सैन्य ताकत से परे फैली हुई है और इसमें आर्थिक स्थिरता, सामाजिक सद्भाव, साइबर सुरक्षा एवं राजनयिक कौशल शामिल हैं। राष्ट्रीय सुरक्षा के प्रति मोदी का दृष्टिकोण इन परस्पर जुड़े घटकों की समग्र समझ को दरशाता है, जिसका लक्ष्य विविध चुनौतियों का सामना करने में सक्षम एक मजबूत और लचीला राष्ट्र बनाना है।

सर्जिकल स्ट्राइक : आतंकवाद से मुकाबले में एक आदर्श बदलाव

मोदी के कार्यकाल में निर्णायक क्षणों में से एक सितंबर 2016 में की गई सर्जिकल स्ट्राइक थी। उरी आतंकवादी हमले के जवाब में, जहाँ भारतीय सैनिकों को निशाना बनाया गया था, भारतीय सेना ने नियंत्रण रेखा (एल.ओ.सी.) के

पार आतंकवादी लॉन्च पैड के खिलाफ सटीक हमले किए। पाक अधिकृत कश्मीर में सर्जिकल स्ट्राइक ने आतंकवाद के खिलाफ भारत के दृष्टिकोण में एक आदर्श बदलाव को चिह्नित किया, एक सक्रिय और अडिग रुख का प्रदर्शन किया।

सर्जिकल स्ट्राइक की सफलता सिर्फ एक सैन्य उपलब्धि नहीं थी, बल्कि इसके गहरे कूटनीतिक एवं मनोवैज्ञानिक प्रभाव भी थे। इसने स्पष्ट संदेश दिया कि भारत सीमा पार आतंकवाद को बरदाश्त नहीं करेगा और अपने सुरक्षा-हितों की रक्षा के लिए निर्णायक काररवाई करने को तैयार है।

बालाकोट हवाई हमला : एक निवारक संदेश

फरवरी 2019 में, पुलवामा आतंकी हमले के बाद, जिसमें भारतीय अर्धसैनिकों के एक काफिले को निशाना बनाया गया था, मोदी सरकार ने भारतीय वायुसेना को पाकिस्तान के बालाकोट में आतंकी प्रशिक्षण शिविरों पर हवाई हमले करने के लिए अधिकृत किया। हवाई हमले ने तीव्र और जोरदार प्रतिक्रिया का प्रदर्शन किया, जो आतंकी बुनियादी ढाँचे को नष्ट करने के भारत के संकल्प को दरशाता है।

बालाकोट हवाई हमले पर अंतरराष्ट्रीय समुदाय की प्रतिक्रिया अलग-अलग थी। कुछ देशों ने भारत के अपनी रक्षा करने के अधिकार का समर्थन किया, जबकि अन्यों ने संयम बरतने का आह्वान किया। इस घटना ने एक अस्थिर क्षेत्र में सैन्य काररवाइयों के नाजुक संतुलन को उजागर किया और राष्ट्रीय सुरक्षा की रक्षा के लिए मोदी की प्रतिबद्धता को मजबूत किया।

सीमा पर तनाव : गलवान घाटी की घटना

जबकि भारत को अपनी सीमाओं पर बारहमासी चुनौतियों का सामना करना पड़ता है, जून 2020 में गलवान घाटी की घटना ने चीन-भारत सीमा विवाद को तीव्र फोकस में ला दिया। भारतीय और चीनी सैनिकों के बीच हिंसक झड़प में दोनों पक्षों के सैनिक हताहत हुए। इस घटना के कारण सीमा पर तनाव बढ़ गया। भारत ने अपनी क्षेत्रीय अखंडता व संप्रभुता पर जोर दिया।

गलवान घाटी की घटना पर मोदी की प्रतिक्रिया नपी-तुली, लेकिन दृढ़ थी। सरकार ने सीमा पर सैन्य तैयारियों को मजबूत करते हुए राजनयिक चैनलों का सहारा लिया। इस घटना ने क्षेत्रीय विवादों के प्रबंधन की जटिलताओं और राष्ट्रीय हितों की रक्षा के लिए दृढ़ रुख की आवश्यकता को रेखांकित किया।

रक्षा क्षमताओं को मजबूत करना : आधुनिकीकरण और आत्मनिर्भरता

राष्ट्रीय सुरक्षा रक्षा बलों की तैयारियों और क्षमताओं पर निर्भर करती है। प्रधानमंत्री मोदी के नेतृत्व में सशस्त्र बलों के आधुनिकीकरण और स्वदेशी रक्षा उत्पादन को बढ़ाने के लिए ठोस प्रयास किया गया है। रक्षा क्षेत्र पर विशेष ध्यान देने के साथ 'मेक इन इंडिया' पहल का उद्द्देश्य विदेशी आपूर्तिकर्ताओं पर निर्भरता कम करना और आत्मनिर्भरता को बढ़ावा देना था।

खरीद प्रक्रियाओं को सुव्यवस्थित करने और महत्त्वपूर्ण रक्षा उपकरणों के अधिग्रहण में तेजी लाने के लिए रक्षा अधिग्रहण प्रक्रिया (डी.ए.पी.) को संशोधित किया गया है। रक्षा विनिर्माण में आत्मनिर्भरता पर जोर 'आत्मनिर्भर भारत' की व्यापक दृष्टि के अनुरूप है और एक मजबूत रक्षा पारिस्थितिकी तंत्र के निर्माण में योगदान देता है।

वर्चुअल फ्रंटियर की सुरक्षा के लिए साइबर सुरक्षा अनिवार्यताएँ

प्रौद्योगिकी के प्रभुत्ववाले युग में साइबर सुरक्षा राष्ट्रीय सुरक्षा का एक महत्त्वपूर्ण घटक है। साइबर खतरों की बढ़ती आवृत्ति और परिष्कार के लिए एक सक्रिय व लचीले साइबर सुरक्षा बुनियादी ढाँचे की आवश्यकता है। मोदी सरकार ने साइबर सुरक्षा के महत्त्व को पहचाना है और इस क्षेत्र में भारत की क्षमताओं को बढ़ाने के लिए कदम उठाए हैं।

राष्ट्रीय साइबर सुरक्षा नीति 2020 का उद्द्देश्य खतरे का पता लगाने, घटना की प्रतिक्रिया और क्षमता-निर्माण के लिए रूपरेखा स्थापित करके राष्ट्र की साइबर सुरक्षा स्थिति को मजबूत करना है। साइबर खतरों से महत्त्वपूर्ण बुनियादी ढाँचे को सुरक्षित करने पर जोर आधुनिक युद्ध की उभरती प्रकृति के अनुरूप है, जहाँ आभासी सीमाएँ भौतिक सीमाओं जितनी ही महत्त्वपूर्ण हैं।

आतंकवाद-विरोधी और खुफिया सहयोग : क्षेत्रीय एवं वैश्विक भागीदारी

आतंकवाद के खिलाफ लड़ाई के लिए राष्ट्र के भीतर और अंतरराष्ट्रीय भागीदारी—दोनों के माध्यम से सहयोगात्मक प्रयासों की आवश्यकता है। मोदी सरकार विभिन्न देशों के साथ खुफिया जानकारी साझा करने और आतंकवाद-विरोधी सहयोग में सक्रिय रूप से लगी हुई है। आतंकवादी नेटवर्क को नष्ट करने, आतंकवाद के वित्तपोषण पर अंकुश लगाने और कट्टरपंथ को रोकने पर ध्यान आतंकवाद के खतरे से निपटने के लिए एक व्यापक रणनीति को दरशाता है।

शंघाई सहयोग संगठन (एस.सी.ओ.) जैसे मंचों में भागीदारी और मध्य-पूर्व एवं दक्षिण-पूर्व एशिया के देशों के साथ सहयोग वैश्विक आतंकवाद-विरोधी प्रयासों के प्रति भारत की प्रतिबद्धता को रेखांकित करता है। खतरों के प्रति समन्वित प्रतिक्रिया राष्ट्रीय सीमाओं को पार करती है, जो सुरक्षा चुनौतियों की परस्पर जुड़ी प्रकृति पर जोर देती है।

समुद्री सुरक्षा : भारत के समुद्री हितों की रक्षा करना

भारत के समुद्री हित उसकी भूमि सीमाओं से परे तक फैले हुए हैं और समुद्री सुरक्षा की रक्षा करना राष्ट्रीय सुरक्षा का अभिन्न अंग है। मोदी सरकार ने हिंद-प्रशांत क्षेत्र के लिए एक दृष्टिकोण व्यक्त किया है और नियम-आधारित अंतरराष्ट्रीय व्यवस्था के महत्त्व पर जोर दिया है। सागर क्षेत्र में सभी के लिए सुरक्षा और विकास-सिद्धांत जैसी पहल समुद्री सुरक्षा एवं क्षेत्रीय सहयोग के प्रति भारत की प्रतिबद्धता को रेखांकित करती है।

नौसेना आधुनिकीकरण, समुद्री डकैती-रोधी अभियान और समुद्री पड़ोसियों के साथ सहयोग एक सुरक्षित समुद्री वातावरण सुनिश्चित करने के व्यापक लक्ष्य में योगदान करते हैं। हिंद महासागर क्षेत्र का भू-राजनीतिक महत्त्व और समुद्री मार्गों का रणनीतिक महत्त्व राष्ट्रीय सुरक्षा प्रतिमान में समुद्री सुरक्षा के महत्त्व को और बढ़ा देता है।

परमाणु सिद्धांत निवारण और सामरिक स्थिरता

भारत का परमाणु सिद्धांत इसकी राष्ट्रीय सुरक्षा रणनीति की आधारशिला है, जो विश्वसनीय न्यूनतम निवारक मुद्रा पर जोर देता है। 'नो फर्स्ट यूज' (एन.एफ.यू.) नीति हालाँकि, समय-समय पर समीक्षा के अधीन है, केवल परमाणु हमले के जवाब में परमाणु हथियारों का उपयोग करने की भारत की प्रतिबद्धता को दरशाती है। विश्वसनीय और प्रभावी निवारक बनाए रखने पर जोर क्षेत्र में रणनीतिक स्थिरता का एक महत्त्वपूर्ण पहलू है।

मोदी सरकार ने एक जिम्मेदार परमाणु रुख के प्रति भारत की प्रतिबद्धता दोहराई है और वैश्विक अप्रसार प्रयासों को मजबूत करने के लिए राजनयिक पहल में लगी हुई है। एन.एफ.यू. नीति का निरंतर पालन और एक मजबूत कमांड एवं नियंत्रण प्रणाली पर जोर परमाणु क्षेत्र में एक नाजुक संतुलन बनाए रखने में योगदान देता है।

मानवीय सहायता और आपदा राहत

राष्ट्रीय सुरक्षा सैन्य ताकत से परे है और इसमें मानवीय संकटों तथा प्राकृतिक आपदाओं का जवाब देने की क्षमता शामिल है। मोदी सरकार घरेलू व क्षेत्रीय स्तर पर मानवीय सहायता और आपदा राहत (एच.ए.डी.आर.) कार्यों में सक्रिय रूप से लगी हुई है। आधुनिक क्षमताओं से सुसज्जित भारतीय सशस्त्र बलों ने भूकंप, बाढ़ और चक्रवात जैसी आपदाओं के दौरान सहायता प्रदान करने में महत्त्वपूर्ण भूमिका निभाई है।

ये एच.ए.डी.आर. ऑपरेशन न केवल भारत की सॉफ्ट पावर को प्रदर्शित करते हैं, बल्कि क्षेत्रीय स्थिरता और सद्भावना में भी योगदान देते हैं। संकट के समय तेजी से और प्रभावी ढंग से प्रतिक्रिया करने की क्षमता वैश्विक सुरक्षा परिदृश्य में एक जिम्मेदार व विश्वसनीय नेता के रूप में भारत की स्थिति को बढ़ाती है।

निष्कर्ष के तौर पर, सर्जिकल स्ट्राइक, बालाकोट हवाई हमला, सीमा पर तनाव और सुरक्षा चुनौतियों के प्रति व्यापक दृष्टिकोण एक नेतृत्व-शैली को रेखांकित करता है, जो जटिल एवं गतिशील सुरक्षा परिदृश्य में भारत के

हितों की सुरक्षा को प्राथमिकता देता है। राष्ट्रीय सुरक्षा, सैन्य तैयारियों से लेकर साइबर सुरक्षा और रणनीतिक स्थिरता तक विविध आयामों को शामिल करते हुए एक राष्ट्र के सामने आनेवाली बहुमुखी चुनौतियों को दरशाती है। आत्मनिर्भरता, क्षेत्रीय सहयोग और वैश्विक साझेदारी पर प्रधानमंत्री मोदी का जोर भारत को अंतरराष्ट्रीय मंच पर एक सक्रिय व जिम्मेदार खिलाड़ी के रूप में स्थापित करता है।

राष्ट्रीय सुरक्षा में अडिग रुख सिर्फ सैन्य ताकत के बारे में नहीं है, बल्कि रणनीतिक दूरदर्शिता, कूटनीतिक कौशल और समग्र सुरक्षा के प्रति प्रतिबद्धता के बारे में भी है। जैसे-जैसे भारत उभरते सुरक्षा परिदृश्य में आगे बढ़ रहा है, राष्ट्र की नियति को आकार देने में नेतृत्व की भूमिका एक ऐसे नेता के रूप में नरेंद्र मोदी की स्थायी विरासत में एक निर्णायक कारक बनी हुई है, जिनकी गारंटी राष्ट्र की संप्रभुता और सुरक्षा की रक्षा के लिए दृढ़ प्रतिबद्धता में निहित है।

□

वैश्विक मंच : विदेश नीति में निपुणता

"विदेशी मामलों का संचालन एक नाजुक डोर है, खासकर भारत जैसे विविध व गतिशील देश के लिए। 'मोदी की गारंटी' की कथा में विदेश नीति में मोदी की कुशलता को समझना जरूरी है। प्रमुख देशों के साथ संबंधों को मजबूत करने से लेकर जटिल भू-राजनीतिक परिदृश्यों से निपटने तक, मोदी की विदेश नीति कौशल ने न केवल भारत की अंतरराष्ट्रीय स्थिति को मजबूत किया है, बल्कि भारतीय राजनीति में उनकी गारंटी का एक प्रमुख घटक भी बन गया है।"

भारत की वैश्विक भूमिका की पुन:परिभाषा

सन् 2014 में नरेंद्र मोदी के प्रधानमंत्री पद पर आसीन होने से भारत की विदेश नीति के दृष्टिकोण में बदलाव आया। उनके दृष्टिकोण का उद्‍देश्य न केवल वैश्विक मंच पर भारत के हितों को सुरक्षित करना था, बल्कि अंतरराष्ट्रीय मामलों में एक जिम्मेदार और सक्रिय खिलाड़ी के रूप में इसकी भूमिका को फिर से परिभाषित करना था। 'एक्ट ईस्ट', 'नेबरहुड फर्स्ट' और 'ग्लोबल लीडर फॉर ग्लोबल गुड' मंत्र प्रधानमंत्री मोदी की विदेश नीति के लोकाचार को समाहित करते हैं।

संतुलन अधिनियम : 'नेबरहुड फर्स्ट' नीति

'नेबरहुड फर्स्ट' नीति भारत के निकटतम पड़ोसियों के साथ मजबूत संबंध

विकसित करने की प्रधानमंत्री मोदी की प्रतिबद्धता को दरशाती है। भारत की सुरक्षा और विकास के लिए एक स्थिर पड़ोस के महत्त्व को पहचानते हुए यह नीति दक्षिण एशिया के देशों के साथ जुड़ाव को प्राथमिकता देती है। 'नेबरहुड फर्स्ट' नीति और 'बिम्सटेक' (बहु-क्षेत्रीय तकनीकी और आर्थिक सहयोग के लिए बंगाल की खाड़ी पहल) शिखर सम्मेलन जैसी पहलें क्षेत्रीय सहयोग के प्रति भारत की प्रतिबद्धता को रेखांकित करती हैं।

हालाँकि, पड़ोस ऐतिहासिक तनाव और आर्थिक विकास की अलग-अलग डिग्री के साथ एक जटिल भू-राजनीतिक परिदृश्य प्रस्तुत करता है। पाकिस्तान, बँगलादेश, श्रीलंका, नेपाल और भूटान जैसे पड़ोसियों के विविध हितों को संतुलित करने के लिए कूटनीतिक कुशलता की आवश्यकता है। मोदी की विदेश नीति में महारत क्षेत्रीय स्थिरता एवं आर्थिक सहयोग को बढ़ावा देते हुए इन जटिलताओं को दूर करने में निहित है।

'एक्ट ईस्ट' नीति : दक्षिण-पूर्व एशिया के साथ संबंधों का सुदृढ़ीकरण

'एक्ट ईस्ट' नीति, 'लुक ईस्ट' नीति का एक रणनीतिक पुनर्विन्यास, दक्षिण-पूर्व एशियाई देशों के साथ अपने जुड़ाव को गहरा करने के भारत के प्रयासों को दरशाता है। क्षेत्र के आर्थिक एवं रणनीतिक महत्त्व को पहचानते हुए मोदी ने वियतनाम, इंडोनेशिया और सिंगापुर जैसे देशों के साथ सक्रिय रूप से साझेदारी की है। यह नीति आर्थिक सहयोग, सांस्कृतिक आदान-प्रदान और सुरक्षा सहयोग पर जोर देती है।

पूर्वी एशिया शिखर सम्मेलन और आसियान-भारत शिखर सम्मेलन जैसे मंचों में भारत की भागीदारी गतिशील दक्षिण-पूर्व एशियाई क्षेत्र में इसकी उपस्थिति को मजबूत करती है। 'एक्ट ईस्ट' नीति एशिया के उभरते भू-राजनीतिक परिदृश्य में भारत को एक प्रमुख खिलाड़ी के रूप में स्थापित करने के मोदी के दृष्टिकोण के प्रमाण के रूप में कार्य करती है।

वैश्विक नेतृत्व आकांक्षाएँ : जी20 और उससे आगे

मोदी की विदेश नीति क्षेत्रीय सीमाओं से परे फैली हुई है, जो भारत को

एक वैश्विक नेता के रूप में स्थापित करती है। जी20 जैसे मंचों में भारत की भागीदारी, आयोजन और नेतृत्व—जहाँ प्रधानमंत्री मोदी ने आर्थिक एवं भू-राजनीतिक मुद्दों पर विश्व नेताओं के साथ बातचीत की है—वैश्विक शासन के प्रति प्रतिबद्धता को दरशाता है। भारत की चिंताओं को स्पष्ट करने, वैश्विक समाधानों में योगदान देने और प्रमुख अर्थव्यवस्थाओं के साथ गठबंधन बनाने की क्षमता वैश्विक मंच पर मोदी के कूटनीतिक कौशल को दरशाती है।

वर्ष 2021-22 कार्यकाल के लिए संयुक्त राष्ट्र सुरक्षा परिषद् में गैर-स्थायी सदस्यता के लिए भारत का चुनाव वैश्विक निर्णय लेने में एक बड़ी भूमिका के लिए इसकी आकांक्षाओं को और मजबूत करता है। भारत के हितों पर जोर देने और वैश्विक समस्या के समाधान में योगदान देने के लिए रणनीतिक रूप से अंतरराष्ट्रीय मंचों का लाभ उठाने में मोदी की विदेश नीति में महारत स्पष्ट है।

रणनीतिक साझेदारी : अमेरिका-भारत संबंध

मोदी के नेतृत्व में अमेरिका-भारत संबंधों में महत्त्वपूर्ण प्रगति देखी गई है। पिछली सरकारों द्वारा रखी गई नींव पर निर्माण करते हुए मोदी ने संयुक्त राज्य अमेरिका के साथ रणनीतिक साझेदारी को बढ़ावा दिया है। सन् 2008 में हस्ताक्षरित नागरिक परमाणु समझौते ने रक्षा, प्रौद्योगिकी और आतंकवाद-विरोधी सहित विभिन्न क्षेत्रों में सहयोग बढ़ाने की नींव रखी।

'हाउडी मोदी!' सन् 2019 में ह्यूस्टन में आयोजित कार्यक्रम, जहाँ प्रधानमंत्री मोदी ने तत्कालीन अमेरिकी राष्ट्रपति डोनाल्ड ट्रंप के साथ मंच साझा किया, ने नेताओं के बीच मजबूत व्यक्तिगत तालमेल और दोनों देशों के बीच बढ़ते तालमेल को प्रदर्शित किया। रक्षा, व्यापार और प्रौद्योगिकी में सहयोग ने रणनीतिक साझेदारी को मजबूत किया है, जिससे भारत अमेरिकी विदेश नीति संबंधी विचारों में एक प्रमुख खिलाड़ी के रूप में स्थापित हो गया है।

इंडो-पैसिफिक एंगेजमेंट : भू-राजनीतिक गतिशीलता को संबोधित करना

इंडो-पैसिफिक क्षेत्र वैश्विक भू-राजनीति में एक केंद्रबिंदु के रूप में उभरा है और प्रधानमंत्री मोदी की विदेश नीति ने रणनीतिक रूप से इसकी जटिलताओं

को दूर किया है। स्वतंत्र, खुले और समावेशी इंडो-पैसिफिक का दृष्टिकोण क्षेत्रीय स्थिरता एवं आर्थिक विकास के लिए भारत की आकांक्षाओं के अनुरूप है। भारत, संयुक्त राज्य अमेरिका, जापान और ऑस्ट्रेलिया वाला 'क्वाड' (QUAD) क्षेत्रीय चुनौतियों से निपटने के लिए एक प्रमुख मंच बन गया है।

हिंद महासागर क्षेत्र में भारत की समुद्री पहुँच और जापान, ऑस्ट्रेलिया एवं दक्षिण-पूर्व एशियाई देशों के साथ सहयोग इंडो-पैसिफिक में विकसित सुरक्षा वास्तुकला में योगदान देता है। क्षेत्र में प्रधानमंत्री मोदी की सक्रिय भागीदारी नियम-आधारित अंतरराष्ट्रीय व्यवस्था तथा स्वतंत्र और खुले समुद्री क्षेत्र के संरक्षण के प्रति भारत की प्रतिबद्धता को दरशाती है।

मध्य-पूर्व गतिशीलता : आर्थिक भागीदारी और प्रवासी संबंध

मध्य-पूर्व भारत के लिए रणनीतिक महत्त्व रखता है—न केवल ऊर्जा के एक प्रमुख स्रोत के रूप में, बल्कि इस क्षेत्र में महत्त्वपूर्ण भारतीय प्रवासी के कारण भी। प्रधानमंत्री मोदी की विदेश नीति में खाड़ी देशों के साथ आर्थिक साझेदारी को मजबूत करने और सांस्कृतिक तथा लोगों से लोगों के बीच संबंधों को बढ़ाने की कोशिश की गई है। 'मौसम' एप का लॉञ्च, जो दुनिया भर में प्रवासी समुदायों को जोड़ता है, भारतीय प्रवासियों के साथ जुड़ने पर जोर देने का एक प्रमाण है।

क्षेत्रीय संघर्षों को संबोधित करने के राजनयिक प्रयासों के साथ-साथ सऊदी अरब और संयुक्त अरब अमीरात जैसे देशों के साथ आर्थिक सहयोग मध्य-पूर्व की गतिशीलता के प्रति भारत के बहुमुखी दृष्टिकोण को प्रदर्शित करता है। क्षेत्र की भू-राजनीतिक जटिलताओं के लिए एक नाजुक संतुलन कार्य की आवश्यकता है, और प्रधानमंत्री मोदी की विदेश नीति के प्रयासों का उद्देश्य स्थिरता एवं पारस्परिक समृद्धि को बढ़ावा देना है।

अफ्रीका आउटरीच : आर्थिक व राजनयिक संबंधों को बढ़ावा

अफ्रीका, अपने विविध देशों एवं अर्थव्यवस्थाओं के साथ, भारत के लिए अवसर और चुनौतियाँ दोनों प्रस्तुत करता है। प्रधानमंत्री मोदी की विदेश नीति सक्रिय रूप से अफ्रीकी देशों के साथ आर्थिक व राजनयिक संबंधों को बढ़ाने

की माँग करती रही है। भारत-अफ्रीका फोरम शिखर सम्मेलन, जहाँ भारत और अफ्रीका के नेता विभिन्न क्षेत्रों पर संवाद करते हैं, आपसी विकास के प्रति प्रतिबद्धता को दरशाता है।

क्षमता-निर्माण, बुनियादी ढाँचे के विकास और व्यापार साझेदारी पर भारत का जोर अफ्रीकी महाद्वीप के साथ मजबूत संबंधों को बढ़ावा देने में योगदान देता है। भारत-ब्राजील-दक्षिण अफ्रीका (आई.बी.एस.ए.) डायलॉग फोरम जैसे मंचों पर राजनयिक भागीदारी वैश्विक चुनौतियों के लिए सहयोगात्मक दृष्टिकोण के लिए मोदी के दृष्टिकोण को और अधिक रेखांकित करती है।

चुनौतीपूर्ण समय में चीन से निपटने की कूटनीति

चीन-भारत संबंध आर्थिक सहयोग, भू-राजनीतिक प्रतिस्पर्धा और सीमा विवादों की जटिल परस्पर क्रिया की विशेषता है। चीन के प्रति मोदी की विदेश नीति के दृष्टिकोण में भारत की क्षेत्रीय अखंडता की रक्षा करते हुए राजनयिक चैनलों के माध्यम से मतभेदों को संबोधित करने का एक नाजुक संतुलन शामिल है। सन् 2018 में वुहान शिखर सम्मेलन और 2019 में 'चेन्नई कनेक्ट' बेहतर समझ और सहयोग को बढ़ावा देने के प्रयास थे।

हालाँकि, सन् 2020 में गलवान घाटी की घटना ने लंबे समय से चले आ रहे सीमा मुद्दों को तीव्र फोकस में ला दिया। मोदी की प्रतिक्रिया में सैन्य तैयारियों को मजबूत करना, कूटनीतिक व्यस्तताएँ और क्षेत्रीय स्थिरता पर ध्यान केंद्रित करना शामिल था। भारत-चीन संबंधों की जटिलताओं से निपटने के लिए रणनीतिक कौशल और राष्ट्रीय हितों के प्रति दृढ़ प्रतिबद्धता की आवश्यकता है।

आर्थिक कूटनीति : व्यापार और निवेश साझेदारी

आर्थिक कूटनीति प्रधानमंत्री मोदी की विदेश नीति रणनीति का एक प्रमुख घटक है। प्रमुख देशों के साथ व्यापार और निवेश साझेदारी को मजबूत करना न केवल भारत की आर्थिक वृद्धि के लिए आवश्यक है, बल्कि इसकी रणनीतिक स्थिति को भी बढ़ाता है। 'मेक इन इंडिया' एवं 'आत्मनिर्भर भारत' जैसी पहलें विदेशी निवेश को आकर्षित करने और स्वदेशी उद्योगों को बढ़ावा देने के राजनयिक प्रयासों की पूरक हैं।

द्विपक्षीय व्यापार समझौते, जैसे कि सिंगापुर के साथ व्यापक आर्थिक सहयोग समझौता (सी.ई.सी.ए.) और भारत-यूरोपीय संघ मुक्त व्यापार समझौता (एफ.टी.ए.) वार्त्ता अपनी आर्थिक साझेदारी में विविधता लाने और विस्तार करने के भारत के प्रयासों को दरशाते हैं। मोदी सरकार की विदेश नीति राष्ट्रीय विकास और वैश्विक प्रभाव—दोनों के लिए आर्थिक कूटनीति को एक उपकरण के रूप में शामिल करती है।

सॉफ्ट पावर डिप्लोमेसी : योग, आयुर्वेद और सांस्कृतिक आदान-प्रदान

भू-राजनीतिक और आर्थिक विचारों से परे, मोदी सरकार की विदेश नीति सॉफ्ट पावर के मूल्य को पहचानती है। योग, आयुर्वेद और सांस्कृतिक आदान-प्रदान देशों के साथ गहरे स्तर पर जुड़ने के लिए पुल के रूप में काम करते हैं। विश्व स्तर पर मनाया जानेवाला 'अंतरराष्ट्रीय योग दिवस' भारत की सॉफ्ट पावर डिप्लोमेसी, सकारात्मक छवि को बढ़ावा देने और लोगों से लोगों के बीच संबंधों को बढ़ाने का उदाहरण है।

सांस्कृतिक कूटनीति कंबोडिया जैसे देशों में सांस्कृतिक विरासत स्थलों की बहाली तथा प्रदर्शनियों एवं कलाकृतियों के आदान-प्रदान जैसी पहलों में स्पष्ट है। एक राजनयिक उपकरण के रूप में भारत की समृद्ध सांस्कृतिक विरासत पर जोर प्रधानमंत्री मोदी की विदेश नीति में एक सूक्ष्म आयाम जोड़ता है, जो राष्ट्र की विविधता और जीवंतता को प्रदर्शित करता है।

वैश्विक चुनौतियाँ : जलवायु-परिवर्तन और स्वास्थ्य कूटनीति

जलवायु-परिवर्तन और सार्वजनिक स्वास्थ्य संकट जैसी वैश्विक चुनौतियों के लिए सहयोगात्मक समाधान की आवश्यकता है। मोदी सरकार की विदेश नीति जलवायु-परिवर्तन जैसे मुद्दों पर वैश्विक समुदाय के साथ सक्रिय रूप से जुड़ी हुई है, जिससे 'पेरिस समझौते' के प्रति भारत की प्रतिबद्धता बढ़ी है। भारत द्वारा शुरू किया गया अंतरराष्ट्रीय सौर गठबंधन, नवीन समाधानों के माध्यम से जलवायु चुनौतियों का समाधान करने में अपने नेतृत्व को रेखांकित करता है।

स्वास्थ्य कूटनीति को प्रमुखता मिली, विशेषकर कोविड-19 महामारी के दौरान। विभिन्न देशों को टीके की आपूर्ति करने में भारत की भूमिका और न्यायसंगत टीका वितरण के लिए इसकी वकालत ने वैश्विक स्वास्थ्य सुरक्षा के प्रति प्रतिबद्धता प्रदर्शित की। वैश्विक स्वास्थ्य कूटनीति में मोदी की पहल साझा चुनौतियों से निपटने में भारत की जिम्मेदारी और एकजुटता की भावना को दरशाती है।

निष्कर्ष : नरेंद्र मोदी की विदेश नीति में महारत उनकी गारंटी की कहानी में एक केंद्रीय तत्त्व के रूप में उभरती है। क्षेत्रीय गतिशीलता से लेकर वैश्विक चुनौतियों तक, वैश्विक मंच पर प्रधानमंत्री मोदी का नेतृत्व एक सूक्ष्म और रणनीतिक दृष्टिकोण को दरशाता है। विविध हितों को संतुलित करने, साझेदारी को बढ़ावा देने और भू-राजनीतिक जटिलताओं से निपटने के लिए एक राजनेता के दृष्टिकोण की आवश्यकता होती है, और मोदी ने सभी अवसरों पर इसका प्रदर्शन किया है।

वैश्विक जिम्मेदारियों के साथ राष्ट्रीय हितों को जोड़ने की क्षमता, कूटनीतिक रिश्तों को चतुराई से सँभालने और वैश्विक चुनौतियों से निपटने में सक्रिय भागीदारी एक वैश्विक राजनेता के रूप में मोदी की छवि में योगदान करती है। उनकी विदेश नीति की विरासत उभरती विश्व-व्यवस्था को आकार देने में प्रमुख भूमिका के लिए भारत की आकांक्षाओं से जुड़ी हुई है।

□

सांस्कृतिक पुनर्जागरण : भारतीय अस्मिता पर मोदी-प्रभाव

"भारतीय राजनीति की जटिल संरचना में नरेंद्र मोदी के नेतृत्व ने एक ऐसी कथा बुनी है, जो शासन और नीति से परे तक फैली हुई है। इसके मूल में भारत की सांस्कृतिक विरासत के साथ गहरा जुड़ाव निहित है। एक ऐसा विषय, जो प्रधानमंत्री के रूप में मोदी के कार्यकाल के दौरान तेजी से प्रमुख हो गया है। पारंपरिक कलाओं को पुनरुज्जीवित करने से लेकर भाषाई विविधता को बढ़ावा देने तक, सांस्कृतिक पुनर्जागरण के लिए मोदी का दृष्टिकोण भारत की समृद्ध विरासत की सूक्ष्म समझ को दरशाता है।"

पारंपरिक कलाओं को पुनरुज्जीवित करना : संस्कृति का 'मेक इन इंडिया'

प्रधानमंत्री मोदी के सांस्कृतिक पुनर्जागरण का एक उल्लेखनीय पहलू पारंपरिक कला और शिल्प को पुनरुज्जीवित करने पर जोर देना है। 'मेक इन इंडिया' अभियान जैसी पहल, जो स्वदेशी उद्योगों को बढ़ावा देने पर केंद्रित है, संस्कृति के दायरे तक विस्तारित है। पारंपरिक शिल्प का पुनरुद्धार न केवल विरासत को संरक्षित करता है, बल्कि कारीगरों के लिए आर्थिक अवसर भी उत्पन्न करता है।

'हुनर हाट' पहल के तहत देश भर के पारंपरिक कारीगर अपने कौशल का प्रदर्शन करते हैं, जो उन्हें व्यापक दर्शकों से जुड़ने के लिए एक मंच प्रदान

करता है। यह पहल आर्थिक विकास को बढ़ावा देने और भारत को परिभाषित करनेवाली अनूठी कलात्मक परंपराओं को संरक्षित करने के साधन के रूप में सांस्कृतिक पुनर्जागरण के मोदी के दृष्टिकोण के अनुरूप है।

भाषाई विविधता को बढ़ावा देना : भाषाओं की एकीकृत शक्ति

भारत की भाषाई विविधता इसकी सांस्कृतिक अभिव्यक्ति की पहचान है। क्षेत्रीय भाषाओं को बढ़ावा देने और संरक्षित करने के मोदी के प्रयास सांस्कृतिक समावेशिता की भावना में योगदान करते हैं। 'एक भारत, श्रेष्ठ भारत' कार्यक्रम जैसी पहल, जो विभिन्न संस्कृतियों की आपसी समझ और सराहना को बढ़ावा देने के लिए राज्यों को जोड़ती है, भाषाई विविधता की एकीकृत शक्ति को प्रदर्शित करती है।

शिक्षा, मीडिया और डिजिटल प्लेटफॉर्मों के माध्यम से क्षेत्रीय भाषाओं को बढ़ावा देने से न केवल भाषाई पहचान मजबूत होती है, बल्कि सांस्कृतिक ज्ञान के आदान-प्रदान में भी आसानी होती है। भाषाई विविधता पर मोदी का जोर सांस्कृतिक पुनर्जागरण का एक प्रमुख पहलू है, जो इस विचार को मजबूत करता है कि भारत की ताकत विविधता में एकता में निहित है।

स्मारकों से परे : विरासत संरक्षण

भारत की सांस्कृतिक विरासत का संरक्षण स्मारकों की भव्यता से परे है। इसका विस्तार अमूर्त सांस्कृतिक संपत्तियों के संरक्षण तक है। 'एक विरासत को अपनाएँ' पहल निजी एवं सार्वजनिक क्षेत्र की कंपनियों को विरासत स्थलों को अपनाने और टिकाऊ पर्यटन को बढ़ावा देने के लिए प्रोत्साहित करती है। यह अनूठा दृष्टिकोण सुनिश्चित करता है कि विरासत संरक्षण एक सामूहिक जिम्मेदारी बन जाए, जिसमें सरकार और निजी क्षेत्र दोनों शामिल हों।

इसके अतिरिक्त, प्राकृतिक आपदाओं के दौरान क्षतिग्रस्त हुए केदारनाथ मंदिर जैसे सांस्कृतिक विरासत स्थलों का जीर्णोद्धार राष्ट्र के सांस्कृतिक ताने-बाने की सुरक्षा के लिए मोदी की प्रतिबद्धता को दरशाता है। ये प्रयास न केवल भौतिक संरचनाओं को पुनर्स्थापित करते हैं, बल्कि इन स्थलों में निहित आध्यात्मिक व सांस्कृतिक महत्त्व को भी पुनरुज्जीवित करते हैं।

सांस्कृतिक कार्यक्रमों में प्रतीकवाद : अतीत को वर्तमान से जोड़ना

मोदी के सांस्कृतिक पुनर्जागरण को अकसर भव्य आयोजनों के माध्यम से दरशाया जाता है, जो भारत की विरासत का जश्न मनाते हैं। 'नमामि गंगे' कार्यक्रम, जो गंगा नदी की सफाई और पुनरुज्जीवन पर केंद्रित है, पर्यावरण संरक्षण को सांस्कृतिक प्रतीकवाद के साथ जोड़ता है। हिंदू धर्म में पवित्र मानी जानेवाली यह नदी भारत की सांस्कृतिक शुद्धता की बहाली का एक रूपक बन गई है।

इसी तरह, 'स्टैच्यू ऑफ यूनिटी' का अनावरण, सरदार पटेल का सम्मान और लाल किले पर 75वें स्वतंत्रता दिवस का जश्न जैसे कार्यक्रम ऐतिहासिक प्रतीकों तथा समकालीन पहचान के बीच संबंध को रेखांकित करते हैं। प्रतीकात्मक घटनाओं पर मोदी का जोर भारत के समृद्ध अतीत और भविष्य की आकांक्षाओं के बीच एक पुल का काम करता है।

संस्कृति को प्रौद्योगिकी से जोड़नेवाली डिजिटल पहल

प्रौद्योगिकी द्वारा संचालित युग में मोदी का सांस्कृतिक पुनर्जागरण भारत की सांस्कृतिक विरासत को संरक्षित करने और बढ़ावा देने में डिजिटल प्लेटफॉर्मों की क्षमता को पहचानता है। भारत की राष्ट्रीय डिजिटल लाइब्रेरी और ई-पाठशाला पहल का उद्देश्य सांस्कृतिक व शैक्षिक सामग्री के भंडार को डिजिटल एवं सुलभ बनाना है। ज्ञान का यह लोकतंत्रीकरण यह सुनिश्चित करता है कि सांस्कृतिक संसाधन भौतिक स्थानों तक ही सीमित न रहें, बल्कि वैश्विक दर्शकों तक पहुँचें।

'डिजिटल इंडिया' अभियान डिजिटल विभाजन को पाटने पर ध्यान केंद्रित करने के साथ व्यापक आबादी के लिए सांस्कृतिक सामग्री उपलब्ध कराने में महत्त्वपूर्ण भूमिका निभाता है। पारंपरिक कला रूपों से लेकर ऐतिहासिक दस्तावेजों तक डिजिटल परिदृश्य भारत की सांस्कृतिक संपदा का भंडार बन गया है।

पारंपरिक चिकित्सा प्रणाली आयुर्वेद और योग को बढ़ावा देना

मोदी का सांस्कृतिक पुनर्जागरण स्वास्थ्य-सेवा के क्षेत्र तक फैला हुआ है, विशेष रूप से आयुर्वेद और योग जैसी पारंपरिक भारतीय प्रणालियों को बढ़ावा देने तक। 21 जून को विश्व स्तर पर मनाया जानेवाला 'अंतरराष्ट्रीय योग दिवस'

योग के सार्वभौमिक अभ्यास के माध्यम से भारत की सांस्कृतिक पहुँच का एक प्रमाण है। समग्र कल्याण पर जोर और पारंपरिक चिकित्सा को मुख्यधारा की स्वास्थ्य-सेवा में एकीकृत करना सांस्कृतिक पुनर्जागरण को दरशाता है।

आयुष मंत्रालय (आयुर्वेद, योग एवं प्राकृतिक चिकित्सा, यूनानी, सिद्ध और होम्योपैथी) की स्थापना पारंपरिक चिकित्सा-पद्धतियों को बढ़ावा देने के लिए सरकार की प्रतिबद्धता को रेखांकित करती है। समग्र कल्याण प्रणालियों के रूप में आयुर्वेद एवं योग की वैश्विक मान्यता भारत के सॉफ्ट पावर और सांस्कृतिक प्रभाव को बढ़ाती है।

वैश्विक मंच पर सांस्कृतिक कूटनीति

मोदी का सांस्कृतिक पुनर्जागरण राष्ट्रीय सीमाओं तक ही सीमित नहीं है; यह सांस्कृतिक कूटनीति के दायरे तक फैला हुआ है। 'नमस्ते ट्रंप' कार्यक्रम, जहाँ तत्कालीन अमेरिकी राष्ट्रपति डोनाल्ड ट्रंप का भारत की सांस्कृतिक विविधता के भव्य प्रदर्शन के साथ स्वागत किया गया था, वैश्विक मंच पर नरम शक्ति के उपयोग का उदाहरण है। इस तरह के आयोजन भारत की सांस्कृतिक जीवंतता को प्रदर्शित करने और मजबूत राजनयिक संबंधों को बढ़ावा देने का काम करते हैं।

कंबोडिया में अंकोरवाट मंदिर परिसर सहित विदेशों में सांस्कृतिक विरासत स्थलों की बहाली जैसी पहलों में सांस्कृतिक कूटनीति और भी स्पष्ट है। ये प्रयास अन्य देशों के साथ भारत के सांस्कृतिक संबंधों को मजबूत करते हैं और सकारात्मक वैश्विक धारणा में योगदान करते हैं।

पाठ्यक्रम में सांस्कृतिक मूल्यों को शामिल करनेवाली शिक्षा पर प्रभाव

मोदी के नेतृत्व में सांस्कृतिक पुनर्जागरण शिक्षा-प्रणाली में सांस्कृतिक मूल्यों को शामिल करने के प्रयासों में परिलक्षित होता है। सन् 2020 में पेश की गई राष्ट्रीय शिक्षा नीति (एन.ई.पी.) पाठ्यक्रम में भारतीय भाषाओं, कला और शिल्प को शामिल करने पर जोर देती है। इस समग्र दृष्टिकोण का उद्देश्य छात्रों को न केवल शैक्षणिक रूप से, बल्कि सांस्कृतिक रूप से भी विकसित करना है।

पारंपरिक ज्ञान-प्रणालियों का एकीकरण, नैतिक मूल्य और भारत की सांस्कृतिक विरासत में गर्व की भावना एन.ई.पी. के प्रमुख पहलू हैं। शिक्षा के लिए मोदी का दृष्टिकोण एक ऐसी पीढ़ी को बढ़ावा देने के व्यापक लक्ष्य के

साथ संरेखित है, जो वैश्वीकृत दुनिया की चुनौतियों को स्वीकार करते हुए अपनी सांस्कृतिक पहचान में गहराई से निहित है।

चुनौतियाँ और आलोचनाएँ

हालाँकि, मोदी के सांस्कृतिक पुनर्जागरण को व्यापक समर्थन मिला है, लेकिन यह आलोचनाओं और चुनौतियों से रहित नहीं है। कुछ आलोचकों का तर्क है कि सांस्कृतिक प्रतीकवाद पर जोर आर्थिक विकास, सामाजिक असमानता और पर्यावरण संबंधी चिंताओं जैसे महत्त्वपूर्ण मुद्दों पर भारी पड़ सकता है। आधुनिकता की अनिवार्यताओं के साथ परंपरा के संरक्षण को संतुलित करना एक नाजुक कार्य है।

कुछ सांस्कृतिक प्रतीकों, विशेषकर विशिष्ट धार्मिक या क्षेत्रीय पहचान से जुड़े प्रतीकों, के प्रचार को भी जाँच का सामना करना पड़ा है। आलोचकों का तर्क है कि सांस्कृतिक समावेशिता को दूसरों पर विशिष्ट सांस्कृतिक अभिव्यक्तियों को विशेषाधिकार दिए बिना भारत की विविधता को शामिल करना चाहिए।

कुल मिलाकर, मोदी के नेतृत्व में सांस्कृतिक पुनर्जागरण इक्कीसवीं सदी में भारत की पहचान को आकार देनेवाली एक परिवर्तनकारी शक्ति के रूप में उभरता है। राजनीतिक पैंतरेबाजी और नीतिगत निर्णयों से परे, सांस्कृतिक पुनरुत्थान पर जोर भारत की आत्मा की गहरी समझ को दरशाता है। मोदी का दृष्टिकोण शासन से परे है। यह भारत की समृद्ध सांस्कृतिक बुनावट के प्रति गर्व और जुड़ाव की भावना को फिर से जाग्रत् करना चाहता है। इस सांस्कृतिक पुनर्जागरण का प्रभाव कई क्षेत्रों में महसूस किया जाता है—विरासत स्थलों की बहाली से लेकर पारंपरिक कलाओं को बढ़ावा देने तक, योग के वैश्विक उत्सव से लेकर शिक्षा में सांस्कृतिक मूल्यों के समावेश तक। मोदी के नेतृत्व ने एक सांस्कृतिक पुनर्जागृति जगाई है, जो निरंतरता और समसामयिकता की भावना के साथ प्रतिध्वनित होती है।

नरेंद्र मोदी की गारंटी में सांस्कृतिक पुनर्जागरण एक महत्त्वपूर्ण विषय बना रहेगा। यह न केवल मोदी की राजनीतिक विरासत को परिभाषित करता है, बल्कि भविष्य में भारत की यात्रा की कहानी को भी आकार देता है—एक ऐसा राष्ट्र, जो तेजी से बदलती दुनिया की जटिलताओं में कदम रखते ही अपनी जड़ों से ताकत लेता है।

□

नरेंद्र मोदी की राजनीतिक कलात्मकता

"नरेंद्र मोदी की राजनीतिक यात्रा रणनीतिक कौशल, संचार कौशल और भारतीय राजनीतिक परिदृश्य की सूक्ष्म समझ के अनूठे मिश्रण से चिह्नित है। 'मोदी की गारंटी' की कथा में केंद्रीय व्यक्ति के रूप में—अपने उत्थान से लेकर चुनाव अभियानों की बारीकियों और सत्ता को मजबूत करने तक, मोदी की राजनीतिक कलात्मकता करिश्मा, चतुर निर्णय लेने और जनता के साथ एक अटूट संबंध के साथ बुनी गई एक सुदृढ़ रचना है।"

प्रचारक से मुख्यमंत्री तक

मोदी की राजनीतिक यात्रा राष्ट्रीय स्वयंसेवक संघ (आर.एस.एस.) के प्रचारक के रूप में शुरू हुई, जहाँ उन्होंने अपने संगठनात्मक और नेतृत्व-कौशल को निखारा। चुनावी राजनीति में उनका प्रवेश गुजरात में हुआ, जहाँ उन्होंने भारतीय जनता पार्टी (भाजपा) के भीतर विभिन्न पदों पर कार्य किया। जमीनी स्तर के कार्यकर्ताओं से जुड़ने की उनकी क्षमता और एक कुशल प्रशासक के रूप में उनकी प्रतिष्ठा के कारण उनका उत्थान हुआ।

सन् 2001 में उन्होंने गुजरात के मुख्यमंत्री की भूमिका निभाई। इस पद पर वे वर्ष 2014 तक रहे। इस कार्यकाल में आर्थिक विकास और विवाद दोनों देखे गए, गुजरात मॉडल चर्चा का केंद्रबिंदु बन गया। गुजरात में मोदी

की सफलता ने उनकी राष्ट्रीय राजनीतिक आकांक्षाओं की नींव रखी, जिससे विकास और राजनीतिक आख्यानों—दोनों के प्रबंधन में उनकी राजनीतिक निपुणता का प्रदर्शन हुआ।

लहर और प्रचार की कला

सन् 2014 के आम चुनावों ने भारतीय राजनीति में एक ऐतिहासिक क्षण को चिह्नित किया, जब नरेंद्र मोदी भाजपा के अभियान के शीर्ष पर थे। उनकी अभियान रणनीति ने राजनीतिक कलात्मकता को बेहतरीन ढंग से प्रदर्शित किया। विकास, नेतृत्व और परिवर्तन के वादे की सावधानीपूर्वक गढ़ी गई कहानी से प्रेरित होकर 'मोदी लहर' पूरे देश में बह गई।

प्रौद्योगिकी, विशेष रूप से सोशल मीडिया के नवोन्मेषी उपयोग ने मतदाताओं तक सीधे पहुँचने में महत्त्वपूर्ण भूमिका निभाई। 'चाय पर चर्चा' सत्र, जहाँ मोदी अनौपचारिक सेटिंग में नागरिकों के साथ जुड़े, उनकी पहुँच का प्रतीक बन गया। 3डी होलोग्राम रैलियों ने जन-संचार के लिए प्रौद्योगिकी की महारत का प्रदर्शन किया, जिससे मोदी को विभिन्न भौगोलिक क्षेत्रों के मतदाताओं से एक साथ जुड़ने की ताकत मिली।

करिश्माई वक्ता, सार्वजनिक संबोधन की शक्ति

मोदी की राजनीतिक कलात्मकता उनके करिश्माई वक्तृत्व से काफी बढ़ जाती है। दृढ़ विश्वास और जुनून के साथ दिए गए प्रभावशाली भाषणों के माध्यम से जनता से जुड़ने की उनकी क्षमता उनके राजनीतिक व्यक्तित्व की पहचान रही है। विशाल रैलियों को संबोधित करने से लेकर विभिन्न प्लेटफॉर्मों पर विविध दर्शकों के साथ जुड़ने तक, मोदी की वक्तृत्व कला जनमत को आकार देने में एक शक्तिशाली उपकरण बन गई है।

'मोदी मंत्र' न केवल उनके भाषणों की सामग्री में, बल्कि प्रस्तुति शैली में भी गूँजता है—मुखरता, भावनात्मक अपील और सामान्य व्यक्ति के साथ सीधे जुड़ाव का मिश्रण। उनके भाषण अकसर व्यक्तिगत उपाख्यानों, ऐतिहासिक संदर्भों और भविष्य के लिए एक दृष्टिकोण को बुनते हैं तथा एक ऐसी कहानी बनाते हैं, जो राजनीतिक सीमाओं से परे होती है।

वर्ष 2019 के जनादेश की कलात्मकता को डिकोड करना

वर्ष 2019 के आम चुनावों ने मोदी की अजेयता की पुष्टि की, जिसमें भाजपा को शानदार जनादेश मिला। मोदी की राजनीतिक कलात्मकता प्रमुख मुद्दों की रणनीतिक स्थिति, संदेश और गठबंधन के कुशल प्रबंधन में स्पष्ट थी। राष्ट्रीय सुरक्षा, कल्याणकारी योजनाओं और निर्णायक नेतृत्व-शैली की कहानी ने सार्वजनिक धारणा को आकार देने में महत्त्वपूर्ण भूमिका निभाई।

'मैं भी चौकीदार' अभियान, जहाँ मोदी ने खुद को राष्ट्र के संरक्षक के रूप में स्थापित किया, मतदाताओं के बीच गूँज उठा। 'प्रधानमंत्री उज्ज्वला योजना' और 'आयुष्मान भारत' जैसी सामाजिक कल्याण योजनाओं के व्यापक उपयोग ने समावेशी शासन के प्रति प्रतिबद्धता प्रदर्शित की। एक ऐसी कथा गढ़ने की क्षमता, जो क्षेत्रीय विविधताओं से परे हो और एक विविध राष्ट्र की आकांक्षाओं को बयाँ करती हो, मोदी की राजनीतिक चतुराई को दरशाती है।

राजनीतिक गतिशीलता को प्रबंधित करनेवाली शक्ति का सुदृढ़ीकरण

मोदी की अजेयता सिर्फ चुनाव जीतने के बारे में नहीं है; यह पार्टी के भीतर शक्ति को मजबूत करने और जटिल राजनीतिक गतिशीलता से निपटने के बारे में भी है। एक एकजुट पार्टी संरचना को बनाए रखने, असहमति को प्रबंधित करने और रणनीतिक रूप से नेताओं को प्रमुख पदों पर रखने की उनकी क्षमता उनकी राजनीतिक कलात्मकता का एक महत्त्वपूर्ण पहलू रही है।

अनुभवी और नए चेहरों के मिश्रण के साथ केंद्रीय मंत्रिमंडल का 2019 का पुनर्गठन नवाचार के साथ निरंतरता को संतुलित करने के मोदी के दृष्टिकोण का उदाहरण है। व्यक्तिगत योगदान के लिए जगह देते हुए पार्टी के सदस्यों को बड़े दृष्टिकोण के साथ जोड़े रखने की क्षमता पार्टी की आंतरिक गतिशीलता की गहरी समझ को दरशाती है।

संकट-प्रबंधन : शिष्टता के साथ चुनौतियों से निपटना

मोदी की राजनीतिक कलात्मकता संभवतः संकटों को शिष्टता और रणनीतिक कुशलता से निपटाने की उनकी क्षमता में सबसे अधिक स्पष्ट है। कोविड-19 महामारी से उत्पन्न आर्थिक चुनौतियों से लेकर चीन के साथ सीमा

तनाव तक, मोदी ने जनता के विश्वास को बनाए रखते हुए मुद्दों को सीधे संबोधित करने की क्षमता का प्रदर्शन किया है।

महामारी के दौरान संचार रणनीति, जिसमें राष्ट्र के नाम नियमित संबोधन और 'प्रधानमंत्री गरीब कल्याण योजना' शामिल है, ने एक ऐसे नेता को प्रदर्शित किया, जो अनिश्चितता के समय में आश्वासन और दिशा प्रदान कर सकता था। चीन के साथ गलवान घाटी की घटना ने समाधान के लिए राजनयिक माध्यमों को अपनाते हुए राष्ट्रीय हितों की रक्षा करने में मोदी की निर्णायक क्षमता को रेखांकित किया।

कल्याणकारी योजनाएँ : एक सामाजिक समावेशी आख्यान

मोदी की राजनीतिक कलात्मकता का एक प्रमुख आयाम समाज के विभिन्न वर्गों को आकर्षित करनेवाली कल्याणकारी योजनाओं का निर्माण और कार्यान्वयन है। स्वच्छता में सुधार लाने के उद्देश्य से 'स्वच्छ भारत अभियान' और वित्तीय समावेशन को बढ़ावा देनेवाली 'प्रधानमंत्री जन धन योजना' जैसी पहल जमीनी स्तर के मुद्दों को संबोधित करने की प्रतिबद्धता दरशाती है।

वस्तु एवं सेवा कर (जी.एस.टी.) का कार्यान्वयन, हालाँकि, प्रारंभिक चुनौतियों का सामना कर रहा है, जो कराधान को सुव्यवस्थित करने और एकीकृत बाजार बनाने के प्रयास को दरशाता है। राजनीतिक कलात्मकता न केवल इन योजनाओं की परिकल्पना करने में है, बल्कि उनके लाभों को जनता तक पहुँचाने और समावेशी विकास की कहानी गढ़ने में भी है।

युवा आकांक्षाओं से जुड़ना

मोदी की राजनीतिक कलात्मकता युवाओं से जुड़ने तक फैली हुई है—एक जनसांख्यिकीय, जो चुनावी परिणामों को आकार देने में महत्त्वपूर्ण भूमिका निभाती है। 'स्किल इंडिया' और 'स्टार्टअप इंडिया' जैसी पहलें युवाओं की आकांक्षाओं को पूरा करती हैं, जिससे सरकार आर्थिक अवसरों के सुविधा-प्रदाता के रूप में स्थापित होती है। 'मन की बात' कार्यक्रम, जहाँ मोदी विभिन्न मुद्दों पर व्यापक दर्शकों को संबोधित करते हैं, विशेष रूप से युवाओं के साथ जुड़ा हुआ है।

युवा जनसांख्यिकीय के साथ सीधे संचार चैनल के रूप में सोशल मीडिया का उपयोग बदलते संचार रुझानों की समझ को दरशाता है। युवाओं की ऊर्जा और आकांक्षाओं का उपयोग करने की क्षमता मोदी के नेतृत्व की स्थायी अपील में योगदान करती है।

वैश्विक धारणा बनानेवाली राजनीतिक कलात्मकता के रूप में विदेश नीति

मोदी की राजनीतिक कलात्मकता राष्ट्रीय सीमाओं तक ही सीमित नहीं है; यह विदेश नीति के दायरे तक फैली हुई है। वैश्विक मंच पर भारत की रणनीतिक स्थिति, विश्व नेताओं के साथ व्यक्तिगत तालमेल और एक जिम्मेदार वैश्विक खिलाड़ी के रूप में भारत का प्रक्षेपण एक राजनेता के रूप में मोदी की कहानी में योगदान देता है।

'वैक्सीन मैत्री' पहल, जहाँ भारत ने विभिन्न देशों को कोविड-19 टीकों की आपूर्ति की, ने एक नेतृत्व-शैली का प्रदर्शन किया, जो राष्ट्रीय हितों से परे फैली हुई है। भारत की चिंताओं को व्यक्त करने और वैश्विक समस्या-समाधान में योगदान देने के लिए अंतरराष्ट्रीय मंचों का लाभ उठाने की मोदी की क्षमता एक राजनीतिक कलात्मकता को दरशाती है, जो घरेलू राजनीति से परे है।

विवाद और तूफान का सामना करने में अनुकूलन

कोई भी राजनीतिक यात्रा विवादों से रहित नहीं है और मोदी का कॅरियर भी इसका अपवाद नहीं है। सन् 2002 के गुजरात दंगों से निपटने के सवालों से लेकर आर्थिक नीतियों पर बहस तक, मोदी को विभिन्न हलकों से आलोचना का सामना करना पड़ा है। हालाँकि, उनकी राजनीतिक कलात्मकता इन तूफानों का सामना करने, बदलती परिस्थितियों के अनुकूल ढलने और एक लचीली सार्वजनिक छवि बनाए रखने की उनकी क्षमता में निहित है।

चुनौतियों के सामने चुनावी जीत, जो एक संचार रणनीति के साथ मिलकर विवादों को सीधे संबोधित करती है, एक ऐसे नेता को दरशाती है, जो सार्वजनिक धारणा को प्रबंधित करने में माहिर है। असफलताओं से सीखने और मजबूत होकर उभरने की क्षमता 'मोदी की गारंटी' की कहानी में योगदान करती है।

निष्कर्ष के तौर पर, यह स्पष्ट है कि 'मोदी की गारंटी' केवल चुनावी जीत का परिणाम नहीं है, बल्कि बहुमुखी राजनीतिक कौशल का प्रमाण है। जमीनी स्तर पर संगठन से लेकर अंतरराष्ट्रीय संबंधों के प्रबंधन तक, संकट प्रबंधन से लेकर युवाओं से जुड़ने तक, मोदी की राजनीतिक कलात्मकता एक गतिशील और लगातार विकसित होनेवाली शक्ति है।

वस्तुतः 'मोदी की गारंटी' एक अभेद्य किले में नहीं, बल्कि अनुकूलन क्षमता, लचीलेपन और रणनीतिक दृष्टि में निहित है, जो उनकी राजनीतिक यात्रा को परिभाषित करती है।

□

जनता से जुड़ाव : मोदी का करिश्मा

"भारतीय राजनीति की बुनावट में नरेंद्र मोदी की गारंटी केवल रणनीतिक कौशल या नीतिगत निर्णयों का परिणाम नहीं है; यह उनके अनूठे करिश्मे के साथ गहराई से जुड़ा हुआ है। राजनीतिक रैलियों के उत्साह से लेकर उनके 'मन की बात' रेडियो कार्यक्रम की गूँज तक, उनका करिश्मा एक ऐसी ताकत है, जो पारंपरिक राजनीति की सीमाओं को पार कर करोड़ों लोगों के साथ व्यक्तिगत और भावनात्मक संबंध बनाता है।"

चायवाले से प्रधानमंत्री तक : कथा की शक्ति

एक चाय बेचनेवाले के बेटे के रूप में एक साधारण पृष्ठभूमि से देश के सर्वोच्च पद तक पहुँचने तक मोदी की यात्रा एक ऐसी कहानी है, जो कई लोगों को पसंद आती है। उनकी व्यक्तिगत कहानी ऊर्ध्वगामी गतिशीलता और सर्वोत्कृष्ट 'भारतीय स्वप्न' का प्रतीक बन गई है। इस आख्यान को अपने राजनीतिक व्यक्तित्व में पिरोने की मोदी की क्षमता उनके करिश्मे में एक भरोसेमंद और आकांक्षापूर्ण आयाम जोड़ती है।

'चायवाला' से लेकर प्रधानमंत्री तक की कहानी सिर्फ एक व्यक्तिगत यात्रा नहीं है; यह इस विचार का प्रतिनिधित्व करती है कि भारतीय लोकतंत्र में कोई भी उनकी पृष्ठभूमि की परवाह किए बिना, सत्ता के उच्चतम स्तर तक पहुँच सकता है। इस आख्यान का जनता की सामूहिक कल्पना पर

गहरा प्रभाव पड़ता है, जो मोदी के करिश्मे की चुंबकीय अपील में योगदान देता है।

सामान्य स्पर्श : चाय पर चर्चा

मोदी के करिश्मे की परिभाषित विशेषताओं में से एक उनकी सापेक्षता और सर्वोच्च राजनीतिक पद पर रहने के बावजूद उनका साझा स्पर्श है। वर्ष 2014 के चुनावों के दौरान 'चाय पर चर्चा' अभियान उनके व्यक्तित्व के इस पहलू का उदाहरण है। अनौपचारिक सेटिंग में नागरिकों के साथ जुड़कर मोदी ने पहुँच और सुलभता की छवि पेश की।

यह बातचीत, अकसर व्यक्तिगत उपाख्यानों एवं कहानियों के आदान-प्रदान के साथ, नेता और लोगों के बीच घनिष्ठता की भावना पैदा करती है। ऐसी बातचीत के दौरान विविध पृष्ठभूमि के व्यक्तियों से जुड़ने की मोदी की क्षमता इस विचार को पुष्ट करती है कि वह आम व्यक्ति की आकांक्षाओं एवं चुनौतियों को समझते हैं और उनकी परवाह करते हैं।

करिश्माई वक्ता : शब्दों की शक्ति

मोदी का करिश्मा उनके असाधारण वक्तृत्व कौशल में व्यक्त होता है। उनके भाषण महज राजनीतिक संबोधन नहीं हैं; वे शक्तिशाली आख्यान हैं, जो भावनाओं को जगाते हैं, कारवाई को प्रेरित करते हैं और एक स्थायी प्रभाव पैदा करते हैं। चाहे विशाल रैलियों को संबोधित करना हो या अपने 'मन की बात' प्रसारण के माध्यम से राष्ट्र से जुड़ना हो, मोदी के शब्दों में एक ऐसी गूँज है, जो राजनीतिक बयानबाजी से परे है।

करिश्माई वक्तृत्व शैली की विशेषता मुखरता, जुनून और दर्शकों की भावनाओं से सीधा जुड़ाव है। उनके भाषणों में अकसर कहानी कहने के तत्त्व, ऐतिहासिक संदर्भ और भविष्य के लिए एक दृष्टिकोण शामिल होता है, जिससे एक ऐसी कहानी तैयार होती है, जो जनता की कल्पना को पकड़ लेती है।

सोशल मीडिया सगाई : डिजिटल करिश्मा

डिजिटल संचार के युग में मोदी का करिश्मा आभासी दायरे तक निर्बाध

रूप से फैला हुआ है। सोशल मीडिया प्लेटफॉर्म, विशेषकर एक्स और फेसबुक के उनके कुशल उपयोग ने, राजनीतिक नेताओं के जनता के साथ जुड़ने के तरीके को बदल दिया है। लाखों अनुयायियों के साथ मोदी की ऑनलाइन उपस्थिति उनके करिश्मे को बढ़ाती है और विशाल दर्शकों के साथ सीधे संवाद की अनुमति देती है।

वर्ष 2019 के चुनावों के दौरान 'मैं भी चौकीदार' अभियान ने सामूहिक पहचान बनाने और समर्थन जुटाने में सोशल मीडिया की शक्ति का प्रदर्शन किया। मोदी का डिजिटल करिश्मा भौगोलिक सीमाओं को पार कर शहरी व ग्रामीण दोनों आबादी तक पहुँच रहा है और युवा जनसांख्यिकीय के साथ जुड़ रहा है।

'मन की बात' : देश से एक व्यक्तिगत जुड़ाव

'मन की बात' (दिल से दिल की बात) एक रेडियो कार्यक्रम है, जिसके माध्यम से मोदी सीधे राष्ट्र को संबोधित करते हैं। यह अनूठा मंच उन्हें नागरिकों के साथ व्यक्तिगत संबंध स्थापित करने और सामाजिक चुनौतियों से लेकर व्यक्तिगत उपलब्धियों तक कई मुद्दों पर विचार साझा करने में सक्षम बनाता है। 'मन की बात' का संवादात्मक और सहानुभूतिपूर्ण लहजा मोदी के नेतृत्व में आत्मीयता की एक परत जोड़ता है।

यह कार्यक्रम मोदी के लिए राष्ट्र की सामूहिक चेतना से जुड़ने और प्रोत्साहन, मार्गदर्शन एवं प्रेरणा के शब्दों की पेशकश करने के माध्यम के रूप में कार्य करता है। लोगों की चिंताओं व आकांक्षाओं को सीधे संबोधित करके 'मन की बात' मोदी की करिश्माई नेतृत्व-शैली की अभिव्यक्ति बन जाती है।

कल्याणकारी योजनाओं की व्यापक अपील : मोदी स्पर्श

मोदी का करिश्मा उन कल्याणकारी योजनाओं के कार्यान्वयन से जटिल रूप से जुड़ा हुआ है, जो लाखों लोगों के जीवन को सीधे प्रभावित करती हैं। 'प्रधानमंत्री जन धन योजना', 'प्रधानमंत्री उज्ज्वला योजना' और 'स्वच्छ भारत अभियान' जैसी पहलें केवल नीतिगत उपाय नहीं हैं। उनमें एक ऐसे नेता का व्यक्तिगत स्पर्श है, जो आम नागरिक के जीवन की गुणवत्ता में सुधार करना चाहता है।

इन योजनाओं की सफलता न केवल उनके कार्यान्वयन में निहित है, बल्कि जनता तक उनका लाभ पहुँचाने की मोदी की क्षमता में भी निहित है। करिश्माई नेता सकारात्मक बदलाव का चेहरा बन जाता है, जिससे यह कहानी बनती है कि सरकार हर व्यक्ति के कल्याण और उत्थान के लिए सक्रिय रूप से काम कर रही है।

प्रतिष्ठित प्रतीकवाद

मोदी का करिश्मा अकसर प्रतीकात्मक इशारों में व्यक्त होता है, जो राष्ट्र की सामूहिक चेतना के साथ गूँजता है। 'नमस्ते ट्रंप' कार्यक्रम, जहाँ मोदी ने भारत की सांस्कृतिक विविधता के भव्य प्रदर्शन के साथ तत्कालीन अमेरिकी राष्ट्रपति डोनाल्ड ट्रंप का स्वागत किया, राष्ट्र-निर्माण और कूटनीति के लिए प्रतीकात्मक घटनाओं के उपयोग का उदाहरण है।

सरदार पटेल को समर्पित 'स्टैच्यू ऑफ यूनिटी' और लाल किले पर 75वें स्वतंत्रता दिवस का जश्न ऐसे प्रतिष्ठित क्षण हैं, जो राजनीतिक प्रतीकवाद से परे हैं। ये इशारे एक दृश्य कथा बनाते हैं, जो जनता की भावनाओं और गौरव से जुड़ते हैं, जो मोदी के नेतृत्व की करिश्माई आभा में योगदान करते हैं।

चुनौती के समय में संकट : नेतृत्व का करिश्मा

किसी नेता के करिश्मे की असली परीक्षा चुनौतीपूर्ण समय में नेतृत्व करने की उसकी क्षमता में निहित है। कोविड-19 महामारी और चीन के साथ सीमा तनाव जैसे संकटों से निपटने में मोदी ने एक नेतृत्व-शैली का प्रदर्शन किया, जो सहानुभूति के साथ निर्णायकता को जोड़ती है। राष्ट्र के नाम नियमित संबोधन, 'प्रधानमंत्री गरीब कल्याण योजना' और टीकाकरण अभियान ने एक ऐसे नेता का प्रदर्शन किया, जो लोगों की चिंताओं व आशाओं से जुड़ता है।

संकटों के प्रति करिश्माई प्रतिक्रिया में न केवल प्रभावी शासन शामिल है, बल्कि आश्वासन और एकता की भावना व्यक्त करने की क्षमता भी शामिल है। चुनौतीपूर्ण समय में मोदी का नेतृत्व इस विचार को पुष्ट करता है कि वह एक ऐसे नेता हैं, जो हर सुख-दुःख में लोगों के साथ खड़े रहते हैं।

युवा पीढ़ी के साथ करिश्माई जुड़ाव

मोदी का करिश्मा युवा वर्ग तक फैला हुआ है, जो आबादी का एक ऐसा वर्ग है, जो चुनावी नतीजों पर महत्त्वपूर्ण प्रभाव डालता है। 'स्किल इंडिया' एवं 'स्टार्टअप इंडिया' जैसी पहलें युवाओं की आकांक्षाओं को पूरा करती हैं, जिससे सरकार आर्थिक अवसरों के सुविधा-प्रदाता के रूप में स्थापित होती है। 'मन की बात' कार्यक्रम, जहाँ मोदी सीधे युवाओं से संबंधित मुद्दों को संबोधित करते हैं, करिश्माई अपील में एक व्यक्तिगत स्पर्श जोड़ता है।

डिजिटल जुड़ाव, सोशल मीडिया उपस्थिति और युवाओं की ऊर्जा तथा आकांक्षाओं का दोहन करने की क्षमता मोदी के नेतृत्व की स्थायी अपील में योगदान करती है। युवा पीढ़ी के साथ करिश्माई जुड़ाव परंपरा और आधुनिकता के बीच एक पुल बनाता है, जो उनके राजनीतिक करिश्मे का अभिन्न अंग है।

भावनात्मक अनुनाद : भावनाओं के अनुरूप एक नेता

अंततः, मोदी का करिश्मा जनता की भावनाओं से जुड़ने की उनकी क्षमता में निहित है। चाहे वह राष्ट्रीय त्रासदी के दौरान दुःख व्यक्त करना हो, सुरंग में फँसे श्रमजीवियों को 17 दिनों बाद निकाला जाना हो, व्यक्तिगत उपलब्धियों को प्राप्त करना हो या खुशी के क्षणों को साझा करना हो, मोदी की नेतृत्व-शैली राष्ट्र के भावनात्मक ताने-बाने से गहराई से जुड़ी हुई है।

भावनात्मक प्रतिध्वनि राजनीतिक गणनाओं से परे है। यह एक ऐसे नेता को दरशाता है, जो वास्तव में लोगों द्वारा अनुभव किए गए उतार-चढ़ाव से जुड़ा हुआ है। यह भावनात्मक जुड़ाव मोदी की गारंटी का आधार बनता है और एक ऐसा बंधन बनाता है, जो राजनीति की लेन-देन की प्रकृति से परे है।

स्पष्ट है कि मोदी की गारंटी केवल राजनीतिक रणनीति या प्रशासनिक दक्षता का परिणाम नहीं है। यह एक करिश्माई नेतृत्व-शैली में निहित है, जो लाखों भारतीयों के साथ व्यक्तिगत संबंध बनाती है। उनकी व्यक्तिगत यात्रा की कहानी से लेकर शक्तिशाली भाषण कला, डिजिटल जुड़ाव और संकटों के प्रति सहानुभूतिपूर्ण प्रतिक्रिया तक मोदी का करिश्मा एक बहुआयामी रहस्य है, जो भारत के राजनीतिक परिदृश्य को आकार देता है।

□

चुनावी विजय : मोदी की अपराजेय आभा

"नरेंद्र मोदी की राजनीतिक यात्रा चुनावी जीतों से भरी है, जिसने न केवल भारत के प्रधानमंत्री के रूप में उनकी स्थिति सुरक्षित की है, बल्कि एक चुनावी महारथी के रूप में उनकी छवि भी मजबूत की है। राज्य-स्तरीय जीत से लेकर निर्णायक राष्ट्रीय जनादेश तक, मोदी की चुनावी जीत रणनीतिक दृष्टि, जन-अपील और भारतीय मतदाताओं की सहज समझ का एक अनूठा मिश्रण दरशाती है।"

राज्य-स्तरीय प्रभुत्व : गुजरात और उससे आगे

मोदी की चुनावी यात्रा गुजरात राज्य से शुरू हुई, जहाँ उन्होंने वर्ष 2001 से 2014 तक लगातार चार बार मुख्यमंत्री के रूप में कार्य किया। गुजरात की राजनीति में उनके प्रभुत्व की विशेषता आर्थिक विकास, बुनियादी ढाँचे के विकास और व्यापार-समर्थक माहौल का संयोजन था। गुजरात मॉडल चर्चा का केंद्रबिंदु बन गया, जिसमें मोदी ने लगातार राज्य विधानसभा चुनावों में जीत हासिल की।

विकासात्मक आख्यानों को चुनावी जीत में तब्दील करने की उनकी क्षमता ने एक राजनीतिक कौशल का प्रदर्शन किया, जो बयानबाजी से परे था। गुजरात में लगातार जीत ने मोदी को एक मजबूत क्षेत्रीय नेता के रूप में स्थापित कर दिया, जिससे उनकी राष्ट्रीय महत्त्वाकांक्षाओं की नींव पड़ी।

खेल बदलनेवाली जीत

वर्ष 2014 का आम चुनाव भारतीय राजनीति में एक ऐतिहासिक मोड़ साबित हुआ। नरेंद्र मोदी के नेतृत्व में भारतीय जनता पार्टी (भाजपा) ने लोकसभा (संसद् का निचला सदन) में 545 में से 282 सीटें जीतकर शानदार जीत हासिल की। इस जीत ने न केवल मोदी को प्रधानमंत्री पद तक पहुँचाया, बल्कि तीन दशकों में पहली बार ऐसा हुआ कि किसी एक पार्टी ने अपने दम पर बहुमत हासिल किया।

करिश्माई नेतृत्व-शैली, विकास का वादा और संचार चैनलों के प्रभावी उपयोग की विशेषतावाली मोदी लहर वर्ष 2014 के चुनावों की एक निर्णायक विशेषता बन गई। जीत के पैमाने ने मोदी की दूरदर्शिता और नेतृत्व के राष्ट्रव्यापी समर्थन को प्रतिबिंबित किया, जिससे उनकी अजेयता की घटना के लिए मंच तैयार हुआ।

जनादेश को सुदृढ़ करना

वर्ष 2019 के आम चुनावों ने 'मोदी की गारंटी' आभा की पुष्टि की। विपक्षी दलों के गठबंधन और विभिन्न मोर्चों पर चुनौतियों का सामना करने के बावजूद मोदी के नेतृत्व में भाजपा ने और भी अधिक निर्णायक जनादेश हासिल किया। 545 में से 303 सीटें जीतकर भाजपा ने एक बार फिर अपने दम पर बहुमत की सरकार बनाई।

वर्ष 2019 के चुनावों के लिए अभियान की रणनीति मोदी की विविध जनसांख्यिकी से जुड़ने की क्षमता को दरशाती है। कहानी विकास के वादों से हटकर राष्ट्रीय सुरक्षा, कल्याणकारी योजनाओं और निर्णायक नेतृत्व पर केंद्रित हो गई। 'मैं भी चौकीदार' अभियान, जहाँ मोदी ने खुद को राष्ट्र के संरक्षक के रूप में स्थापित किया, मतदाताओं के बीच गूँजता रहा, जो उनकी चुनावी रणनीति की अनुकूलन क्षमता को प्रदर्शित करता है।

राज्य विधानसभा चुनाव

जबकि मोदी की चुनावी विजयों की विशेषता मुख्य रूप से जीत ही रही है, राज्य विधानसभा चुनावों में असफ़लताओं के भी उदाहरण सामने आए हैं।

दिल्ली, राजस्थान एवं छत्तीसगढ़ जैसे राज्यों में वर्ष 2018 के विधानसभा चुनावों में भाजपा को हार का सामना करना पड़ा। हालाँकि, कर्नाटक व त्रिपुरा जैसे राज्यों में जीत और आगामी चुनाव में कर्नाटक एवं हिमाचल प्रदेश में भी हार का मुँह देखना पड़ा। ये नतीजे क्षेत्रीय गतिशीलता की जटिलता और चुनावी नतीजों पर राज्य-स्तरीय मुद्दों के प्रभाव को रेखांकित करते हैं।

इसी प्रकार, नवंबर 2023 में मध्य प्रदेश, राजस्थान और छत्तीसगढ़ में मोदी के चेहरे पर लड़े गए चुनाव में भाजपा की जीत ने मोदी की आभा को पुनः स्थापित किया।

वहीं हार से उबरने और रणनीतियों को फिर से व्यवस्थित करने की क्षमता मोदी में एक ऐसे नेता को प्रदर्शित करती है, जो अनुभवों से सीखता है और उभरते राजनीतिक परिदृश्य के अनुसार खुद को ढालता है।

क्षेत्रीय आउटरीच : सांस्कृतिक एवं भाषाई विविधता को पाटना

मोदी की अपराजेय आभा में योगदान देनेवाला एक प्रमुख कारक क्षेत्रीय पहुँच के प्रति उनका रणनीतिक दृष्टिकोण है। भारत विविध संस्कृतियों, भाषाओं और क्षेत्रीय आकांक्षाओं का मिश्रण है। मोदी की नेतृत्व-शैली में इन विविधताओं की सूक्ष्म समझ शामिल है; साथ ही, एक प्रभावी संचार रणनीति भी शामिल है, जो भाषाई एवं सांस्कृतिक बाधाओं को पार करती है।

'एक भारत, श्रेष्ठ भारत' कार्यक्रम, जो विभिन्न संस्कृतियों की आपसी समझ और सराहना को बढ़ावा देने के लिए राज्यों को जोड़ता है, क्षेत्रीय एकीकरण के लिए मोदी की प्रतिबद्धता का उदाहरण देता है। प्रत्येक राज्य की सांस्कृतिक समृद्धि को पहचानने और उसका जश्न मनाने से मोदी समावेशिता की भावना को बढ़ावा देते हैं, जो देश भर के मतदाताओं के साथ प्रतिध्वनित होती है।

जमीनी स्तर से जुड़ाव और पार्टी मशीनरी की मजबूती

मोदी की चुनावी जीत केवल ऊपर से नीचे के दृष्टिकोण का परिणाम नहीं है; वह एक मजबूत जमीनी स्तर के जुड़ाव में भी निहित है। भाजपा की संगठनात्मक मशीनरी, जिसे अकसर 'पन्ना प्रमुख' प्रणाली के रूप में जाना जाता

है, में मतदाता सूची के प्रत्येक पृष्ठ के लिए एक समर्पित पार्टी कार्यकर्ता नियुक्त करना शामिल है। यह सूक्ष्म-स्तरीय दृष्टिकोण जमीनी स्तर पर मतदाताओं के साथ सीधा संबंध सुनिश्चित करता है।

बूथ स्तर पर पार्टी की उपस्थिति को मजबूत करने पर ध्यान केंद्रित करने वाली 'बूथ विजय' रणनीति जमीनी स्तर पर संगठनात्मक ढाँचे पर मोदी के जोर को दरशाती है। यह दृष्टिकोण मतदाताओं के साथ अधिक व्यक्तिगत बातचीत की सुविधा प्रदान करता है और पार्टी की चुनाव मशीनरी की दक्षता में योगदान देता है।

कल्याणकारी योजनाएँ : विकास का चुनावी लाभांश

मोदी की चुनावी जीत का एक महत्त्वपूर्ण कारक कल्याणकारी योजनाओं का सफल कार्यान्वयन है, जो सीधे नागरिकों के जीवन को प्रभावित करती हैं। 'प्रधानमंत्री जन धन योजना', 'प्रधानमंत्री उज्ज्वला योजना', 'स्वच्छ भारत अभियान' और 'आयुष्मान भारत' जैसी पहलों ने न केवल महत्त्वपूर्ण सामाजिक मुद्दों को संबोधित किया है, बल्कि समावेशी विकास के लिए सरकार की प्रतिबद्धता के बारे में एक सकारात्मक कहानी भी बनाई है।

इन कल्याणकारी योजनाओं का चुनावी लाभ इस बात से स्पष्ट है कि वे मतदाताओं के साथ कैसे जुड़ती हैं, खासकर ग्रामीण और आर्थिक रूप से वंचित क्षेत्रों में। ठोस लाभ और प्रभावी संचार का संयोजन वादों को पूरा करनेवाले नेता के रूप में मोदी की छवि को बढ़ाता है।

आर्थिक आख्यान : गुजरात मॉडल और उससे आगे

मोदी की चुनावी सफलताएँ मतदाताओं के सामने उनके द्वारा प्रस्तुत आर्थिक आख्यान से जटिल रूप से जुड़ी हुई हैं। मुख्यमंत्री के रूप में उनके कार्यकाल के दौरान तीव्र आर्थिक वृद्धि और विकास को प्रदर्शित करनेवाला गुजरात मॉडल उनके राष्ट्रीय अभियानों के लिए एक आदर्श बन गया। आर्थिक सुधारों, बुनियादी ढाँचे के विकास और रोजगार-सृजन का वादा मतदाताओं, विशेषकर आकांक्षी मध्यम वर्ग, के साथ दृढ़ता से जुड़ा हुआ है।

वस्तु एवं सेवा कर (जी.एस.टी.) का कार्यान्वयन और 'डिजिटल इंडिया'

जैसी पहलों के माध्यम से डिजिटल अर्थव्यवस्था पर जोर आर्थिक आख्यान में और योगदान देता है। एक ऐसे नेता के रूप में मोदी की धारणा, जो आर्थिक जटिलताओं को समझती है और विकास को गति दे सकती है, चुनावी नतीजों पर काफी प्रभाव डालती है।

राष्ट्रीय सुरक्षा : मतदाताओं का मजबूत नेतृत्व पर भरोसा

मोदी की अप्रतिम आभा राष्ट्रीय सुरक्षा के मामलों पर उनके नेतृत्व में मतदाताओं के विश्वास से भी जुड़ी हुई है। पुलवामा हमले के बाद सन् 2019 में बालाकोट हवाई हमले ने आतंकी कृत्यों के लिए एक निर्णायक प्रतिक्रिया प्रदर्शित की। राष्ट्रीय सुरक्षा को प्राथमिकता देनेवाले एक मजबूत और दृढ़ नेता की कहानी मतदाताओं के एक महत्त्वपूर्ण वर्ग के साथ गूँजती है।

'मैं भी चौकीदार' अभियान ने इस भावना को भुनाया और मोदी को एक ऐसे अभिभावक के रूप में स्थापित किया, जो राष्ट्र की रक्षा के लिए प्रतिबद्ध है। देश की सुरक्षा को प्राथमिकता देनेवाले नेता के रूप में मोदी के बारे में मतदाताओं की धारणा चुनाव में उनकी अजेयता में योगदान करती है।

अनुकूलनशीलता और नवीनता दीर्घायु की कुंजी

मोदी की अप्रतिम आभा न केवल उनकी चुनावी रणनीति में सुसंगत विषयों के कारण, बल्कि उनकी अनुकूलन क्षमता और नव-प्रवर्तन की क्षमता के कारण भी कायम है। मतदाताओं की नब्ज को समझने, उभरते मुद्दों पर प्रतिक्रिया देने और फीडबैक के आधार पर रणनीतियों को पुनः व्यवस्थित करने की क्षमता उनकी राजनीतिक दीर्घायु की पहचान है।

'चाय पर चर्चा' और 'मैं भी चौकीदार' जैसे नवोन्मेषी संचार अभियानों से लेकर 'आत्मनिर्भर भारत' पहल के साथ कोविड-19 महामारी जैसी नई चुनौतियों का समाधान करने तक मोदी की चुनावी जीत एक निरंतर विकसित हो रहे दृष्टिकोण द्वारा चिह्नित है। यह अनुकूलनशीलता सुनिश्चित करती है कि उनकी अपील भारतीय राजनीति के गतिशील परिदृश्य में प्रासंगिक बनी रहे।

निष्कर्ष : नरेंद्र मोदी की गारंटी एक स्थिर घटना नहीं है, बल्कि कारकों के संयोजन से बनी एक गतिशील शक्ति है। गुजरात से राष्ट्रीय मंच तक की उनकी

चुनावी यात्रा—विभिन्न राजनीतिक परिदृश्यों में जीत से चिह्नित—एक ऐसे नेता को दरशाती है, जिसे जनता से जुड़ने की कला में महारत हासिल है।

मोदी की अपराजेय आभा रणनीतिक दृष्टि, आर्थिक आख्यान, कल्याणकारी पहल और लोगों के साथ एक अद्वितीय जुड़ाव का परिणाम है। उनकी चुनावी जीत की स्थायी विरासत न केवल उनकी जीत में निहित है, बल्कि भारत के राजनीतिक परिदृश्य पर उनके परिवर्तनकारी प्रभाव में भी निहित है।

□

सामाजिक सुधार :
मोदी का समावेशी एजेंडा

"नरेंद्र मोदी का नेतृत्व केवल चुनावी जीत और आर्थिक नीतियों तक ही सीमित नहीं है; इसका विस्तार सामाजिक सुधारों के दायरे तक है। स्वच्छता अभियान से लेकर वित्तीय समावेशन को बढ़ावा देनेवाली पहल तक, सामाजिक सुधारों के प्रति मोदी का दृष्टिकोण एक समतापूर्ण और समावेशी समाज के निर्माण की प्रतिबद्धता को दरशाता है।"

'स्वच्छ भारत' अभियान : एक स्वच्छता क्रांति

मोदी के सामाजिक सुधार एजेंडे के तहत प्रमुख पहलों में से एक 'स्वच्छ भारत' अभियान है, जिसे 2 अक्तूबर, 2014 को लॉन्च किया गया था। इस महत्त्वाकांक्षी अभियान का उद्देश्य भारत को खुले में शौच से मुक्त बनाना, 100 प्रतिशत वैज्ञानिक अपशिष्ट प्रबंधन हासिल करना और एक स्वच्छ एवं स्वस्थ वातावरण का निर्माण करना है। 'स्वच्छ भारत' अभियान का प्रभाव बहुत बड़ा रहा है और यह नीतिगत लक्ष्यों से आगे बढ़कर एक सामाजिक आंदोलन बन गया है।

देश भर में लाखों शौचालयों का निर्माण करके, व्यवहार-परिवर्तन को बढ़ावा देकर और समुदायों को शामिल करके अभियान ने खुले में शौच को काफी हद तक कम कर दिया। सरकारी रिपोर्टों के अनुसार, ग्रामीण स्वच्छता कवरेज वर्ष 2014 में 39 प्रतिशत से बढ़कर 2019 तक 99 प्रतिशत से अधिक

हो गया। विश्व स्वास्थ्य संगठन (डब्ल्यू.एच.ओ.) ने सार्वजनिक स्वास्थ्य के एक महत्त्वपूर्ण पहलू को संबोधित करने में अभियान की सफलता को मान्यता दी, जो परिवर्तनकारी सामाजिक सुधारों के लिए प्रधानमंत्री मोदी की प्रतिबद्धता को दरशाता है।

वित्तीय समावेशन : प्रधानमंत्री जन धन योजना

आर्थिक असमानताओं को दूर करना और वित्तीय समावेशन सुनिश्चित करना प्रधानमंत्री मोदी के समावेशी सामाजिक एजेंडे के महत्त्वपूर्ण घटक हैं। अगस्त 2014 में शुरू की गई 'प्रधानमंत्री जन धन योजना' (पी.एम.जे.डी.वाई.) का उद्देश्य प्रत्येक परिवार को बैंकिंग सुविधाओं तक पहुँच प्रदान करना, वित्तीय साक्षरता को बढ़ावा देना और बचत की आदतों को प्रोत्साहित करना है। इस पहल ने समाज के हाशिए पर मौजूद वर्गों को औपचारिक बैंकिंग प्रणाली में लाने में महत्त्वपूर्ण भूमिका निभाई।

पी.एम.जे.डी.वाई. की सफलता बैंक खातों की संख्या में उल्लेखनीय वृद्धि से स्पष्ट है। जनवरी 2023 तक योजना के तहत 45 करोड़ से अधिक खाते खोले गए, जिनमें कुल जमा राशि 1.5 लाख करोड़ रुपए से अधिक थी। इस पहल ने न केवल व्यक्तियों को वित्तीय सेवाओं से सशक्त बनाया, बल्कि अन्य कल्याणकारी योजनाओं की नींव भी रखी, जो आर्थिक रूप से कमजोर लोगों को सीधे लाभ पहुँचाती हैं।

महिलाओं को सशक्त बनाना : प्रधानमंत्री उज्ज्वला योजना

विशेष रूप से ग्रामीण क्षेत्रों में महिलाओं के सामने आनेवाली सामाजिक-आर्थिक चुनौतियों को पहचानते हुए मोदी ने मई 2016 में 'प्रधानमंत्री उज्ज्वला योजना' (पी.एम.यू.वाई.) शुरू की। इस योजना का उद्देश्य गरीबी रेखा से नीचे (बी.पी.एल.) की महिलाओं को मुफ्त एल.पी.जी. कनेक्शन प्रदान करना और परिवार द्वारा स्वच्छ खाना पकाने को बढ़ावा देना तथा पारंपरिक खाना पकाने के तरीकों से जुड़े स्वास्थ्य खतरों को कम करना है।

पी.एम.यू.वाई. का प्रभाव परिवर्तनकारी रहा है। लाखों परिवारों को स्वच्छ खाना पकाने के ईंधन तक पहुँच प्राप्त हुई है। जनवरी 2023 तक योजना के

तहत 10 करोड़ से अधिक एल.पी.जी. कनेक्शन वितरित किए गए। तत्काल स्वास्थ्य-लाभ के अलावा, यह पहल महिलाओं का समय बचाकर, उनके श्वसन स्वास्थ्य में सुधार करके और जीवन की समग्र गुणवत्ता में सुधार करके उन्हें सशक्त बनाती है।

सभी के लिए आवास : प्रधानमंत्री आवास योजना

किफायती आवास तक पहुँच सुनिश्चित करना प्रधानमंत्री मोदी के समावेशी एजेंडे की आधारशिला है। जून 2015 में शुरू की गई 'प्रधानमंत्री आवास योजना' (पी.एम.ए.वाई.) का लक्ष्य सभी शहरी और ग्रामीण परिवारों को किफायती आवास उपलब्ध कराना है। यह योजना आर्थिक रूप से कमजोर वर्गों, निम्न-आय समूहों और मध्यम वर्ग सहित विभिन्न सामाजिक-आर्थिक समूहों को लक्षित करती है।

जनवरी 2023 तक पी.एम.ए.वाई. के तहत 1.8 करोड़ से अधिक घरों को मंजूरी दी गई है, जिनमें से 1.1 करोड़ से अधिक घर पहले ही पूरे हो चुके हैं। यह पहल न केवल बेघर होने की चुनौती को संबोधित करती है, बल्कि शहरी विकास और बुनियादी ढाँचे में सुधार, समुदाय एवं सामाजिक स्थिरता की भावना को बढ़ावा देने में भी योगदान देती है।

सभी के लिए 'आयुष्मान भारत' हेल्थकेयर

स्वास्थ्य देखभाल पहुँच सामाजिक समावेशन का एक महत्त्वपूर्ण पहलू है और मोदी की 'आयुष्मान भारत : प्रधानमंत्री जन आरोग्य योजना' (ए.बी. : पी.एम.जे.ए.वाई.) इस आवश्यकता को पूरा करने के लिए डिजाइन की गई है। सितंबर 2018 में शुरू की गई इस योजना का लक्ष्य माध्यमिक और तृतीयक देखभाल अस्पताल में भरती के लिए प्रतिवर्ष प्रति परिवार 5 लाख रुपए का स्वास्थ्य कवर प्रदान करके 10.74 करोड़ से अधिक कमजोर परिवारों को वित्तीय सुरक्षा प्रदान करना है।

जनवरी 2023 तक 'आयुष्मान भारत' के तहत अस्पतालों में 2.5 करोड़ से अधिक प्रवेश को अधिकृत किया गया, जो उन लोगों को बहुत आवश्यक चिकित्सा सहायता प्रदान करता है, जो स्वास्थ्य देखभाल का खर्च उठाने के

लिए संघर्ष कर सकते हैं। यह पहल न केवल स्वास्थ्य संबंधी असमानताओं को संबोधित करती है, बल्कि विनाशकारी स्वास्थ्य व्यय को रोककर गरीबी-उन्मूलन में भी योगदान देती है।

शैक्षिक पहल : बेटी बचाओ, बेटी पढ़ाओ

मोदी का सामाजिक सुधार एजेंडा शिक्षा तक फैला हुआ है, जिसमें 'बेटी बचाओ, बेटी पढ़ाओ' जैसी पहल शामिल है, जिसका उद्देश्य शिक्षा में लैंगिक असमानताओं को दूर करना है। जनवरी 2015 में शुरू किया गया यह अभियान गिरते बाल लिंग अनुपात में सुधार और लड़कियों की शिक्षा को बढ़ावा देने पर केंद्रित है।

ऐसी पहलों का प्रभाव स्कूलों में लड़कियों के नामांकन और ठहराव दर में वृद्धि के रूप में स्पष्ट है। लिंग-विशिष्ट कार्यक्रमों से परे, मोदी सरकार ने राष्ट्रीय शिक्षा नीति-2020 जैसी योजनाएँ भी शुरू की हैं, जिसका उद्देश्य समग्र विकास, व्यावसायिक प्रशिक्षण और डिजिटल शिक्षा पर जोर देकर शिक्षा परिदृश्य को बदलना है।

दिव्यांगता अधिकार : 'सुगम्य भारत' अभियान

विकलांग व्यक्तियों के लिए समावेशिता को बढ़ावा देना प्रधानमंत्री मोदी के सामाजिक सुधारों का एक प्रमुख पहलू है। दिसंबर 2015 में शुरू किया गया 'सुगम्य भारत' अभियान विकलांग व्यक्तियों के लिए पहुँच बढ़ाने के लिए भौतिक व डिजिटल दोनों तरह से बाधा-मुक्त वातावरण बनाने पर केंद्रित है।

इस पहल में, सार्वजनिक स्थानों, परिवहन और डिजिटल प्लेटफॉर्मों को अधिक सुलभ बनाना शामिल है। इसमें रैंप की स्थापना, सुलभ वेबसाइटों और सहायक प्रौद्योगिकियों के प्रावधान शामिल हैं। जबकि प्रगति जारी है, अभियान यह सुनिश्चित करने के लिए मोदी सरकार की प्रतिबद्धता को दरशाता है कि हर व्यक्ति—क्षमता की परवाह किए बिना—समाज में पूरी तरह से भाग ले सकता है।

आदिवासी कल्याण : वन धन योजना

आदिवासी समुदायों को सशक्त बनाना और उनकी सामाजिक-आर्थिक चुनौतियों का समाधान करना प्रधानमंत्री मोदी के समावेशी एजेंडे का अभिन्न अंग है। अप्रैल 2018 में शुरू की गई 'वन धन योजना' सामूहिक प्रसंस्करण और विपणन के माध्यम से वन उपज के मूल्य-वर्धन को बढ़ावा देकर आदिवासी समुदायों को आजीविका के अवसर प्रदान करना चाहती है।

वन धन विकास केंद्रों (वी.डी.वी.के.) के माध्यम से कार्यान्वित इस पहल का उद्‍देश्य आदिवासी समुदायों के पारंपरिक ज्ञान और प्रथाओं को संरक्षित करते हुए उनकी आय में वृद्धि करना है। जनवरी 2023 तक 1,800 से अधिक वन धन विकास केंद्रों को मंजूरी दी गई, जिससे विभिन्न राज्यों में आदिवासी आबादी को लाभ मिला।

सभी के लिए बुनियादी ढाँचा विकास कनेक्टिविटी

विशेषकर ग्रामीण क्षेत्रों में बुनियादी ढाँचे में सुधार सामाजिक समावेशन का एक महत्त्वपूर्ण पहलू है। 'प्रधानमंत्री ग्राम सड़क योजना' (पी.एम.जी.एस.वाई.) जैसी पहल, जो वर्ष 2000 में शुरू की गई थी, लेकिन प्रधानमंत्री मोदी के नेतृत्व में जारी रही और तेज हुई, ग्रामीण क्षेत्रों को हर मौसम में सड़क कनेक्टिविटी प्रदान करने पर ध्यान केंद्रित किया गया। यह न केवल आर्थिक विकास को सुविधाजनक बनाता है, बल्कि शिक्षा, स्वास्थ्य देखभाल और अन्य आवश्यक सेवाओं तक पहुँच भी बढ़ाता है।

इसके अतिरिक्त, अक्तूबर 2014 में शुरू की गई 'सांसद आदर्श ग्राम योजना' समग्र विकास एवं सामाजिक समावेशन पर ध्यान केंद्रित करते हुए संसद् सदस्यों को मॉडल गाँवों को अपनाने और विकसित करने के लिए प्रोत्साहित करती है। ये पहलें ग्रामीण-शहरी विभाजन को पाटने और संतुलित सामाजिक-आर्थिक विकास को बढ़ावा देने में योगदान देती हैं।

सांस्कृतिक संरक्षण : विरासत को पुनरुज्जीवन और जश्न

भारत की समृद्ध सांस्कृतिक विरासत का संरक्षण और प्रचार-प्रसार प्रधानमंत्री मोदी के सामाजिक सुधार एजेंडे का अभिन्न अंग है। संग्रहालयों एवं

पुरातत्त्व स्थलों के पुनरुद्धार, पांडुलिपियों के लिए राष्ट्रीय मिशन और सांस्कृतिक त्योहारों को बढ़ावा देने जैसी पहलें ऐतिहासिक व सांस्कृतिक संपत्तियों के संरक्षण में योगदान करती हैं।

पारंपरिक कला रूपों को पुनरुज्जीवित करने, स्थानीय हस्तशिल्प को बढ़ावा देने और त्योहारों को मनाने के प्रयास सांस्कृतिक विविधता के प्रति प्रतिबद्धता को दरशाते हैं। सांस्कृतिक विरासत के महत्त्व को पहचानकर मोदी सरकार देश भर के समुदायों के बीच गौरव और पहचान की भावना में योगदान देती है।

कहा जा सकता है कि भारत के लिए मोदी का दृष्टिकोण आर्थिक विकास और चुनावी जीत से परे है। सामाजिक सुधारों के प्रति उनकी प्रतिबद्धता समाज के विभिन्न वर्गों के सामने आनेवाली विविध चुनौतियों की गहरी समझ तथा एक समावेशी और न्यायसंगत राष्ट्र के निर्माण के दृढ़ संकल्प को दरशाती है।

'स्वच्छ भारत' अभियान, प्रधानमंत्री जन धन योजना, उज्ज्वला योजना और अन्य पहलों का परिवर्तनकारी प्रभाव सांख्यिकीय आँकड़ों से परे है; यह उन लाखों लोगों के जीवन में प्रतिबिंबित होता है, जिन्हें बेहतर स्वच्छता, वित्तीय समावेशन, स्वच्छ खाना पकाने के ईंधन और सुलभ स्वास्थ्य देखभाल से लाभ हुआ है। प्रधानमंत्री मोदी का समावेशी एजेंडा व्यक्तियों को सशक्त बनाना, समुदायों का उत्थान करना और सामाजिक-आर्थिक असमानताओं को पाटना, अपनेपन तथा साझा प्रगति की भावना को बढ़ावा देना चाहता है।

□

बुनियादी ढाँचा क्रांति, मोदी–मार्ग का निर्माण

“नरेंद्र मोदी के नेतृत्व में बुनियादी ढाँचे के विकास के प्रति भारत के दृष्टिकोण में एक आदर्श बदलाव आया है। राजमार्गों से लेकर स्मार्ट शहरों तक, विश्व-स्तरीय बुनियादी ढाँचे के निर्माण के लिए मोदी की प्रतिबद्धता भारत को विकास और कनेक्टिविटी के एक नए युग में आगे बढ़ाने के दृढ़ संकल्प को दरशाती है।”

भारतमाला समृद्धि का नेटवर्क

अक्तूबर 2017 में लॉन्च की गई 'भारतमाला परियोजना' एक प्रमुख बुनियादी ढाँचा परियोजना है, जिसका उद्देश्य पूरे देश में माल–ढुलाई और यात्री आवा–जाही की दक्षता को अनुकूलित करना है। इस परियोजना में 5.35 लाख करोड़ रुपए के अनुमानित निवेश पर 34,800 किलोमीटर से अधिक राष्ट्रीय राजमार्गों के निर्माण की परिकल्पना की गई है। यह महत्त्वाकांक्षी पहल सिर्फ सड़कें बनाने के बारे में नहीं है; यह एक व्यापक नेटवर्क बनाने के बारे में है, जो क्षेत्रों को जोड़ता है, व्यापार बढ़ाता है और आर्थिक विकास को सुविधाजनक बनाता है।

जनवरी 2023 तक परियोजना ने महत्त्वपूर्ण मील के पत्थर हासिल कर लिये हैं; राजमार्गों के कई हिस्सों को पूरा किया गया है, जिससे यात्रा का समय

और रसद लागत कम हो गई है। 'भारतमाला परियोजना' मोदी की बुनियादी ढाँचा क्रांति की आधारशिला है, जो बेहतर कनेक्टिविटी, रोजगार-सृजन और जिन क्षेत्रों से होकर गुजरती है, उनके समग्र आर्थिक विकास में योगदान देती है।

प्रधानमंत्री ग्राम सड़क योजना (पी.एम.जी.एस.वाई.) : ग्रामीण सड़क कनेक्टिविटी

दिसंबर 2000 में शुरू की गई 'प्रधानमंत्री ग्राम सड़क योजना' (पी.एम.जी.एस.वाई.) एक सतत और परिवर्तनकारी पहल रही है, खासकर ग्रामीण भारत में। मोदी के नेतृत्व में पी.एम.जी.एस.वाई. को पुनरुज्जीवित किया गया है, जिसका ध्यान ग्रामीण बस्तियों को सभी मौसमों के लिए उपयुक्त सड़कों से जोड़ने पर है। इसका उद्देश्य अंतिम मील तक कनेक्टिविटी प्रदान करना तथा यह सुनिश्चित करना है कि दूर-दराज के गाँव भी व्यापक सड़क नेटवर्क से जुड़े हुए हैं।

जनवरी 2023 तक पी.एम.जी.एस.वाई. के तहत हजारों गाँवों को जोड़ने वाली 6.7 लाख किलोमीटर से अधिक सड़कों का निर्माण किया गया है। इससे न केवल शिक्षा, स्वास्थ्य देखभाल और बाजारों तक पहुँच में सुधार होता है, बल्कि ग्रामीण क्षेत्रों में आर्थिक गतिविधियों को भी बढ़ावा मिलता है। संशोधित पी.एम.जी.एस.वाई. मोदी के समावेशी विकास के दृष्टिकोण के अनुरूप है, जहाँ प्रत्येक नागरिक, स्थान की परवाह किए बिना, देश की विकास-कथा का हिस्सा है।

सागरमाला तटीय बुनियादी ढाँचा

जुलाई 2015 में शुरू किया गया 'सागरमाला कार्यक्रम' एक समग्र पहल है, जिसका उद्देश्य आर्थिक विकास के लिए भारत की विशाल तटरेखा की क्षमता को उजागर करना है। इसमें बंदरगाहों के विकास, बंदरगाह के नेतृत्ववाले औद्योगिकीकरण, तटीय शिपिंग और बंदरगाहों के बीच कनेक्टिविटी बढ़ाने सहित विभिन्न परियोजनाएँ शामिल हैं। इसका लक्ष्य व्यापार को बढ़ावा देना, रोजगार पैदा करना और तटीय क्षेत्रों में आर्थिक गतिविधियों को बढ़ावा देना है।

'सागरमाला कार्यक्रम' विकास के लिए समुद्री क्षेत्र के दोहन पर मोदी के जोर के अनुरूप है। जनवरी 2023 तक सागरमाला के तहत कई प्रमुख परियोजनाएँ शुरू की गई हैं, जो बंदरगाह के बुनियादी ढाँचे और रसद दक्षता की समग्र वृद्धि में योगदान दे रही हैं। तटीय विकास के लिए यह एकीकृत दृष्टिकोण आर्थिक समृद्धि के लिए भारत के भौगोलिक लाभ उठाने के मोदी के दृष्टिकोण का एक प्रमाण है।

स्मार्ट सिटीज मिशन : शहरी परिवर्तन

जून 2015 में लॉन्च किया गया 'स्मार्ट सिटीज मिशन' एक दूरदर्शी पहल है, जिसका उद्देश्य शहरी केंद्रों को टिकाऊ तथा नागरिक-अनुकूल केंद्रों में बदलना है। इस मिशन के तहत देश भर के 100 शहरों को निवासियों के जीवन की गुणवत्ता को बढ़ाने के लिए प्रौद्योगिकी, बुनियादी ढाँचे और शासन को एकीकृत करके व्यापक विकास करने के लिए चुना गया है।

यह पहल शहरी विकास के प्रति प्रधानमंत्री मोदी की प्रतिबद्धता को दरशाती है, जो सिर्फ इमारतों के निर्माण के बारे में नहीं है, बल्कि जीवंत तथा रहने योग्य स्थान बनाने के बारे में है। जनवरी 2023 तक 'स्मार्ट सिटीज मिशन' के तहत स्मार्ट सड़कों, सार्वजनिक स्थानों और वृद्धिमान परिवहन प्रणालियों के विकास सहित विभिन्न परियोजनाओं को लागू किया गया है। यह मिशन मोदी की बुनियादी ढाँचा क्रांति का एक महत्त्वपूर्ण पहलू है, जो शहरी परिदृश्य में नवाचार और आधुनिकीकरण को बढ़ावा देता है।

उज्ज्वला भारत गैस विस्तार : ग्रामीण परिवारों को जोड़ना

'उज्ज्वला भारत गैस विस्तार' पहल न केवल स्वच्छ खाना पकाने का ईंधन उपलब्ध कराने, बल्कि इसकी पहुँच सुनिश्चित करने की प्रधानमंत्री मोदी की प्रतिबद्धता का प्रमाण है। मई 2016 में शुरू की गई इस परियोजना का उद्‍देश्य ग्रामीण परिवारों तक एल.पी.जी. कनेक्शन की पहुँच का विस्तार करना है, जिससे पारंपरिक खाना पकाने के तरीकों पर निर्भरता कम हो जाती है, जो विशेष रूप से महिलाओं के स्वास्थ्य के लिए खतरा पैदा करते हैं।

जनवरी 2023 तक 'उज्ज्वला योजना' के तहत 10 करोड़ से अधिक

एल.पी.जी. कनेक्शन वितरित किए गए, जिससे लाखों परिवारों के जीवन पर असर पड़ा। यह पहल पारंपरिक अर्थों में बुनियादी ढाँचे से परे है, ग्रामीण जीवन के एक महत्त्वपूर्ण पहलू—स्वच्छ ऊर्जा पहुँच—को संबोधित करती है और ग्रामीण समुदायों के समग्र कल्याण में योगदान देती है।

डिजिटल इंडिया

जुलाई 2015 में शुरू की गई 'डिजिटल इंडिया' पहल एक व्यापक कार्यक्रम है, जिसका उद्देश्य भारत को डिजिटल रूप से सशक्त समाज और ज्ञान अर्थव्यवस्था में बदलना है। यह पहल डिजिटल बुनियादी ढाँचे, ब्रॉडबैंड कनेक्टिविटी, डिजिटल साक्षरता और इ-गवर्नेंस सहित विभिन्न डोमेन तक फैली हुई है। लक्ष्य डिजिटल विभाजन को पाटना, सूचना एवं सेवाओं तक पहुँच बढ़ाना और डिजिटल रूप से समावेशी राष्ट्र बनाना है।

जनवरी 2023 तक डिजिटल सेवाओं के प्रसार, इंटरनेट पहुँच में वृद्धि और डिजिटल भुगतान को अपनाने के साथ 'डिजिटल इंडिया' पहल ने महत्त्वपूर्ण प्रगति की है। यह पहल तकनीकी रूप से उन्नत और डिजिटल रूप से जुड़े भारत के मोदी के दृष्टिकोण के अनुरूप है, जहाँ डिजिटल क्रांति का लाभ हर नागरिक तक पहुँचता है।

अटल मिशन (अमृत) : शहरी नवीकरण

जून 2015 में लॉन्च किया गया, कायाकल्प और शहरी परिवर्तन के लिए 'अटल मिशन' (अमृत) शहरी क्षेत्रों में बुनियादी ढाँचे और सेवाओं को सुनिश्चित करने पर केंद्रित है। मिशन का लक्ष्य जल-आपूर्ति, सीवेज सुविधाओं एवं शहरी परिवहन में सुधार करना, शहरों में अधिक टिकाऊ और रहने योग्य वातावरण बनाना है।

जनवरी 2023 तक 'अमृत' ने विभिन्न राज्यों में शहरी बुनियादी ढाँचे को बढ़ाने में महत्त्वपूर्ण प्रगति की है। यह मिशन समग्र शहरी विकास के प्रति मोदी की प्रतिबद्धता को दरशाता है, बढ़ती शहरी आबादी के सामने आनेवाली चुनौतियों का समाधान करता है और यह सुनिश्चित करता है कि शहर आर्थिक गतिविधि एवं उच्च गुणवत्तावाले जीवन का केंद्र बनें।

सभी के लिए बिजली 'सौभाग्य योजना'

सितंबर 2017 में शुरू की गई 'प्रधानमंत्री सहज बिजली हर घर योजना' या 'सौभाग्य योजना' का लक्ष्य भारत के सभी घरों में बिजली कनेक्शन प्रदान करना है। यह पहल ऊर्जा गरीबी के मुद्दे को संबोधित करती है। यह सुनिश्चित करती है कि प्रत्येक नागरिक की प्रकाश और अन्य बुनियादी जरूरतों के लिए बिजली तक पहुँच हो।

जनवरी 2023 तक 'सौभाग्य योजना' के तहत 2.7 करोड़ से अधिक घरों का विद्युतीकरण किया गया, जिससे ग्रामीण और दूर-दराज के क्षेत्रों में लोगों के जीवन में महत्त्वपूर्ण बदलाव आया। यह पहल न केवल जीवन की गुणवत्ता में सुधार लाती है, बल्कि आर्थिक गतिविधियों में भी योगदान देती है और समग्र उत्पादकता को बढ़ाती है।

आर्थिक विकास को गति देते औद्योगिक गलियारे

मोदी की बुनियादी ढाँचा क्रांति में औद्योगिक गलियारों का विकास शामिल है, जो आर्थिक विकास के इंजन के रूप में काम करते हैं। दिल्ली-मुंबई औद्योगिक गलियारा (डी.एम.आई.सी.), चेन्नई-बेंगलुरु औद्योगिक गलियारा (सी.बी.आई.सी.) और अमृतसर-कोलकाता औद्योगिक गलियारा (ए.के. आई.सी.) महत्त्वाकांक्षी परियोजनाएँ हैं, जिनका उद्देश्य प्रमुख परिवहन मार्गों के साथ विश्व स्तरीय विनिर्माण एवं निवेश क्षेत्र बनाना है।

ये गलियारे कुशल परिवहन की सुविधा और अत्याधुनिक बुनियादी ढाँचा प्रदान करके आर्थिक विकास, रोजगार-सृजन एवं उद्योगों के विस्तार में योगदान करते हैं। जनवरी 2023 तक परिवर्तनकारी आर्थिक गतिविधियों के लिए मंच तैयार करते हुए इन गलियारों के विभिन्न चरण शुरू किए गए हैं।

नवीकरणीय ऊर्जा पहल

जलवायु-परिवर्तन से निपटने के वैश्विक प्रयासों के अनुरूप मोदी की बुनियादी ढाँचा क्रांति में नवीकरणीय ऊर्जा पर एक मजबूत फोकस शामिल है। नवंबर 2015 में लॉन्च किए गए अंतरराष्ट्रीय सौर गठबंधन (आई.एस.ए.) का उद्देश्य सौर ऊर्जा को बढ़ावा देना और सौर-समृद्ध देशों के बीच सहयोग को

सुविधाजनक बनाना है। प्रधानमंत्री किसान ऊर्जा सुरक्षा एवं उत्थान महाभियान (पी.एम. कुसुम) एक और पहल है, जो कृषि क्षेत्र में सौर ऊर्जा के उपयोग को बढ़ावा देती है।

जनवरी 2023 तक भारत ने सौर और पवन ऊर्जा उत्पादन के महत्त्वाकांक्षी लक्ष्यों के साथ नवीकरणीय ऊर्जा क्षमता में महत्त्वपूर्ण प्रगति की है। यह पहल मोदी के टिकाऊ और पर्यावरणीय रूप से जिम्मेदार भारत के दृष्टिकोण के अनुरूप है, जहाँ बुनियादी ढाँचे का विकास पारिस्थितिकी प्रबंधन के साथ-साथ चलता है।

दरअसल, भारत के लिए मोदी का दृष्टिकोण बुनियादी ढाँचे की पारंपरिक धारणाओं से परे है। इसमें एक समग्र दृष्टिकोण शामिल है, जिसमें भौतिक कनेक्टिविटी, डिजिटल सशक्तीकरण, स्वच्छ ऊर्जा पहुँच और सतत शहरी विकास शामिल है। मोदी के नेतृत्व में परिवर्तनकारी पहल और महत्त्वाकांक्षी परियोजनाएँ भारत के भविष्य को गहराई से आकार दे रही हैं।

बुनियादी ढाँचा क्रांति केवल सड़कों, बंदरगाहों और स्मार्ट शहरों के निर्माण के बारे में नहीं है; यह एक ऐसा वातावरण बनाने के बारे में है, जहाँ प्रत्येक नागरिक को बुनियादी सुविधाएँ, आर्थिक उन्नति के अवसर और उच्च गुणवत्तावाला जीवन उपलब्ध हो। मोदी की रणनीतिक दृष्टि और कार्यान्वयन के प्रति प्रतिबद्धता विभिन्न बुनियादी ढाँचा परियोजनाओं में हुई महत्त्वपूर्ण प्रगति से स्पष्ट है।

प्रगति, कनेक्टिविटी और स्थिरता की दिशा में यात्रा जारी है, जो मोदी के बुनियादी ढाँचे के दृष्टिकोण की परिवर्तनकारी शक्ति से प्रेरित है।

□

नवाचार और उद्यमिता : मोदी का नया भारत

"नरेंद्र मोदी के नेतृत्व ने नए भारत को आकार देने में महत्त्वपूर्ण भूमिका निभाई है, जो आर्थिक विकास के प्रमुख चालकों के रूप में नवाचार और उद्यमशीलता को अपनाता है। स्टार्टअप पारिस्थितिकी तंत्र से लेकर डिजिटल नवाचार को बढ़ावा देनेवाली पहल तक, नए भारत के लिए मोदी का दृष्टिकोण स्थायी प्रगति के लिए नवाचार की शक्ति का उपयोग करने की प्रतिबद्धता को दरशाता है।"

स्टार्टअप इंडिया : उद्यमशीलता के सपनों का पोषण

जनवरी 2016 में लॉन्च की गई 'स्टार्टअप इंडिया' पहल एक प्रमुख कार्यक्रम है, जिसका उद्देश्य स्टार्टअप्स को पनपने के लिए अनुकूल वातावरण को बढ़ावा देना है। यह पहल वित्तीय सहायता प्रदान करने, नियामक ढाँचे को आसान बनाने और विभिन्न क्षेत्रों में नवाचार को बढ़ावा देने पर केंद्रित है। भारत को नवाचार, उद्यमिता और निवेश के केंद्र में बदलने की दृष्टि से 'स्टार्टअप इंडिया' ने नवाचार की भावना को बढ़ावा देने में महत्त्वपूर्ण भूमिका निभाई है।

जनवरी 2023 तक 61,000 से अधिक स्टार्टअप्स को उद्योग संवर्धन और आंतरिक व्यापार विभाग (डी.पी.आई.आई.टी.) द्वारा मान्यता दी गई है,

जिसमें प्रौद्योगिकी, स्वास्थ्य देखभाल और कृषि जैसे क्षेत्रों में सफलता की कई कहानियाँ सामने आई हैं। इस पहल ने न केवल आर्थिक विकास को गति दी है, बल्कि एक ऐसी संस्कृति भी बनाई है, जहाँ जोखिम लेने और नवाचार का जश्न मनाया जाता है।

आत्मनिर्भर भारत : आत्मनिर्भरता का आह्वान

मई 2020 में घोषित 'आत्मनिर्भर भारत' अभियान एक व्यापक पहल है, जिसका उद्देश्य स्वदेशी नवाचार और उद्यमिता को बढ़ावा देने पर जोर देने के साथ भारत को विभिन्न क्षेत्रों में आत्मनिर्भर बनाना है। यह पहल आर्थिक लचीलेपन, नवाचार और व्यवसायों के फलने-फूलने के लिए अनुकूल पारिस्थितिकी तंत्र बनाने पर केंद्रित है।

'आत्मनिर्भर भारत' के तहत उत्पादन से जुड़ी प्रोत्साहन (पी.एल.आई.) योजनाओं ने इलेक्ट्रॉनिक्स, फार्मास्यूटिकल्स और कपड़ा जैसे क्षेत्रों में महत्त्वपूर्ण निवेश आकर्षित किया है। ये योजनाएँ निर्माताओं को भारत में उत्पादन करने, स्थानीय विनिर्माण को बढ़ावा देने और नवाचार को बढ़ावा देने के लिए प्रोत्साहित करती हैं। 'आत्मनिर्भर भारत' पहल प्रधानमंत्री मोदी के 'आत्मनिर्भर भारत' के दृष्टिकोण के अनुरूप है, जो नवाचार और उद्यमिता के माध्यम से विश्व स्तर पर प्रतिस्पर्धा कर सकता है।

प्रधानमंत्री मुद्रा योजना

अप्रैल 2015 में शुरू की गई 'प्रधानमंत्री मुद्रा योजना' (पी.एम.एम.वाई.) का उद्देश्य सूक्ष्म उद्यमों और छोटे व्यवसायों को वित्तीय सहायता प्रदान करना है। विभिन्न वित्तीय संस्थानों के माध्यम से संपार्श्विक-मुक्त ऋण की पेशकश करके यह योजना उद्यमियों को अपना व्यवसाय शुरू करने या विस्तार करने के लिए सशक्त बनाती है। पी.एम.एम.वाई. के तहत तीन श्रेणियाँ—शिशु, किशोर और तरुण—विकास के विभिन्न चरणों में व्यवसायों को पूरा करती हैं।

जनवरी 2023 तक 30 करोड़ से अधिक उद्यमियों को 'मुद्रा' योजना से लाभ हुआ और उन्हें अपनी उद्यमशीलता आकांक्षाओं को पूरा करने के लिए वित्तीय सहायता प्राप्त हुई। यह योजना न केवल जमीनी स्तर पर आर्थिक

सशक्तीकरण की सुविधा प्रदान करती है, बल्कि रोजगार-सृजन तथा छोटे व मध्यम उद्यम (एस.एम.ई.) क्षेत्र के समग्र विकास में भी योगदान देती है।

तकनीक-आधारित अर्थव्यवस्था को सक्षम करता 'डिजिटल इंडिया'

जुलाई 2015 में शुरू की गई 'डिजिटल इंडिया' पहल एक परिवर्तनकारी कार्यक्रम है, जिसका उद्देश्य डिजिटल रूप से सशक्त समाज और अर्थव्यवस्था बनाने के लिए प्रौद्योगिकी की शक्ति का उपयोग करना है। डिजिटल साक्षरता को बढ़ावा देने, ऑनलाइन सेवाओं को सुविधाजनक बनाने और प्रौद्योगिकी-संचालित व्यवसायों के लिए अनुकूल माहौल को बढ़ावा देकर 'डिजिटल इंडिया' नवाचार एवं उद्यमिता के लिए उत्प्रेरक बन गया है।

जनवरी 2023 तक इंटरनेट पहुँच, डिजिटल साक्षरता कार्यक्रमों और डिजिटल भुगतान को व्यापक रूप से अपनाने के साथ इस पहल में पर्याप्त प्रगति देखी गई है। डिजिटल अर्थव्यवस्था की ओर बढ़ने से न केवल दक्षता व पारदर्शिता बढ़ती है, बल्कि स्टार्टअप्स और उद्यमियों के लिए नवीन समाधानों के लिए प्रौद्योगिकी का लाभ उठाने के लिए उपजाऊ जमीन भी तैयार होती है।

नेशनल इनोवेशन फाउंडेशन

फरवरी 2000 में स्थापित नेशनल इनोवेशन फाउंडेशन (एन.आई.एफ.) पूरे भारत में जमीनी स्तर के नवाचारों को पहचानने, सम्मान देने और बढ़ावा देने के लिए समर्पित है। प्रधानमंत्री मोदी के नेतृत्व में फाउंडेशन ने जमीनी स्तर पर नवाचार की संस्कृति को बढ़ावा देने में एक प्रमुख खिलाड़ी के रूप में प्रसिद्धि हासिल की है। एन.आई.एफ. नव-प्रवर्तकों को सलाह, फंडिंग और उनके आविष्कारों को प्रदर्शित करने के अवसर प्रदान करके समर्थन करता है।

जनवरी 2023 तक एन.आई.एफ. ने पारंपरिक ज्ञान-प्रणालियों से लेकर अत्याधुनिक तकनीकी समाधानों तक 2.4 लाख से अधिक नवाचारों का दस्तावेजीकरण किया है। फाउंडेशन के प्रयास न केवल स्वदेशी ज्ञान को संरक्षित करते हैं, बल्कि देश की प्रगति में योगदान करने के लिए, विशेषकर ग्रामीण क्षेत्रों में, नव-प्रवर्तकों के लिए मार्ग भी बनाते हैं।

'स्किल इंडिया' पहल

जुलाई 2015 में शुरू की गई 'स्किल इंडिया' पहल विभिन्न क्षेत्रों में कौशल विकास के अवसर प्रदान करके भारतीय कार्यबल की रोजगार क्षमता को बढ़ाने पर केंद्रित है। प्रशिक्षण कार्यक्रम, प्रमाण-पत्र एवं उद्योगों के साथ साझेदारी की पेशकश करके 'स्किल इंडिया' कौशल अंतर को संबोधित करता है और व्यक्तियों को अर्थव्यवस्था में प्रभावी ढंग से योगदान करने के लिए सशक्त बनाता है।

जनवरी 2023 तक 5 करोड़ से अधिक लोगों को विभिन्न 'कौशल भारत' कार्यक्रमों के तहत प्रशिक्षित किया गया। यह पहल न केवल नौकरी बाजार की उभरती माँगों के अनुरूप है, बल्कि व्यक्तियों को अपने उद्यम शुरू करने के लिए आवश्यक कौशल से लैस करके उद्यमशीलता को भी प्रोत्साहित करती है।

प्रधानमंत्री कौशल विकास योजना

जुलाई 2015 में शुरू की गई 'प्रधानमंत्री कौशल विकास योजना' (पी.एम.के.वी.वाई.) एक कौशल विकास पहल है, जो देश भर के युवाओं को उद्योग-प्रासंगिक प्रशिक्षण प्रदान करने पर केंद्रित है। इस योजना का लक्ष्य बड़ी संख्या में भारतीय युवाओं को उद्योग-प्रासंगिक कौशल प्रशिक्षण लेने में सक्षम बनाना है, जिससे उन्हें बेहतर आजीविका सुरक्षित करने में मदद मिलेगी।

जनवरी 2023 तक पी.एम.के.वी.वाई. में व्यापक भागीदारी देखी गई थी, जिसमें लाखों युवा कौशल विकास कार्यक्रमों से लाभान्वित हुए हैं। यह पहल न केवल बेरोजगारी को कम करने में योगदान देती है, बल्कि व्यक्तियों को अपना व्यवसाय शुरू करने और प्रबंधित करने के लिए आवश्यक कौशल प्रदान करके उद्यमशीलता को भी बढ़ावा देती है।

स्टैंड-अप इंडिया

अप्रैल 2016 में शुरू की गई 'स्टैंड-अप इंडिया' पहल को ग्रीनफील्ड उद्यम स्थापित करने के लिए ऋण प्रदान करके महिलाओं, अनुसूचित जाति (एस.सी.) और अनुसूचित जनजाति (एस.टी.) के बीच उद्यमिता को बढ़ावा

देने के लिए डिजाइन किया गया है। इस योजना का लक्ष्य एक सहायक पारिस्थितिकी तंत्र बनाना है, जहाँ हाशिए पर रहनेवाले समुदायों के व्यक्ति अपना व्यवसाय शुरू करने और बढ़ाने के लिए वित्तीय सहायता प्राप्त कर सकें।

जनवरी 2023 तक 'स्टैंड-अप इंडिया' ने 1.5 लाख से अधिक ऋणों के वितरण की सुविधा प्रदान की, जिससे उन लोगों के बीच उद्यमशीलता को बढ़ावा मिला, जिन्हें पारंपरिक वित्तपोषण विकल्पों तक पहुँचने में बाधाओं का सामना करना पड़ सकता है। यह पहल मोदी के समान विकास के दृष्टिकोण के अनुरूप अधिक समावेशी उद्यमशीलता परिदृश्य के निर्माण में योगदान देती है।

व्यवसाय करने में आसानी : सुधार, विनियमों का सरलीकरण

विश्व बैंक के कारोबार सुगमता सूचकांक में भारत की रैंकिंग में महत्त्वपूर्ण सुधार देखा गया है, जो नियमों को सरल बनाने और कारोबारी माहौल को बढ़ाने के लिए सरकार की प्रतिबद्धता को दरशाता है। प्रधानमंत्री मोदी के नेतृत्व में प्रक्रियाओं को सुव्यवस्थित करने, नौकरशाही को कम करने और व्यवसायों के संचालन को आसान बनाने के लिए कई सुधार लागू किए गए हैं।

जनवरी 2023 तक भारत इन सुधारों के सकारात्मक प्रभाव को दरशाते हुए व्यापार करने में आसानी रैंकिंग में कई स्थानों पर चढ़ गया है। अधिक व्यवसाय-अनुकूल वातावरण न केवल घरेलू उद्यमियों को आकर्षित करता है, बल्कि विदेशी निवेश को भी प्रोत्साहित करता है, जो उद्यमशीलता पारिस्थितिकी तंत्र के समग्र विकास में योगदान देता है।

नवाचार पारिस्थितिकी तंत्र को बढ़ावा देनेवाली अनुसंधान एवं विकास पहल

नवाचार पर प्रधानमंत्री मोदी का जोर अनुसंधान एवं विकास (आर. एंड डी.) पहल तक फैला हुआ है, जिसका उद्देश्य अत्याधुनिक प्रौद्योगिकियों और समाधानों के लिए एक जीवंत पारिस्थितिकी तंत्र बनाना है। 'अटल इनोवेशन मिशन' (ए.आई.एम.) जैसे संस्थानों की स्थापना एवं कृत्रिम बुद्धिमत्ता, जैव प्रौद्योगिकी और अंतरिक्ष अन्वेषण जैसे क्षेत्रों में अनुसंधान को बढ़ावा देना एक मजबूत नवाचार बुनियादी ढाँचे के निर्माण में योगदान देता है।

जनवरी 2023 तक अटल टिंकरिंग लैब्स और अटल इनक्यूबेशन सेंटर सहित ए.आई.एम. के विभिन्न कार्यक्रमों ने छात्रों व उद्यमियों के बीच नवाचार की संस्कृति को बढ़ावा दिया। अनुसंधान एवं विकास पहल के लिए सरकार का समर्थन तकनीकी नवाचार के लिए वैश्विक केंद्र के रूप में भारत की स्थिति में योगदान देता है।

निष्कर्ष : भारत के लिए मोदी का दृष्टिकोण एक ऐसे भविष्य को अपनाता है, जहाँ नवाचार और उद्यमिता देश की नियति को आकार देने में केंद्रीय भूमिका निभाते हैं। प्रधानमंत्री मोदी के नेतृत्व में लागू की गई पहलों एवं नीतियों ने न केवल व्यापार के लिए अनुकूल माहौल बनाया है, बल्कि उद्यमियों में आत्मविश्वास और महत्त्वाकांक्षा की भावना भी पैदा की है। हलचल भरे स्टार्टअप केंद्रों से लेकर देश के सुदूर कोनों तक, जहाँ जमीनी स्तर के नव-प्रवर्तक बदलाव ला रहे हैं, मोदी का नया भारत रचनात्मकता, लचीलेपन और जोखिम लेने के साहस की भावना से परिभाषित होता है। कौशल विकास से लेकर वित्तीय सहायता और नियामक सुधारों तक नवाचार को बढ़ावा देने की दिशा में समग्र दृष्टिकोण एक नवाचार-संचालित अर्थव्यवस्था के निर्माण की प्रतिबद्धता को दरशाता है।

'मोदी की गारंटी' की कहानी एक ऐसे नेता को प्रदर्शित करती है, जिसकी दृष्टि वर्तमान से परे तक फैली हुई है, जो एक ऐसे भारत की कल्पना करता है, जो न केवल आर्थिक रूप से मजबूत हो, बल्कि नवाचार और उद्यमिता में एक वैश्विक नेता भी हो। मोदी के नेतृत्व की अटूट प्रतिबद्धता द्वारा निर्देशित इस नवाचार-संचालित भविष्य की यात्रा जारी है।

□

विपरीत परिस्थितियों में अनुकूलता : मोदी की नेतृत्व-शैली

"नरेंद्र मोदी की नेतृत्व-यात्रा विपरीत परिस्थितियों में अद्वितीय और अटूट लचीलेपन की विशेषता है। उनकी शासन की विशिष्ट शैली ने उन्हें उथल-पुथल भरे समय से निपटने में सक्षम बनाया है। प्राकृतिक आपदाओं से लेकर आर्थिक अनिश्चितताओं और वैश्विक महामारी तक मोदी के लचीलेपन ने न केवल उनकी नेतृत्व-शैली को परिभाषित किया है, बल्कि उनकी राजनीतिक प्रभावशीलता में भी योगदान दिया है।"

गुजरात भूकंप (2001) : संकट-प्रबंधन का एक परीक्षण

नरेंद्र मोदी के लचीलेपन और संकट-प्रबंधन कौशल का सबसे पहला परीक्षण सन् 2001 में गुजरात भूकंप के साथ हुआ। विनाशकारी भूकंप ने हजारों लोगों की जानें ले लीं और विनाश के निशान छोड़ दिए। गुजरात के मुख्यमंत्री के रूप में मोदी को पुन:प्राप्ति और पुनर्निर्माण प्रक्रिया के माध्यम से राज्य का नेतृत्व करने का काम सौंपा गया।

उनकी त्वरित प्रतिक्रिया और संकट के कुशल प्रबंधन ने प्रतिकूल परिस्थितियों में प्रभावी शासन के लिए उनकी प्रशंसा अर्जित की। पुनर्वास प्रयासों, पुनर्निर्माण पहल और राज्य को अपने पैरों पर वापस लाने की क्षमता ने लचीलेपन के साथ नेतृत्व करने के मोदी के दृढ़ संकल्प को प्रदर्शित किया, जिससे उनके भविष्य के नेतृत्व के लिए एक मिसाल कायम हुई।

गोधरा दंगे (2002) : विवादों के बीच नेतृत्व

वर्ष 2002 में गोधरा दंगों ने मोदी के लिए एक महत्त्वपूर्ण चुनौती के रूप में प्रस्तुत किया—भड़की सांप्रदायिक हिंसा और उसके बाद स्थिति से निपटने की उनकी चुनौती और आलोचना—दोनों के संदर्भ में। घटनाएँ गहरे ध्रुवीकरण वाली थीं और मोदी को कथित प्रशासनिक चूक के लिए गहन जाँच का सामना करना पड़ा।

हालाँकि, मोदी का लचीलापन शासन के प्रति उनके दृढ़ दृष्टिकोण तथा राज्य में विश्वास और सामान्य स्थिति के पुनर्निर्माण के प्रति उनकी प्रतिबद्धता में स्पष्ट था। बाद के वर्षों में गुजरात ने मोदी के नेतृत्व में आर्थिक वृद्धि और विकास का अनुभव किया, जो विवादों से ऊपर उठकर शासन पर ध्यान केंद्रित करने की उनकी क्षमता को दरशाता है।

आर्थिक सुधार और विमुद्रीकरण (2016) : साहसिक नीतिगत कदम

सन् 2016 में प्रधानमंत्री मोदी ने अपने दो साहसिक नीतिगत कदमों से देश को आश्चर्यचकित कर दिया—एक था वस्तु एवं सेवा कर (जी.एस.टी.) का कार्यान्वयन—एक व्यापक कर सुधार—और दूसरा था उच्च मूल्यवाले मुद्रा नोटों का विमुद्रीकरण। इन निर्णयों का उद्देश्य भ्रष्टाचार से लड़ना, अर्थव्यवस्था को औपचारिक बनाना और पारदर्शिता को बढ़ावा देना था।

हालाँकि, इन नीतियों को मिली-जुली प्रतिक्रिया मिली और कार्यान्वयन में चुनौतियों का सामना करना पड़ा, लेकिन मोदी का लचीलापन क्रांतिकारी परिवर्तन लाने की उनकी प्रतिबद्धता में स्पष्ट था। इन सुधारों का दीर्घकालिक प्रभाव अभी भी सामने आ रहा है; लेकिन ये आर्थिक चुनौतियों के सामने निर्णायक काररवाई करने की मोदी की नेतृत्व-शैली को दरशाते हैं।

चक्रवात हुदहुद (2014) और चक्रवात फानी (2019) : आपदा प्रतिक्रिया

भारत प्राकृतिक आपदाओं से ग्रस्त है और चक्रवातों के बाद मोदी के नेतृत्व की परीक्षा हुई है। सन् 2014 में चक्रवात हुदहुद आंध्र प्रदेश और ओडिशा के तट से टकराया, जिससे व्यापक विनाश हुआ। इसी तरह, चक्रवात फानी ने सन् 2019 में पूर्वी तट पर हमला किया, जिसका असर ओडिशा जैसे राज्यों पर पड़ा।

आपदा प्रतिक्रिया में मोदी का लचीलापन स्पष्ट था, क्योंकि उन्होंने व्यक्तिगत रूप से राहत कार्यों की निगरानी की, राज्य सरकारों के साथ समन्वय किया और समय पर सहायता सुनिश्चित की। राहत प्रयासों की दक्षता और पुनर्निर्माण पर ध्यान ने चुनौतीपूर्ण समय के दौरान सहानुभूति और दक्षता के साथ नेतृत्व करने की उनकी क्षमता को प्रदर्शित किया।

सर्जिकल स्ट्राइक (2016) और बालाकोट हवाई हमले (2019) : राष्ट्रीय सुरक्षा चुनौतियाँ

राष्ट्रीय सुरक्षा चुनौतियाँ मोदी के नेतृत्व का एक महत्त्वपूर्ण पहलू रही हैं। दो महत्त्वपूर्ण उदाहरण सामने आते हैं—उरी हमले के बाद सन् 2016 में सर्जिकल स्ट्राइक और पुलवामा हमले के बाद 2019 में बालाकोट हवाई हमले। इन घटनाओं ने देश के खिलाफ खतरों का निर्णायक रूप से जवाब देने में मोदी के संकल्प का परीक्षण किया।

इन सैन्य अभियानों की रणनीतिक और गणनात्मक प्रकृति राष्ट्रीय हितों की रक्षा के लिए मोदी की प्रतिबद्धता को दरशाती है। इन संकटों के दौरान उनके नेतृत्व ने सुरक्षा चुनौतियों का सामना करने में लचीलेपन और देश की संप्रभुता की रक्षा के दृढ़ संकल्प का प्रदर्शन किया।

कोविड-19 महामारी (2020) : अभूतपूर्व संकट-प्रबंधन

कोविड-19 महामारी ने एक अभूतपूर्व वैश्विक संकट प्रस्तुत किया और मोदी के नेतृत्व की एक बार फिर परीक्षा हुई। महामारी के अचानक और गंभीर प्रभाव के लिए त्वरित एवं निर्णायक काररवाई की आवश्यकता थी। मोदी ने वायरस के प्रसार को रोकने के लिए देशव्यापी लॉकडाउन लागू किया; एक ऐसा कदम, जिसे प्रशंसा और आलोचना दोनों का सामना करना पड़ा।

महामारी के दौरान उनका लचीलापन स्वास्थ्य संकट को दूर करने के लिए उठाए गए सक्रिय उपायों में स्पष्ट था, जिसमें टीकाकरण अभियान, आर्थिक प्रोत्साहन पैकेज का कार्यान्वयन और सामाजिक-आर्थिक प्रभाव को कम करने के प्रयास शामिल थे। उभरते संकट के प्रति अनुकूलन और प्रतिक्रिया करने की क्षमता ने अत्यधिक दबाव में मोदी के नेतृत्व को प्रदर्शित किया।

सी.ए.ए. और एन.आर.सी. पर राजनीतिक विवाद

नागरिकता संशोधन अधिनियम (सी.ए.ए.) की शुरुआत तथा राष्ट्रीय नागरिक रजिस्टर (एन.आर.सी.) के आसपास की चर्चाओं ने राजनीतिक विवादों को जन्म दिया और देश भर में विरोध-प्रदर्शन हुए। मुद्दों ने समावेशिता, नागरिकता और कुछ समुदायों के संभावित बहिष्कार के बारे में चिंताएँ उठाईं।

इन मुद्दों की राजनीतिक जटिलताओं से निपटने में मोदी का लचीलापन स्पष्ट था। जबकि बहस जारी है, उनकी नेतृत्व-शैली में नागरिकों के साथ जुड़ना, चिंताओं को संबोधित करना और इन नीतिगत उपायों के पीछे के इरादे पर जोर देना, दृढ़ संकल्प के साथ राजनीतिक चुनौतियों का प्रबंधन करने की क्षमता को प्रतिबिंबित करना शामिल है।

आर्थिक चुनौतियाँ और सुधार (2020-21) : महामारी के बाद की रिकवरी

महामारी के आर्थिक नतीजों ने महत्त्वपूर्ण चुनौतियाँ प्रस्तुत कीं, जिससे आर्थिक विकास को पुनरुज्जीवित करने के लिए प्रभावी उपायों की आवश्यकता हुई। मोदी का लचीलापन आर्थिक प्रोत्साहन पैकेजों की घोषणा, नीतिगत सुधारों और 'आत्मनिर्भर भारत' के लिए दबाव में परिलक्षित हुआ।

उनकी नेतृत्व-शैली में दीर्घकालिक संरचनात्मक सुधारों के साथ आर्थिक पुनरुद्धार की आवश्यकता को संतुलित करना शामिल था। उत्पादन-संबद्ध प्रोत्साहन (पी.एल.आई.) योजनाओं, कृषि सुधारों और बुनियादी ढाँचे के विकास परियोजनाओं के कार्यान्वयन ने अर्थव्यवस्था को पुन:प्राप्ति और विकास की दिशा में आगे बढ़ाने की प्रतिबद्धता प्रदर्शित की।

राज्य चुनाव और राजनीतिक परिदृश्य : चुनावी लड़ाई

मोदी का राजनीतिक लचीलापन विभिन्न राज्यों के चुनावों में स्पष्ट हुआ है, जहाँ भारतीय जनता पार्टी (भाजपा) को जीत और हार दोनों का सामना करना पड़ा। कुछ क्षेत्रीय चुनावों में चुनौतियों के बावजूद मोदी की मतदाताओं से जुड़ने, एक दृष्टिकोण को स्पष्ट करने और क्षेत्रीय गतिशीलता के अनुकूल होने की क्षमता ने राष्ट्रीय स्तर पर उनकी राजनीतिक महत्ता बनाए रखी है।

राजनीतिक परिदृश्य के प्रबंधन में उनके नेतृत्व में प्रभावी संचार, जमीनी

स्तर पर जुड़ाव और स्थानीय मुद्दों को संबोधित करना शामिल है। असफलताओं से उबरने और भविष्य की चुनावी लड़ाई के लिए रणनीति बनाने की क्षमता राजनीति के क्षेत्र में मोदी के लचीलेपन को दरशाती है।

वैश्विक नेतृत्व और कूटनीति : अंतरराष्ट्रीय संबंधों को संचालित करना

वैश्विक मंच पर मोदी की भूमिका में जटिल अंतरराष्ट्रीय संबंधों को आगे बढ़ाना, बहुपक्षीय मंचों में भाग लेना और राजनयिक संबंधों को बढ़ावा देना शामिल है। जलवायु-परिवर्तन जैसी वैश्विक चुनौतियों से निपटने से लेकर रणनीतिक साझेदारी के प्रबंधन तक, विश्व स्तर पर भारत के हितों का प्रतिनिधित्व करने में मोदी का लचीलापन उनके नेतृत्व का एक निर्णायक पहलू रहा है।

विश्व नेताओं के साथ जुड़ने, भारत की स्थिति की वकालत करने और वैश्विक चर्चाओं में योगदान देने की क्षमता मोदी के कूटनीतिक लचीलेपन को दरशाती है। उनकी नेतृत्व-शैली में भारत को एक जिम्मेदार वैश्विक खिलाड़ी के रूप में पेश करना और पारस्परिक लाभ के लिए अंतरराष्ट्रीय सहयोग का लाभ उठाना शामिल है।

अंतरराष्ट्रीय आलोचना : वीजा अस्वीकरण और राजनयिक चुनौतियाँ

गोधरा दंगों के बाद मोदी को अंतरराष्ट्रीय आलोचना का सामना करना पड़ा, जिसमें सन् 2005 में अमेरिकी वीजा देने से इनकार करना भी शामिल था। कई देशों ने गुजरात की घटनाओं के मानवाधिकार निहितार्थ पर चिंता व्यक्त की। विवादास्पद अतीतवाले नेता के रूप में मोदी की छवि वैश्विक समुदाय के साथ जुड़ने में बाधा बन गई।

समय के साथ मोदी ने इन कूटनीतिक चुनौतियों पर काबू पाने के लिए सक्रिय रूप से काम किया है। उनकी अंतरराष्ट्रीय व्यस्तताओं, वैश्विक मंचों पर भागीदारी और राजनयिक संबंधों को मजबूत करने के प्रयासों ने कहानी को बदलने में योगदान दिया है। कूटनीतिक बाधाओं का सफल समाधान रिश्तों को फिर से बनाने और विश्व मंच पर एक राजनेता जैसी छवि पेश करने की मोदी की क्षमता को दरशाता है।

विवादों के बीच 'गुजरात मॉडल' विकास

जबकि गुजरात के मुख्यमंत्री के रूप में मोदी के कार्यकाल में महत्त्वपूर्ण आर्थिक विकास और बुनियादी ढाँचे का विकास हुआ, 'गुजरात मॉडल' बहस और आलोचना का विषय बन गया। कुछ विरोधियों ने तर्क दिया कि मॉडल ने सामाजिक संकेतकों की कीमत पर औद्योगिक विकास पर असंगत रूप से ध्यान केंद्रित किया है। गुजरात की विकास-गाथा की समावेशिता के बारे में सवाल उठाए गए, आलोचकों ने असमानताओं और सामाजिक न्याय के मुद्दों की ओर इशारा किया।

मोदी के राष्ट्रीय राजनीति में आने के बाद भी 'गुजरात मॉडल' को लेकर विवाद जारी रहे। हालाँकि, समर्थकों का तर्क है कि गुजरात में हासिल की गई आर्थिक प्रगति ने राष्ट्रीय स्तर पर मोदी के विकास के बड़े दृष्टिकोण की नींव रखी।

बेरोजगारी और आर्थिक मंदी : नीति की आलोचना

आर्थिक चुनौतियाँ, जिनमें मंदी की अवधि और बेरोजगारी के बारे में चिंताएँ शामिल हैं, आलोचना का केंद्रबिंदु बन गई हैं। आलोचकों का तर्क है कि मोदी की आर्थिक नीतियाँ महत्त्वाकांक्षी होते हुए भी हमेशा समावेशी विकास में तब्दील नहीं हुई हैं। वैश्विक आर्थिक मंदी और कोविड-19 महामारी के प्रभाव ने आर्थिक चुनौतियों को और बढ़ा दिया, जिससे सरकारी हस्तक्षेपों की प्रभावशीलता के बारे में बहस छिड़ गई।

हालाँकि, सरकार ने महामारी के प्रभाव को दूर करने के लिए 'प्रधानमंत्री गरीब कल्याण योजना' और आर्थिक प्रोत्साहन पैकेज जैसे उपाय लागू किए, लेकिन आर्थिक प्रबंधन को लेकर आलोचनाएँ जारी हैं। चल रही चर्चा आर्थिक शासन की जटिल प्रकृति और सामाजिक कल्याण के साथ विकास को संतुलित करने की लगातार चुनौतियों पर प्रकाश डालती है।

सोशल मीडिया ट्रोलिंग और ऑनलाइन आलोचना : डिजिटल युद्धक्षेत्र

सोशल मीडिया के उदय ने राजनीतिक नेताओं के समर्थकों और आलोचकों दोनों को एक मंच दिया है। सोशल मीडिया पर अपनी व्यापक उपस्थिति के बावजूद नरेंद्र मोदी को ऑनलाइन आलोचना और ट्रोलिंग का सामना करना पड़ा है। डिजिटल युद्ध का मैदान अकसर भारतीय राजनीति की ध्रुवीकृत प्रकृति

को दरशाता है, जहाँ समर्थक जमकर मोदी का बचाव करते हैं और आलोचक असहमति के लिए सोशल मीडिया का इस्तेमाल करते हैं।

ऑनलाइन आलोचना में अभिव्यक्ति की स्वतंत्रता, गलत सूचना का प्रसार और लक्षित हमलों के लिए सोशल मीडिया के उपयोग के बारे में चिंताएँ शामिल हैं। सोशल मीडिया की गतिशीलता और राजनीतिक प्रवचन के बीच जटिल परस्पर क्रिया मोदी के नेतृत्व के सामने आनेवाली चुनौतियों में जटिलता की एक परत जोड़ती है।

यह स्पष्ट है कि नरेंद्र मोदी का नेतृत्व चुनौतियों और विरोधियों से अछूता नहीं है। मोदी के सामने आनेवाली बाधाएँ ऐतिहासिक विवादों से लेकर समकालीन नीतिगत बहस और सामाजिक मुद्दों तक हैं। आलोचना से परे की यात्रा में एक जटिल राजनीतिक परिदृश्य को समझना, चिंताओं को संबोधित करना और बदलती गतिशीलता को अपनाना शामिल है।

यह स्पष्ट है कि नरेंद्र मोदी का नेतृत्व चुनौतियों की अनुपस्थिति से नहीं, बल्कि लचीलेपन और दृढ़ संकल्प के साथ उनसे निपटने की उनकी क्षमता से परिभाषित होता है। प्राकृतिक आपदाओं से लेकर राजनीतिक विवादों, आर्थिक अनिश्चितताओं एवं वैश्विक महामारियों तक, मोदी के दृष्टिकोण में चुनौतियों का डटकर मुकाबला करना और देश को स्थिरता व विकास की ओर ले जाना शामिल है।

उनकी नेतृत्व-शैली एक सक्रिय और व्यावहारिक दृष्टिकोण की विशेषता है, जहाँ वे व्यक्तिगत रूप से संकटों से निपटते हैं, राहत प्रयासों की निगरानी करते हैं और जनता से सीधे संवाद करते हैं। मोदी का लचीलापन शासन, आर्थिक विकास एवं राष्ट्रीय सुरक्षा के प्रति उनकी प्रतिबद्धता में निहित है और यह एक ऐसी नेतृत्व-शैली को दरशाता है, जो राष्ट्र की उभरती जरूरतों के प्रति चुस्त, अनुकूलनीय और उत्तरदायी है।

चुनौतियों को अवसरों में बदलने और लचीलेपन के साथ नेतृत्व करने की मोदी की क्षमता ने न केवल उनकी राजनीतिक विरासत को आकार दिया है, बल्कि देश के पथ पर एक अमिट छाप भी छोड़ी है। लचीलेपन की यात्रा जारी है—एक ऐसा नेतृत्व तैयार करना, जो विपरीत परिस्थितियों में भी अडिग बना रहे।

□

नरेंद्र मोदी : छवि के पीछे का व्यक्तित्व

"भारत के चौदहवें प्रधानमंत्री नरेंद्र मोदी एक ऐसे राजनेता हैं, जिन्होंने लगातार पारंपरिक राजनीतिक मानदंडों का उल्लंघन किया है। उनकी साधारण शुरुआत से लेकर देश के सर्वोच्च पद तक पहुँचने तक, छवि के पीछे के व्यक्ति को समझना यह समझने के लिए आवश्यक है कि नरेंद्र मोदी भारतीय राजनीति में एक अपराजित शक्ति क्यों बन गए हैं।"

प्रारंभिक वर्षों में विनम्र शुरुआत

नरेंद्र दामोदरदास मोदी का परिवार ओ.बी.सी. (अन्य पिछड़ा वर्ग) श्रेणी से है और उनका पालन-पोषण सामान्य परिस्थितियों में हुआ। मोदी का प्रारंभिक जीवन एक अदम्य भावना और एक मजबूत कार्य नीति से चिह्नित था, जो उनके माता-पिता ने उनमें पैदा किया था।

मोदी की पारिवारिक पृष्ठभूमि और वडनगर रेलवे स्टेशन पर चाय बेचने से लेकर दिल्ली में सत्ता के गलियारों तक की उनकी यात्रा एक साधारण शुरुआत से उनके उत्थान का प्रतीक बन गई। इन शुरुआती अनुभवों ने उनके लचीलेपन को आकार दिया है, जिससे उनमें जनता के साथ गहरा जुड़ाव और सामाजिक-आर्थिक उत्थान के प्रति प्रतिबद्धता पैदा हुई है।

एक संन्यासी के रूप में आध्यात्मिक खोज के वर्ष

अपनी प्रारंभिक वयस्कता में नरेंद्र मोदी ने एक आध्यात्मिक खोज शुरू की, जिसने उनके विश्व दृष्टिकोण को गहराई से प्रभावित किया। उन्होंने एक

संन्यासी के रूप में पूरे भारत में यात्रा करते हुए और आध्यात्मिक प्रथाओं में डूबे हुए कई साल बिताए। रामकृष्ण मिशन में बिताए गए समय और राष्ट्रीय स्वयंसेवक संघ (आर.एस.एस.) के साथ जुड़ाव ने उनके वैचारिक व दार्शनिक आधार की नींव रखी।

तपस्या और आत्म-निरीक्षण से चिह्नित मोदी के जीवन के इस चरण ने उन्हें भारत की सांस्कृतिक एवं आध्यात्मिक विविधता में अंतर्दृष्टि प्रदान की। इसने नेतृत्व के लिए एक अनुशासित तथा तपस्वी दृष्टिकोण के विकास में भी योगदान दिया, राष्ट्र की सेवा और पारंपरिक भारतीय मूल्यों के प्रति प्रतिबद्धता पर जोर दिया।

मुख्यधारा की राजनीति में मोदी का प्रवेश 1980 के दशक की शुरुआत में शुरू हुआ, जब वे भारतीय जनता पार्टी (भाजपा) में शामिल हुए। उनके संगठनात्मक कौशल और पार्टी की विचारधारा के प्रति समर्पण ने उन्हें तेजी से आगे बढ़ाया। गुजरात भाजपा के महासचिव के रूप में कार्य करने से लेकर विभिन्न क्षमताओं में पार्टी संचालन की देखरेख करने तक, मोदी की राजनीतिक प्रशिक्षुता की विशेषता रणनीतिक सोच और प्रभावी जमीनी स्तर पर लामबंदी थी।

पार्टी संरचना के भीतर उनका उत्थान राजनीतिक गतिशीलता की अद्भुत समझ और पार्टी कार्यकर्ताओं एवं मतदाताओं दोनों के साथ जुड़ने की क्षमता द्वारा चिह्नित किया गया। मोदी की प्रारंभिक राजनीतिक यात्रा में एक ऐसे नेता का प्रदर्शन हुआ, जिसने संगठनात्मक कौशल को शासन के व्यावहारिक दृष्टिकोण के साथ जोड़ा।

गुजरात : शासन एवं विकास के मुख्यमंत्री

नरेंद्र मोदी अक्तूबर 2001 में गुजरात के मुख्यमंत्री बने और इस पद पर वे 2014 तक लगातार चार बार अभूतपूर्व रूप से रहे। गुजरात में उनका कार्यकाल आर्थिक विकास, बुनियादी ढाँचे के विकास और प्रशासनिक दक्षता पर केंद्रित था।

मोदी के नेतृत्व में गुजरात में उद्योग, कृषि और सामाजिक विकास जैसे क्षेत्रों में उल्लेखनीय प्रगति हुई। राज्य एक आर्थिक महाशक्ति बन गया, निवेश आकर्षित किया और अपनी व्यापार-अनुकूल नीतियों के लिए प्रशंसा अर्जित

की। विकास का 'गुजरात मॉडल' आर्थिक विकास, बुनियादी ढाँचे और समावेशी विकास पर जोर देने के साथ मोदी के राजनीतिक आख्यान में एक केंद्रीय विषय बन गया।

गोधरा दंगे और राजनीतिक नतीजे

वर्ष 2002 नरेंद्र मोदी के लिए एक चुनौतीपूर्ण समय लेकर आया, क्योंकि गोधरा ट्रेन जलाने की घटना के बाद गुजरात में सांप्रदायिक दंगे हुए। दंगे विवाद का मुद्दा बन गए। आलोचकों ने मोदी पर अपर्याप्त प्रतिक्रिया और प्रशासनिक चूक का आरोप लगाया।

वर्ष 2002 की घटनाओं ने मोदी के नेतृत्व पर प्रभाव डाला, जिससे विचारों का ध्रुवीकरण हुआ। जहाँ उनके समर्थकों ने उनके शासन और विकास पहल की प्रशंसा की, वहीं विरोधियों ने दंगों से निपटने के उनके तरीके की आलोचना की। राजनीतिक नतीजों और उसके बाद की कानूनी व राजनीतिक लड़ाइयों ने मोदी की सार्वजनिक छवि में जटिलताएँ बढ़ा दीं।

राष्ट्रीय मंच : प्रधानमंत्री पद की आकांक्षाएँ

गोधरा दंगों से जुड़े विवादों के बावजूद नरेंद्र मोदी का राजनीतिक कद लगातार बढ़ता गया। गुजरात में उनके शासन मॉडल और एक निर्णायक नेता के रूप में उनकी प्रतिष्ठा ने राष्ट्रीय मंच पर ध्यान आकर्षित किया। सन् 2013 में मोदी को 2014 के आम चुनावों के लिए प्रधानमंत्री पद के लिए भाजपा का उम्मीदवार नियुक्त किया गया।

चुनाव अभियान, जिसे 'मोदी लहर' कहा गया, ने उन्हें देश भर में घूमकर खुद को क्रांतिकारी परिवर्तन में सक्षम नेता के रूप में पेश किया। वर्ष 2014 में भाजपा की शानदार जीत ने भारतीय राजनीति में एक महत्त्वपूर्ण मोड़ ला दिया, जिसने मोदी को देश के प्रधानमंत्री पद पर पहुँचा दिया।

राष्ट्रीय स्तर पर गतिशील नेतृत्व शासन

प्रधानमंत्री के रूप में नरेंद्र मोदी शासन के लिए एक गतिशील और व्यावहारिक दृष्टिकोण लेकर आए। उनकी नेतृत्व-शैली की विशेषता दक्षता,

नवाचार और ठोस परिणाम देने की प्रतिबद्धता पर जोर देना था। 'स्वच्छ भारत अभियान', 'प्रधानमंत्री जन धन योजना' और 'मेक इन इंडिया' जैसी प्रमुख पहलों की शुरुआत ने समावेशी विकास के लिए उनके दृष्टिकोण को प्रदर्शित किया।

आर्थिक सुधारों, बुनियादी ढाँचे के विकास और वस्तु एवं सेवा कर (जी. एस.टी.) जैसी पहलों पर मोदी के फोकस ने संरचनात्मक परिवर्तन लाने के दृढ़ संकल्प को प्रदर्शित किया। 'न्यूनतम सरकार, अधिकतम शासन' पर जोर नौकरशाही को सुव्यवस्थित करने और अधिक कुशल प्रशासन को बढ़ावा देने में उनके विश्वास को दरशाता है।

आर्थिक नीतियाँ : संरचनात्मक सुधार और कल्याण योजनाएँ

मोदी की आर्थिक नीतियाँ संरचनात्मक सुधारों और लक्षित कल्याणकारी योजनाओं का मिश्रण रही हैं। सन् 2016 में विमुद्रीकरण, हालाँकि, विवादास्पद था, इसका उद्देश्य काले धन पर अंकुश लगाना और डिजिटल लेन-देन को बढ़ावा देना था। उसी वर्ष वस्तु एवं सेवा कर (जी.एस.टी.) के कार्यान्वयन ने भारत की जटिल कर प्रणाली को एकीकृत करने का प्रयास किया।

समवर्ती रूप से 'प्रधानमंत्री उज्ज्वला योजना', 'प्रधानमंत्री आवास योजना' और 'आयुष्मान भारत' जैसी कल्याणकारी योजनाओं का उद्देश्य सामाजिक व आर्थिक चुनौतियों का समाधान करना है। इन नीतियों ने आर्थिक उदारीकरण और सामाजिक समावेशन—दोनों के प्रति मोदी की प्रतिबद्धता को रेखांकित किया।

2019 में पुनः चुनाव : लोकप्रियता और चुनावी जीत

वर्ष 2019 के आम चुनावों ने मोदी की लोकप्रियता और राजनीतिक शक्ति की पुष्टि की। उनके नेतृत्व में भाजपा ने लोकसभा की 545 सीटों में से 303 सीटें जीतकर निर्णायक जनादेश हासिल किया। यह जीत मोदी की जनता से जुड़ने, राष्ट्र के लिए एक दृष्टिकोण को स्पष्ट करने और अपनी सरकार की उपलब्धियों को प्रभावी ढंग से बताने की क्षमता का प्रमाण थी।

वर्ष 2019 में चुनावी जीत ने क्षेत्रीय एवं भाषाई विभाजन से परे अखिल भारतीय अपील वाले नेता के रूप में मोदी की स्थिति को मजबूत किया। जिन

राज्यों में पारंपरिक रूप से इसकी सीमित उपस्थिति थी, वहाँ भाजपा के प्रदर्शन ने मोदी के नेतृत्व के विस्तार को दरशाया।

व्यक्तिगत ब्रांड संचार और छवि-निर्माण

नरेंद्र मोदी का व्यक्तिगत ब्रांड उनके संचार कौशल और छवि-निर्माण प्रयासों से जटिल रूप से जुड़ा हुआ है। रेडियो कार्यक्रम 'मन की बात' के माध्यम से राष्ट्र को संबोधित करने से लेकर सीधे संचार के लिए सोशल मीडिया का उपयोग करने तक, मोदी ने जनता से जुड़ने के लिए विभिन्न प्लेटफॉर्मों का उपयोग किया है।

'ब्रांड इंडिया' पर उनका जोर और विश्व स्तर पर देश की सकारात्मक छवि पेश करना उनके नेतृत्व का एक प्रमुख तत्त्व रहा है। 'मेक इन इंडिया', 'डिजिटल इंडिया' और 'स्वच्छ भारत' जैसे अभिनव अभियानों के उपयोग ने मोदी के नेतृत्व में प्रगति एवं विकास की कहानी को आकार देने में योगदान दिया।

नरेंद्र मोदी की पहेली

वस्तुतः, नरेंद्र मोदी की पहेली व्यक्तिगत अनुभवों, राजनीतिक कौशल और नेतृत्व-शैली की एक बहुमुखी बुनावट बनी हुई है। वडनगर की तंग गलियों से लेकर वैश्विक मंच तक मोदी की यात्रा चुनौतियों, विवादों और जीत से भरी असाधारण रही है। उनके नेतृत्व में लचीलापन, रणनीतिक सोच और जनता के साथ गहरे जुड़ाव का अनूठा मिश्रण है। गुजरात मॉडल, 'मोदी लहर' और चुनावों में अपराजित कारक एक नेतृत्व-शैली को रेखांकित करते हैं, जो आबादी के विभिन्न वर्गों के साथ प्रतिध्वनित होती है।

फिर भी, पहेली कायम है—एक ऐसा नेता, जिसकी राजनीतिक यात्रा आसान वर्गीकरण को चुनौती देती है; एक ऐसा व्यक्ति, जिसकी सार्वजनिक छवि प्रशंसा और आलोचना दोनों से बनती है। नरेंद्र मोदी अपराजित क्यों हैं—पहेली बनी हुई है और छवि के पीछे के व्यक्ति की निरंतर खोज एवं विश्लेषण को आमंत्रित करती है।

□

जन-संपर्क और धारणा : मोदी का मीडिया जादू

"आधुनिक राजनीति के क्षेत्र में संचार और छवि-निर्माण की कला जनमत को आकार देने में महत्त्वपूर्ण भूमिका निभाती है। भारत के चौदहवें प्रधानमंत्री नरेंद्र मोदी न केवल एक राजनेता हैं, बल्कि जन-संपर्क में भी माहिर हैं।"

एक सोशल मीडिया आइकन का उदय

नरेंद्र मोदी का सोशल मीडिया का कुशल उपयोग भारतीय राजनीति में गेम-चेंजर रहा है। अपने राजनीतिक कॅरियर के शुरुआती दिनों से लेकर वर्तमान तक, मोदी ने जनता से सीधे जुड़ने के लिए एक्स/ट्विटर, फेसबुक और इंस्टाग्राम जैसे प्लेटफॉर्मों की शक्ति का उपयोग किया है। उनके व्यक्तिगत हैंडल 'एट-नरेंद्र मोदी' के लाखों फॉलोवर्स हैं, जो उन्हें विश्व स्तर पर सबसे अधिक फॉलो किए जानेवाले राजनेताओं में से एक बनाता है।

जनवरी 2022 में डाटा कटऑफ के अनुसार, अकेले मोदी के एक्स अकाउंट पर 7 करोड़ से अधिक फॉलोवर्स थे। यह व्यापक पहुँच उन्हें पारंपरिक मीडिया चैनलों को दरकिनार करते हुए जानकारी प्रसारित करने, अपने विचार साझा करने और सीधे राष्ट्र को संबोधित करने में सक्षम बनाती है। सोशल मीडिया के रणनीतिक उपयोग ने मोदी के नेतृत्व के इर्द-गिर्द कथा तैयार करने और नियंत्रित करने में महत्त्वपूर्ण भूमिका निभाई है।

'मन की बात' : देश से सीधा संवाद

मोदी के शस्त्रागार में नवीन संचार उपकरणों में से एक रेडियो कार्यक्रम 'मन की बात' है। अक्तूबर 2014 में लॉन्च किया गया यह मासिक प्रसारण मोदी को कई विषयों पर अपने विचार साझा करते हुए सीधे राष्ट्र को संबोधित करने की अनुमति देता है। यह कार्यक्रम प्रधानमंत्री के लिए व्यक्तिगत स्तर पर नागरिकों से जुड़ने और संवाद एवं समावेशिता की भावना को बढ़ावा देने का एक मंच बन गया है।

'मन की बात' की संवादात्मक प्रकृति, जहाँ मोदी अकसर नागरिकों के पत्रों और संदेशों का संदर्भ देते हैं, एक भागीदारी अनुभव बनाता है। यह सार्वजनिक धारणा को आकार देने का एक शक्तिशाली माध्यम बन गया है, जिससे मोदी को अपनी दृष्टि व्यक्त करने और चिंताओं को सीधे संबोधित करने की अनुमति मिलती है। यह कार्यक्रम समकालीन संचार के लिए पारंपरिक मीडिया प्रारूपों का लाभ उठाने की मोदी की क्षमता का उदाहरण है।

विवादों से लेकर स्टेट्समैनशिप तक : छवि बदलाव

राजनीति में नरेंद्र मोदी की यात्रा महत्त्वपूर्ण विवादों से भरी रही है, जिसमें वर्ष 2002 के गोधरा दंगे भी शामिल हैं। हालाँकि, एक विवादास्पद अतीतवाले क्षेत्रीय नेता से राष्ट्रीय अपीलवाले राजनेता के रूप में उनकी छवि बदलाव प्रभावी जन-संपर्क का एक प्रमाण है। मोदी के इर्द-गिर्द गढ़ी गई कहानी ने ध्यान को अतीत के विवादास्पद मुद्दों से हटाकर उनकी उपलब्धियों और भविष्य के दृष्टिकोण पर केंद्रित कर दिया।

रणनीतिक संचार, रीब्रांडिंग और विकास एवं शासन पर ध्यान मोदी की छवि बदलाव की आधारशिला बन गए। सावधानीपूर्वक तैयार की गई कहानी में उन्हें आर्थिक विकास, बुनियादी ढाँचे के विकास और राष्ट्रीय सुरक्षा के प्रति प्रतिबद्धता वाले एक निर्णायक नेता के रूप में चित्रित किया गया है। इस परिवर्तन ने जनता की धारणा को नया आकार देने और देश को प्रगति की ओर ले जाने में सक्षम नेता के रूप में मोदी को स्थापित करने में योगदान दिया।

मोदी और ब्रांड इंडिया की ब्रांडिंग के लिए अभिनव अभियान

मोदी का नेतृत्व उन नवोन्मेषी और प्रभावशाली अभियानों से निकटता से जुड़ा हुआ है, जो पारंपरिक राजनीतिक संदेश से परे हैं। 'मेक इन इंडिया', 'स्वच्छ भारत अभियान' और 'डिजिटल इंडिया' जैसी पहलें न केवल नीतिगत उद्देश्यों को संबोधित करती हैं, बल्कि शक्तिशाली ब्रांडिंग टूल के रूप में भी काम करती हैं। इन अभियानों का उद्देश्य न केवल विशिष्ट नीतिगत लक्ष्यों को बढ़ावा देना है, बल्कि वैश्विक मंच पर भारत की सकारात्मक छवि बनाना भी है।

'मेक इन इंडिया' भारत को एक विनिर्माण केंद्र के रूप में स्थापित करता है, 'स्वच्छ भारत अभियान' सफाई एवं स्वच्छता को बढ़ावा देता है और 'डिजिटल इंडिया' तकनीकी उन्नति की वकालत करता है। इन अभियानों की सफलता राजनीतिक सीमाओं को पार करने, विभिन्न जनसांख्यिकी के नागरिकों को शामिल करने और मोदी को आधुनिक व प्रगतिशील भारत की दृष्टिवाले नेता के रूप में प्रस्तुत करने की उनकी क्षमता में निहित है।

व्यक्तिगत ब्रांडिंग : 56 इंच की छाती

मोदी के व्यक्तिगत ब्रांड की विशेषता एक मजबूत व्यक्ति की छवि और करिश्माई अपील है। शक्ति और साहस को दरशाने के लिए रूपक के तौर पर इस्तेमाल किया जानेवाला वाक्यांश '56 इंच का सीना' उनके निर्णायक नेतृत्व का प्रतीक बन गया। एक मजबूत कार्यनीति के साथ साहसिक निर्णय लेने में निडर नेता की छवि मतदाताओं के एक महत्त्वपूर्ण वर्ग को पसंद आई।

मोदी की अनुशासित जीवन-शैली, शाकाहार और सार्वजनिक सेवा के प्रति समर्पण सहित उनकी व्यक्तिगत विशेषताओं पर जोर ने एक विशिष्ट व्यक्तिगत ब्रांड के निर्माण में योगदान दिया। सादगी एवं सत्यनिष्ठा की कहानी के साथ मजबूत व्यक्ति की छवि ने सार्वजनिक धारणा को आकार देने और समर्थन हासिल करने में महत्त्वपूर्ण भूमिका निभाई।

एक वैश्विक राजनेता का निर्माण करनेवाली अंतरराष्ट्रीय संलग्नताएँ

वैश्विक मंच पर मोदी की व्यस्तताओं को दुनिया में भारत की प्रतिष्ठा बढ़ाने और उन्हें एक वैश्विक राजनेता के रूप में पेश करने के लिए सावधानीपूर्वक

प्रबंधित किया गया है। चाहे अंतरराष्ट्रीय शिखर सम्मेलनों में भाग लेना हो, संयुक्त राष्ट्र महासभा को संबोधित करना हो या विश्व नेताओं के साथ बातचीत करना हो, मोदी की कूटनीतिक पहल उनकी अंतरराष्ट्रीय छवि को आकार देने में अभिन्न रही है।

जो बाइडेन, व्लादिमीर पुतिन और शी जिनपिंग जैसे नेताओं के साथ उनकी बातचीत एक वैश्विक खिलाड़ी के रूप में भारत की कहानी में योगदान करती है। सांस्कृतिक कूटनीति पर जोर, जैसे अंतरराष्ट्रीय योग दिवस और भारतीय सॉफ्ट पावर को बढ़ावा देना, भारत की वैश्विक अपील को बढ़ाता है। ये गतिविधियाँ अंतरराष्ट्रीय संबंधों को आगे बढ़ाने और विश्व मंच पर भारत की सकारात्मक छवि पेश करने की मोदी की क्षमता को प्रदर्शित करती हैं।

संकट-प्रबंधन और संचार : अग्रिम मोर्चे से नेतृत्व करना

संकट के समय नरेंद्र मोदी की संचार रणनीति विशेष रूप से स्पष्ट होती है। चाहे प्राकृतिक आपदाओं से निपटना हो, कोविड-19 महामारी या सुरक्षा चुनौतियों से निपटना हो, अथवा उत्तराखंड सुरंग में फँसे मजदूरों का रेस्क्यू करना हो, मोदी ने आगे बढ़कर नेतृत्व करने की प्रवृत्ति प्रदर्शित की है। संकट के दौरान उनके संचार में सहानुभूति, आश्वासन और निर्णायक काररवाई का मिश्रण शामिल होता है।

उदाहरण के लिए, कोविड-19 महामारी के दौरान मोदी ने कई बार राष्ट्र को संबोधित किया; लॉकडाउन, राहत उपायों और टीकाकरण अभियान की घोषणा की। संचार रणनीति एकजुटता की भावना व्यक्त करने, नागरिकों से सुरक्षा प्रोटोकॉल का पालन करने का आग्रह करने और सरकार की प्रतिक्रिया योजना की रूपरेखा तैयार करने पर केंद्रित थी। संकट के दौरान प्रभावी ढंग से संवाद करने की क्षमता मोदी के नेतृत्व में विश्वास और भरोसा पैदा करने में योगदान देती है।

विपक्ष की प्रतिक्रिया, आलोचना और विवादों का प्रबंधन

जन-संपर्क के क्षेत्र में आलोचना और विवादों का प्रबंधन एक अभिन्न पहलू है। विपक्षी आलोचनाओं से निपटने के लिए मोदी के दृष्टिकोण में प्रत्यक्ष

प्रतिक्रिया, रणनीतिक चुप्पी और नीतिगत उपलब्धियों की ओर ध्यान भटकाना शामिल है। आलोचना को अकसर राजनीति से प्रेरित या विकास और शासन के बड़े लक्ष्यों को कमजोर करने के प्रयास के रूप में चित्रित करने के लिए कहानी तैयार की जाती है।

मोदी की जन-संपर्क मशीनरी राष्ट्र के कल्याण पर केंद्रित नेता की कहानी को मजबूत करने के लिए आलोचना का उपयोग करते हुए चुनौतियों को अवसरों में बदलने में माहिर है। विपक्षी प्रतिक्रिया को प्रबंधित करने की क्षमता कभी-कभार विवादों के बावजूद सकारात्मक छवि बनाए रखने में योगदान देती है।

जमीनी स्तर पर राजनीति से परे जुड़ना

हालाँकि, मोदी की छवि निस्संदेह रणनीतिक मीडिया प्रबंधन का परिणाम है, लेकिन जमीनी स्तर से जुड़ने की उनकी क्षमता जन-संपर्क से परे है। 'चाय पर चर्चा' जैसी पहल और नागरिकों के साथ सीधे बातचीत पर जोर राजनीतिक अभिजात वर्ग तथा आम जन के बीच की खाई को पाटने के प्रयास को प्रदर्शित करता है।

आम आदमी की आकांक्षाओं और चुनौतियों को समझनेवाले नेता की कहानी को ऐसी पहलों के माध्यम से सावधानीपूर्वक विकसित किया जाता है। मोदी की व्यक्तिगत कहानियाँ, जिनमें उनकी विनम्र शुरुआत भी शामिल है, अकसर एक ऐसे नेता की कहानी को मजबूत करने के लिए उजागर की जाती हैं, जो जमीनी स्तर से उठे हैं और लोगों से जुड़े हुए हैं।

मीडिया आख्यानों का नियंत्रण और प्रबंधन

मीडिया आख्यानों का नियंत्रण और प्रबंधन राजनीतिक संचार में महत्त्वपूर्ण भूमिका निभाता है। मोदी के कार्यकाल में सरकार की संचार रणनीति पर अधिक केंद्रीकृत नियंत्रण की ओर बदलाव देखा गया है। प्रधानमंत्री कार्यालय (पी.एम.ओ.) सरकार की छवि को आकार देने में सक्रिय भूमिका निभाता है और प्रधानमंत्री स्वयं मीडिया के साथ चुनिंदा तरीके से जुड़ने के लिए जाने जाते हैं।

हालाँकि, यह दृष्टिकोण संदेश अनुशासन बनाए रखने में प्रभावी रहा है, लेकिन इसे प्रेस की पहुँच को सीमित करने और पत्रकारिता की स्वतंत्रता को

बाधित करने के लिए आलोचना का भी सामना करना पड़ा है। केंद्रीकृत संचार नियंत्रण और स्वतंत्र मीडिया के बीच संतुलन चल रही बहस का विषय बना हुआ है।

निष्कर्ष के तौर पर, नरेंद्र मोदी की राजनीतिक अजेयता केवल नीतिगत उपलब्धियों का परिणाम नहीं है, बल्कि राजनीतिक संचार की कला और विज्ञान से जटिल रूप से जुड़ी हुई है। पारंपरिक और डिजिटल मीडिया के अभिसरण—नवोन्मेषी अभियानों और सावधानीपूर्वक तैयार किए गए व्यक्तिगत ब्रांड के साथ मिलकर—एक मीडिया जादू बनाया गया है, जो पारंपरिक राजनीति की सीमाओं को पार करता है। जनता से सीधे संवाद करने, कथा को नियंत्रित करने और चुनौतियों के बावजूद सकारात्मक छवि पेश करने की मोदी की क्षमता उनकी स्थायी लोकप्रियता में योगदान करती है। हालाँकि, राजनीतिक धारणा को आकार देने में मीडिया की भूमिका सूचना-प्रसार, मीडिया की स्वतंत्रता और राजनीतिक संदेश एवं पत्रकारिता की स्वतंत्रता के बीच संतुलन के बारे में महत्त्वपूर्ण प्रश्न उठाती है।

□

संघ कनेक्शन : मोदी और हिंदुत्व की राजनीति

"नरेंद्र मोदी की राजनीतिक यात्रा हिंदुत्व की राजनीति, एक जटिल और बहुआयामी वैचारिक परिदृश्य, के ताने-बाने में बुनी गई है। राष्ट्रीय स्वयंसेवक संघ (आर.एस.एस.), एक सांस्कृतिक व सामाजिक राष्ट्रवादी संगठन, का मोदी के राजनीतिक कॅरियर पर महत्त्वपूर्ण प्रभाव रहा है।"

राष्ट्रीय स्वयंसेवक संघ (आर.एस.एस.) की वैचारिक जड़ें

सन् 1925 में केशव बलिराम हेडगेवार द्वारा स्थापित आर.एस.एस. ने हिंदुत्व की राजनीति के वैचारिक परिदृश्य को आकार देने में महत्त्वपूर्ण भूमिका निभाई है। संगठन के मूलभूत सिद्धांत हिंदू राष्ट्र के दावे में निहित हैं, जो हिंदू समुदाय की सांस्कृतिक व आध्यात्मिक एकता पर जोर देता है। आर.एस.एस. हिंदू मूल्यों द्वारा निर्देशित समाज की कल्पना करता है और इसकी गतिविधियों में सांस्कृतिक, सामाजिक एवं शैक्षिक पहलें शामिल हैं।

आर.एस.एस. की वैचारिक जड़ें विनायक दामोदर सावरकर और माधव सदाशिव गोलवलकर जैसे विचारकों से प्रेरणा लेती हैं, जिन्होंने हिंदू समुदाय के लिए एक एकीकृत शक्ति के रूप में हिंदुत्व की अवधारणा को व्यक्त किया। आर.एस.एस. की संगठनात्मक संरचना में शाखाएँ शामिल हैं, जहाँ स्वयंसेवक शारीरिक प्रशिक्षण, अभ्यास तथा सांस्कृतिक और राष्ट्रीय मुद्दों पर चर्चा में संलग्न होते हैं।

प्रचारक से राजनीति तक : नरेंद्र मोदी की शुरुआती व्यस्तता

नरेंद्र मोदी का आर.एस.एस. के साथ जुड़ाव उनके शुरुआती वर्षों में ही शुरू हो गया था। 1970 के दशक की शुरुआत में मोदी आर.एस.एस. के प्रचारक बन गए और उन्होंने खुद को जमीनी स्तर के काम और वैचारिक प्रचार-प्रसार के लिए समर्पित कर दिया। प्रचारक की भूमिका में आर.एस.एस. के मूल्यों का प्रसार करना, कार्यक्रमों का आयोजन करना तथा सांस्कृतिक एवं राष्ट्रीय पहचान की भावना को बढ़ावा देना शामिल है।

एक प्रचारक से मुख्यधारा की राजनीति तक की मोदी की यात्रा को संघ परिवार के भीतर उनके क्रमिक उदय से चिह्नित किया गया, जो आर.एस.एस. से जुड़े हिंदू राष्ट्रवादी संगठनों के परिवार के लिए सामूहिक शब्द है। उनकी शुरुआती व्यस्तता ने हिंदुत्व के सिद्धांतों से गहराई से जुड़े एक राजनीतिक कॅरियर की नींव रखी।

भारतीय जनता पार्टी (भाजपा) : संघ परिवार की राजनीतिक शाखा

सन् 1980 में स्थापित भारतीय जनता पार्टी (भाजपा) संघ परिवार की राजनीतिक शाखा के रूप में उभरी। भारतीय जन संघ में अपनी जड़ों के साथ भाजपा ने हिंदुत्व-केंद्रित राजनीतिक एजेंडा अपनाया। पार्टी के संस्थापक सिद्धांतों में समान नागरिक संहिता के प्रति प्रतिबद्धता, जम्मू व कश्मीर को विशेष दर्जा देनेवाले अनुच्छेद 370 को निरस्त करना और अयोध्या में राम मंदिर का निर्माण शामिल है।

चुनावी राजनीति में मोदी का प्रवेश भाजपा के साथ उनके जुड़ाव से हुआ। पार्टी रैंकों में उनका उत्थान उनके संगठनात्मक कौशल, हिंदुत्व के सिद्धांतों के प्रति प्रतिबद्धता और जनता से जुड़ने की क्षमता के कारण हुआ। मोदी का प्रारंभिक राजनीतिक कॅरियर वैचारिक एवं राजनीतिक उद्देश्यों के अभिसरण को दरशाते हुए भाजपा के हिंदुत्व की राजनीति के एजेंडे के साथ निकटता से जुड़ा हुआ है।

अयोध्या और श्रीरामजन्मभूमि आंदोलन : एक निर्णायक अध्याय

श्रीरामजन्मभूमि-बाबरी ढाँचा विवाद हिंदुत्व की राजनीति और मोदी के राजनीतिक कॅरियर के विकास में एक निर्णायक अध्याय बन गया। यह विवाद

इस विश्वास पर केंद्रित था कि अयोध्या में विवादास्पद बाबरी ढाँचा भगवान् श्रीराम के जन्म-स्थल पर बनाई गई थी और यह हिंदुत्व के आंदोलन के लिए एक रैली स्थल बन गया।

लालकृष्ण आडवाणी जैसे नेताओं के नेतृत्व में भाजपा ने विवादित स्थल पर राम मंदिर के निर्माण के लिए सक्रिय रूप से समर्थन किया। इस आंदोलन ने 1980 के दशक के अंत में गति पकड़ी, जिसकी परिणति 6 दिसंबर, 1992 को बाबरी ढाँचे के विध्वंस के रूप में हुई। अयोध्या के आसपास की घटनाओं ने धार्मिक आधार पर भारतीय राजनीति के ध्रुवीकरण में योगदान दिया और भाजपा एवं मोदी के प्रक्षेप-पथ पर स्थायी प्रभाव डाला।

गुजरात और 2002 के गोधरा दंगे : विवाद और आलोचना

वर्ष 2002 में गुजरात में गोधरा दंगों के साथ मोदी के राजनीतिक कॅरियर में उतार-चढ़ाव भरा दौर आया। हिंदू तीर्थयात्रियों को ले जा रही एक ट्रेन को जलाने से भड़की सांप्रदायिक हिंसा में बड़े पैमाने पर अत्याचार हुए और सैकड़ों लोगों की जानें चली गईं। दंगों से निपटने और प्रशासनिक चूक के आरोपों के कारण मोदी के नेतृत्व की कड़ी आलोचना हुई।

वर्ष 2002 की घटनाओं ने राष्ट्रीय व अंतरराष्ट्रीय स्तर पर मोदी की राजनीतिक छवि पर लंबी छाया डाली। जबकि आलोचकों ने उन पर हिंसा को रोकने में विफल रहने और चरमपंथी समूहों की काररवाइयों को नजरअंदाज करने का आरोप लगाया, समर्थकों ने गुजरात में बाद के आर्थिक विकास एवं शासन पर जोर दिया। गोधरा दंगे एक विवादास्पद अध्याय बन गए, जो वैचारिक संबद्धता के साथ शासन को संतुलित करने की चुनौतियों को दरशाते हैं।

विवादों के बीच 'वाइब्रेंट गुजरात' शिखर सम्मेलन

गोधरा दंगों से जुड़े विवादों के बावजूद गुजरात में मोदी के नेतृत्व में आर्थिक विकास पर ध्यान केंद्रित किया गया। सन् 2003 में शुरू किया गया 'वाइब्रेंट गुजरात' शिखर सम्मेलन राज्य में निवेश, व्यापार और व्यवसाय को बढ़ावा देनेवाला एक प्रमुख कार्यक्रम बन गया। शिखर सम्मेलन का उद्देश्य

गुजरात को घरेलू एवं अंतरराष्ट्रीय निवेशकों के लिए एक आकर्षक गंतव्य के रूप में स्थापित करना था।

'वाइब्रेंट गुजरात' शिखर सम्मेलन की आर्थिक सफलता ने मोदी के नेतृत्व के इर्द-गिर्द की कहानी को बदलने में योगदान दिया। समर्थकों ने तर्क दिया कि आर्थिक विकास पर जोर एक शासन मॉडल को प्रदर्शित करता है, जो सांप्रदायिक विभाजन से परे है। यह आयोजन मोदी के राजनीतिक आख्यान का एक अभिन्न अंग बन गया, जो वैचारिक आधार के साथ आर्थिक व्यावहारिकता को संतुलित करने की उनकी क्षमता का प्रदर्शन करता है।

आम चुनाव में मोदी का प्रधानमंत्री पद पर आरोहण

वर्ष 2014 का आम चुनाव भारतीय राजनीति में एक ऐतिहासिक क्षण था, क्योंकि मोदी के नेतृत्व में भाजपा ने निर्णायक जीत हासिल की। पार्टी ने 545 सदस्यीय लोकसभा में 282 सीटें जीतकर बहुमत की सरकार बनाई। मोदी का अभियान सुशासन, आर्थिक विकास और एक मजबूत राष्ट्रवादी एजेंडे के वादे पर केंद्रित था।

चुनावी जीत ने हिंदुत्व की विचारधारा को राजनीतिक जनादेश में बदलने में सक्षम नेता के रूप में मोदी की कहानी को मजबूत किया। विभिन्न जनसांख्यिकी के मतदाताओं से जुड़ने की उनकी क्षमता और करिश्माई नेतृत्व-शैली ने उनकी प्रचंड जीत में योगदान दिया।

अनुच्छेद 370 को हटाना

अगस्त 2019 में मोदी सरकार ने जम्मू व कश्मीर राज्य को दी गई विशेष स्वायत्तता को रद्द करते हुए अनुच्छेद 370 और अनुच्छेद 35ए को हटाकर एक ऐतिहासिक कदम उठाया। इस कदम की लंबे समय से वकालत भाजपा अपने हिंदुत्व के एजेंडे के हिस्से के रूप में कर रही थी, जिसे घरेलू और अंतरराष्ट्रीय स्तर पर मिश्रित प्रतिक्रिया मिली।

समर्थकों ने इसे निरस्त किए जाने को समान नागरिक संहिता के प्रति भाजपा की प्रतिबद्धता के अनुरूप जम्मू व कश्मीर को भारतीय संघ में एकीकृत करने की दिशा में एक साहसिक कदम के रूप में देखा। हालाँकि, आलोचकों ने

संवैधानिक निहितार्थों और क्षेत्र के जनसांख्यिकीय एवं राजनीतिक परिदृश्य पर संभावित प्रभाव के बारे में चिंताएँ जताईं।

सी.ए.ए. तथा एन.आर.सी. पर बहस

नागरिकता संशोधन अधिनियम (सी.ए.ए.) की शुरुआत और राष्ट्रीय नागरिक रजिस्टर (एन.आर.सी.) के इर्द-गिर्द चर्चा ने नागरिकता और धार्मिक पहचान पर बहस छेड़ दी। सी.ए.ए. ने मुसलमानों को छोड़कर पड़ोसी देशों के प्रताड़ित अल्पसंख्यकों के लिए भारतीय नागरिकता का मार्ग प्रदान किया। दूसरी ओर, एन.आर.सी. का उद्द्देश्य अवैध आप्रवासियों तथा घुसपैठियों की पहचान करना था।

विधायी कदमों को विरोध और आलोचना का सामना करना पड़ा। विरोधियों ने तर्क दिया कि वे भेदभावपूर्ण थे और भारतीय संविधान के धर्मनिरपेक्ष ताने-बाने के विपरीत थे। मोदी सरकार ने उत्पीड़ित अल्पसंख्यकों की चिंताओं को दूर करने और राष्ट्रीय सुरक्षा बनाए रखने के लिए आवश्यक उपायों का बचाव किया।

हिंदुत्व और शासन संतुलन अधिनियम

मोदी की शासन-शैली हिंदुत्व की राजनीति के सिद्धांतों और समावेशी शासन की अनिवार्यताओं के बीच एक नाजुक संतुलन को दरशाती है। जबकि भाजपा के वैचारिक एजेंडे में राम मंदिर का निर्माण, समान नागरिक संहिता और गोरक्षा जैसे मुद्दे शामिल हैं, आर्थिक विकास और सामाजिक कल्याण पर मोदी का ध्यान शासन के लिए व्यावहारिक दृष्टिकोण को दरशाता है।

मोदी के लिए चुनौती भारतीय समाज के विविध और बहुलवादी ताने-बाने में बदलाव लाना है। नाजुक संतुलन में भाजपा के मुख्य निर्वाचन क्षेत्र की आकांक्षाओं को संबोधित करना और यह सुनिश्चित करना शामिल है कि शासन की नीतियाँ व्यापक आबादी के अनुरूप हों।

विचारधारा और शासन का जटिल संबंध

हिंदुत्व की राजनीति के संदर्भ में मोदी की राजनीतिक यात्रा संघ कनेक्शन

के साथ गहराई से जुड़ी हुई है। आर.एस.एस., भाजपा और विस्तृत संघ परिवार ने मोदी के नेतृत्व की वैचारिक रूपरेखा को आकार देने में महत्त्वपूर्ण भूमिका निभाई है।

मोदी से जुड़ी अजेयता की कहानी न केवल चुनावी सफलताओं को दरशाती है, बल्कि हिंदुत्व की राजनीति के जटिल परिदृश्य को पार करने की क्षमता को भी दरशाती है। सांस्कृतिक राष्ट्रवाद के प्रति प्रतिबद्धता और हिंदू पहचान के दावे से चिह्नित संघ कनेक्शन, इक्कीसवीं सदी में भारतीय राजनीति की जटिलताओं को रेखांकित करता है।

चूँकि भारत धर्म, पहचान और शासन के अंतर्विरोधों से जूझ रहा है, मोदी के नेतृत्व की विरासत की जाँच संघ कनेक्शन के चश्मे से की जाएगी। सामने आ रही कहानी दुनिया के सबसे बड़े लोकतंत्र में विचारधारा और शासन की व्यावहारिक वास्तविकताओं के बीच सहजीवी संबंध पर चल रहे विश्लेषण एवं प्रतिबिंब को आमंत्रित करती है।

□

पर्यावरण प्रबंधन : मोदी की हरित पहल

"नरेंद्र मोदी के नेतृत्व को भारत और दुनिया के सामने आनेवाली पर्यावरणीय चुनौतियों के बारे में बढ़ती जागरूकता से चिह्नित किया गया है। सतत विकास और पर्यावरणीय प्रबंधन की आवश्यकता मोदी के शासन का मुख्य फोकस बन गई है।"

नवीकरणीय ऊर्जा क्रांति

मोदी के नेतृत्व में भारत के ऊर्जा परिदृश्य में परिवर्तनकारी बदलाव देखा गया, जिसमें नवीकरणीय ऊर्जा स्रोतों पर जोर दिया गया। मोदी के नेतृत्ववाली राष्ट्रीय जनतांत्रिक गठबंधन (एन.डी.ए.) सरकार ने देश के ऊर्जा मिश्रण में नवीकरणीय ऊर्जा की हिस्सेदारी बढ़ाने के लिए महत्त्वाकांक्षी लक्ष्य निर्धारित किए हैं। स्वच्छ ऊर्जा के प्रति प्रतिबद्धता वर्ष 2022 तक 175 गीगावाट (G.W.) नवीकरणीय ऊर्जा क्षमता प्राप्त करने के महत्त्वाकांक्षी लक्ष्य में परिलक्षित हुई, जिसमें सौर ऊर्जा से 100 गीगावाट, पवन ऊर्जा से 60 गीगावाट और अन्य स्रोतों से 15 गीगावाट शामिल है।

वर्ष 2022 तक भारत ने सौर ऊर्जा और पवन ऊर्जा क्षमताओं में पर्याप्त वृद्धि के साथ इन लक्ष्यों की दिशा में महत्त्वपूर्ण प्रगति की है। नवीकरणीय ऊर्जा पर जोर न केवल पर्यावरणीय चिंताओं को संबोधित करता है, बल्कि भारत के ऊर्जा सुरक्षा और जीवाश्म ईंधन पर निर्भरता को कम करने के व्यापक लक्ष्य के अनुरूप भी है।

अंतरराष्ट्रीय सौर गठबंधन (आई.एस.ए.) : वैश्विक सहयोग को बढ़ावा

सन् 2015 में प्रधानमंत्री मोदी ने पेरिस में संयुक्त राष्ट्र जलवायु-परिवर्तन सम्मेलन (सी.ओ.पी.21) के दौरान अंतरराष्ट्रीय सौर गठबंधन (आई.एस.ए.) का शुभारंभ किया। आई.एस.ए. एक सहयोगी मंच है, जिसका उद्देश्य सौर ऊर्जा को बढ़ावा देना और उच्च सौर क्षमतावाले देशों के बीच सहयोग को सुविधाजनक बनाना है। सौर ऊर्जा परिनियोजन से संबंधित आम चुनौतियों का समाधान करने के लिए राष्ट्रों को एक साथ लाकर आई.एस.ए. वैश्विक पर्यावरण पहल के प्रति मोदी की प्रतिबद्धता को रेखांकित करता है।

सदस्य देशों द्वारा संयुक्त परियोजनाओं पर काम करने, सर्वोत्तम प्रथाओं को साझा करने और तकनीकी सहयोग को बढ़ावा देने से आई.एस.ए. ने लोकप्रियता हासिल की है। वैश्विक मंच पर सौर ऊर्जा को बढ़ावा देने में मोदी की भूमिका जलवायु-परिवर्तन को कम करने और सतत विकास को बढ़ावा देने के लिए भारत की प्रतिबद्धता को उजागर करती है।

स्वच्छ भारत अभियान : एक स्वच्छता क्रांति

सन् 2014 में शुरू किया गया 'स्वच्छ भारत अभियान' सार्वभौमिक स्वच्छता और स्वच्छता प्राप्त करने के उद्देश्य से मोदी की प्रमुख पहलों में से एक का प्रतिनिधित्व करता है। यह अभियान शौचालयों के निर्माण, स्वच्छता प्रथाओं को बढ़ावा देने और उचित अपशिष्ट प्रबंधन सुनिश्चित करने पर केंद्रित है। 'स्वच्छ भारत अभियान' न केवल एक सार्वजनिक स्वास्थ्य पहल है, बल्कि खुले में शौच को कम करने और अपशिष्ट निपटान प्रथाओं में सुधार करके पर्यावरण संरक्षण में भी योगदान देता है।

'स्वच्छ भारत अभियान' का प्रभाव पर्याप्त रहा है। लाखों शौचालयों का निर्माण हुआ, गाँवों को खुले में शौच से मुक्त घोषित किया गया और स्वच्छता के महत्त्व के बारे में जागरूकता बढ़ी। बेहतर अपशिष्ट प्रबंधन और कम प्रदूषण के पर्यावरणीय प्रभाव इस पहल के महत्त्वपूर्ण परिणाम हैं।

प्रधानमंत्री उज्ज्वला योजना : सभी के लिए स्वच्छ ईंधन

2016 में शुरू की गई 'प्रधानमंत्री उज्ज्वला योजना' का लक्ष्य उन घरों

को स्वच्छ खाना पकाने का ईंधन उपलब्ध कराना है, जो लकड़ी और मिट्टी के तेल जैसे पारंपरिक ईंधन पर निर्भर हैं। आर्थिक रूप से वंचित परिवारों को मुफ्त एल.पी.जी. कनेक्शन का वितरण न केवल लाखों लोगों के जीवन की गुणवत्ता में सुधार करता है, बल्कि इनडोर वायु प्रदूषण और वनों की कटाई को कम करके पर्यावरण संरक्षण में भी योगदान देता है।

स्वच्छ खाना पकाने की प्रथाओं को बढ़ावा देकर 'उज्ज्वला योजना' वैश्विक सतत विकास लक्ष्यों के साथ संरेखित होती है तथा सामाजिक व पर्यावरणीय दोनों चुनौतियों से निपटने के लिए प्रधानमंत्री मोदी की प्रतिबद्धता को रेखांकित करती है।

जल जीवन मिशन : जल संरक्षण एवं पहुँच

जल संरक्षण और प्रबंधन के महत्त्वपूर्ण महत्त्व को पहचानते हुए प्रधानमंत्री मोदी ने सन् 2019 में 'जल जीवन मिशन' शुरू किया। मिशन का उद्देश्य सभी ग्रामीण घरों में पाइप से पानी की आपूर्ति प्रदान करना, जल संसाधनों के संरक्षण पर जोर देना और टिकाऊ जल उपयोग प्रथाओं को बढ़ावा देना है। स्वच्छ एवं विश्वसनीय जल स्रोतों तक पहुँच न केवल ग्रामीण समुदायों के लिए जीवन की गुणवत्ता को बढ़ाती है, बल्कि जल पारिस्थितिकी तंत्र के संरक्षण में भी योगदान देती है।

'जल जीवन मिशन' संयुक्त राष्ट्र सतत विकास लक्ष्य (एस.डी.जी.) के अनुरूप है, जो सभी के लिए पानी की उपलब्धता और टिकाऊ प्रबंधन सुनिश्चित करने पर केंद्रित है। जल संरक्षण पर मोदी का जोर पर्यावरण प्रबंधन के प्रति समग्र दृष्टिकोण को दरशाता है।

हरित आवरण का विस्तार : लाखों पेड़ लगाना

मोदी के नेतृत्व में भारत ने अपने हरित आवरण का विस्तार करने और वनों की कटाई से निपटने के लिए बड़े पैमाने पर वनीकरण की पहल की है। 'ग्रीन इंडिया मिशन' और प्रतिपूरक वनरोपण निधि प्रबंधन एवं योजना प्राधिकरण (सी.ए.एम.पी.ए.) जैसी परियोजनाओं का उद्देश्य वन तथा वृक्ष आवरण को बढ़ाना, खराब पारिस्थितिकी तंत्र को बहाल करना और जैव-विविधता को बढ़ाना है।

वनीकरण के प्रयास कार्बन पृथक्करण, जलवायु-परिवर्तन के प्रभाव को कम करने और पारिस्थितिकी तंत्र सेवाओं का समर्थन करने में योगदान करते हैं। हरित आवरण के विस्तार पर मोदी का ध्यान वैश्विक पर्यावरणीय प्राथमिकताओं के अनुरूप है और सतत विकास के लिए भारत की प्रतिबद्धता को मजबूत करता है।

इलेक्ट्रिक गाड़ियाँ : हरित परिवहन को बढ़ावा

वाहनों के उत्सर्जन को कम करने और वायु प्रदूषण से निपटने के लिए इलेक्ट्रिक गाड़ियों को बढ़ावा देना भारत की रणनीति का एक प्रमुख घटक बनकर उभरा है। हाइब्रिड एवं इलेक्ट्रिक वाहनों को तेजी से अपनाने और विनिर्माण (एफ.ए.एम.ई.) योजना, 2015 में शुरू की गई तथा बाद में विस्तारित की गई, इलेक्ट्रिक वाहनों (ई.वी.) को अपनाने और चार्जिंग बुनियादी ढाँचे के विकास के लिए प्रोत्साहन प्रदान करती है।

इलेक्ट्रिक मोबिलिटी के लिए मोदी का जोर टिकाऊ परिवहन की दिशा में वैश्विक रुझानों के अनुरूप है और भारत को उभरते इलेक्ट्रिक वाहन बाजार में एक खिलाड़ी के रूप में स्थापित करता है। इलेक्ट्रिक वाहनों में परिवर्तन ग्रीनहाउस गैस उत्सर्जन को कम करने और शहरी क्षेत्रों में वायु गुणवत्ता में सुधार करने में योगदान देता है।

जैव-विविधता संरक्षण : प्राकृतिक विरासत की रक्षा

भारत की समृद्ध जैव-विविधता का संरक्षण मोदी के पर्यावरण प्रबंधन एजेंडे का अभिन्न अंग है। 'प्रोजेक्ट टाइगर', 'प्रोजेक्ट एलिफेंट' एवं 'राष्ट्रीय स्वच्छ गंगा मिशन' जैसी पहल प्रतिष्ठित प्रजातियों, नदी पारिस्थितिकी तंत्र और प्राकृतिक आवासों के संरक्षण पर केंद्रित हैं। जैव-विविधता संरक्षण पर जोर पारिस्थितिक संतुलन बनाए रखने और भारत की प्राकृतिक विरासत की सुरक्षा के प्रति प्रतिबद्धता को दरशाता है।

संरक्षण के प्रयास टिकाऊ पर्यटन में भी योगदान देते हैं, पारिस्थितिकी तंत्र सेवाओं को बनाए रखने में जैव-विविधता के महत्त्व के बारे में जागरूकता को बढ़ावा देते हैं और प्राकृतिक संसाधनों पर निर्भर आजीविका का समर्थन करते हैं।

राष्ट्रीय स्वच्छ वायु कार्यक्रम (एन.सी.ए.पी.)

वायु प्रदूषण भारत में एक महत्त्वपूर्ण पर्यावरणीय और सार्वजनिक स्वास्थ्य चुनौती है। इस मुद्दे को संबोधित करने की तात्कालिकता को पहचानते हुए प्रधानमंत्री मोदी ने सन् 2019 में राष्ट्रीय स्वच्छ वायु कार्यक्रम (एन.सी.ए.पी.) शुरू किया। कार्यक्रम का लक्ष्य अगले पाँच वर्षों में 122 पहचाने गए गैर-प्राप्ति शहरों में वायु प्रदूषण को 20-30" तक कम करना है।

एन.सी.ए.पी. में एक व्यापक रणनीति शामिल है, जिसमें शहर-विशिष्ट कार्य योजनाएँ, बढ़ी हुई निगरानी और जन-जागरूकता अभियान शामिल हैं। वायु प्रदूषण से निपटना मोदी के पर्यावरण एजेंडे का एक महत्त्वपूर्ण पहलू है, जो एक गंभीर चिंता का समाधान है, जो लाखों भारतीयों के स्वास्थ्य और कल्याण को प्रभावित करता है।

वैश्विक जलवायु नेतृत्व : सी.ओ.पी. 26 और उससे आगे

एक वैश्विक नेता के रूप में मोदी जलवायु काररवाई के प्रति भारत की प्रतिबद्धता पर जोर देते हुए अंतरराष्ट्रीय जलवायु-परिवर्तन मंचों पर सक्रिय रूप से शामिल रहे हैं। सन् 2015 के पेरिस समझौते में भारत ने अपनी कार्बन तीव्रता को कम करने और गैर-जीवाश्म ऊर्जा क्षमता की हिस्सेदारी बढ़ाने का वादा किया था। सन् 2021 में छब्बीसवें संयुक्त राष्ट्र जलवायु-परिवर्तन सम्मेलन (सी.ओ.पी.26) में मोदी की भागीदारी ने सतत विकास और जलवायु लचीलेपन के प्रति भारत की प्रतिबद्धता को और रेखांकित किया।

नवीकरणीय ऊर्जा, वनीकरण और टिकाऊ जल-प्रबंधन पर भारत का ध्यान जलवायु-परिवर्तन के खिलाफ लड़ाई में एक जिम्मेदार वैश्विक अभिनेता के रूप में इसकी भूमिका के अनुरूप है। अंतरराष्ट्रीय जलवायु चर्चाओं में मोदी की सक्रिय भागीदारी वैश्विक मंच पर पर्यावरण प्रबंधन के प्रति भारत की प्रतिबद्धता को मजबूत करती है।

निष्कर्ष : पर्यावरणीय प्रबंधन के दायरे में गहराई से जाने पर यह स्पष्ट हो जाता है कि मोदी की हरित पहल उनकी राजनीतिक विरासत का अभिन्न अंग है। सतत विकास, नवीकरणीय ऊर्जा और पर्यावरण संरक्षण के प्रति प्रतिबद्धता

एक ऐसे नेता को दरशाती है, जो पारिस्थितिक कल्याण और राष्ट्रीय प्रगति के अंतर्संबंध को पहचानता है।

मोदी की पर्यावरण विरासत नीतिगत उपायों तक ही सीमित नहीं है; यह जिम्मेदार शासन और वैश्विक नेतृत्व की व्यापक कथा तक फैली हुई है। हरित पहल न केवल अंतरराष्ट्रीय जलवायु लक्ष्यों को पूरा करने के भारत के प्रयासों में योगदान दे रही है, बल्कि पर्यावरणीय काररवाई की तात्कालिकता के बारे में बढ़ती वैश्विक चेतना के साथ भी प्रतिध्वनित हो रही है। असल में, मोदी का पर्यावरण नेतृत्व शासन के ढाँचे में टिकाऊ प्रथाओं को एकीकृत करने के लिए एक खाका प्रदान करता है। मोदी के राजनीतिक कद की स्थायी प्रकृति, पर्यावरणीय मुद्दों के प्रति उनकी प्रतिबद्धता के साथ मिलकर, एक ऐसे युग में नेतृत्व के विकसित प्रतिमान को रेखांकित करती है, जहाँ पारिस्थितिक चेतना सर्वोपरि है।

□

महिला सशक्तीकरण : मोदी की मौन क्रांति

"नरेंद्र मोदी के नेतृत्व में भारत में लैंगिक असमानताओं को दूर करने और महिला सशक्तीकरण को बढ़ावा देने के लिए एक सूक्ष्म दृष्टिकोण देखा गया है। हालाँकि, हमेशा सुर्खियाँ नहीं बटोरनेवाली, मोदी की पहल समावेशिता को बढ़ावा देने और जीवन के विभिन्न क्षेत्रों में महिलाओं के लिए अवसर पैदा करने की प्रतिबद्धता को दरशाती है।"

'बेटी बचाओ, बेटी पढ़ाओ' : बालिकाओं का पोषण

सन् 2015 में शुरू की गई 'बेटी बचाओ, बेटी पढ़ाओ' पहल का उद्देश्य गिरते बाल लिंग अनुपात को संबोधित करना और लड़कियों की शिक्षा एवं कल्याण को बढ़ावा देना है। अभियान बालिकाओं के महत्त्व पर जोर देता है तथा परिवारों और समुदायों को लड़की के जन्म को बोझ के रूप में देखने के बजाय जश्न मनाने के लिए प्रोत्साहित करता है।

कार्यक्रम में बालिकाओं के अस्तित्व, सुरक्षा और शिक्षा को सुनिश्चित करने के लिए राष्ट्रीय, राज्य और स्थानीय स्तर पर समन्वित प्रयास शामिल हैं। 'बेटी बचाओ, बेटी पढ़ाओ' पहल के लिए प्रधानमंत्री मोदी की वकालत गहरी जड़ें जमा चुके लैंगिक पूर्वग्रहों को चुनौती देने और अधिक समावेशी समाज को बढ़ावा देने की प्रतिबद्धता को दरशाती है।

प्रधानमंत्री मातृ वंदना योजना

सन् 2017 में शुरू की गई 'प्रधानमंत्री मातृ वंदना योजना' (पी.एम.एम.वी.वाई.) का उद्देश्य गर्भवती महिलाओं को उनके पहले जीवित जन्म के लिए वित्तीय सहायता प्रदान करना है। यह योजना गर्भावस्था के शीघ्र पंजीकरण, प्रसव पूर्व जाँच और संस्थागत प्रसव के लिए नकद प्रोत्साहन प्रदान करके महिलाओं का समर्थन करती है। इसका उद्देश्य यह सुनिश्चित करना है कि गर्भावस्था के दौरान महिलाओं को पर्याप्त पोषण एवं चिकित्सा देखभाल मिले, जिससे माँ और बच्चे दोनों के स्वास्थ्य को बढ़ावा मिले।

पी.एम.एम.वी.वाई. को स्वास्थ्य एवं कल्याण से संबंधित सतत विकास लक्ष्य (एस.डी.जी.) को प्राप्त करने के वैश्विक प्रयासों के साथ संरेखित करते हुए, मातृ मृत्यु दर को संबोधित करने और मातृ स्वास्थ्य परिणामों में सुधार करने के लिए डिजाइन किया गया है। मातृ स्वास्थ्य को प्राथमिकता देकर मोदी सरकार भावी पीढ़ियों की भलाई सुनिश्चित करने में महिलाओं की महत्त्वपूर्ण भूमिका को पहचानती है।

उज्ज्वला योजना

'प्रधानमंत्री उज्ज्वला योजना', जिसका उल्लेख पहले पर्यावरणीय पहल के संदर्भ में किया गया था, महिला सशक्तीकरण के लिए भी महत्त्वपूर्ण निहितार्थ रखती है। आर्थिक रूप से वंचित परिवारों, विशेष रूप से महिलाओं के नेतृत्ववाले परिवारों, को मुफ्त एल.पी.जी. कनेक्शन प्रदान करके यह योजना न केवल खाना पकाने की गुणवत्ता में सुधार करती है, बल्कि पारंपरिक और अकसर हानिकारक खाना पकाने के ईंधन पर उनकी निर्भरता को कम करके महिलाओं को सशक्त बनाती है।

स्वच्छ खाना पकाने के ईंधन तक पहुँच महिलाओं की सुरक्षा, स्वास्थ्य और समग्र कल्याण को बढ़ाती है। 'उज्ज्वला योजना' दोहरे लाभ के साथ एक परिवर्तनकारी पहल के रूप में कार्य करती है—पर्यावरणीय स्थिरता और घरों में महिलाओं का सशक्तीकरण।

महिलाओं के लिए 'स्टैंड अप इंडिया' : उद्यमशीलता के अवसर

सन् 2016 में शुरू की गई 'स्टैंड अप इंडिया' योजना का उद्देश्य नए उद्यम शुरू करने के लिए बैंक ऋण की सुविधा प्रदान करके महिलाओं, अनुसूचित जाति (एस.सी.) और अनुसूचित जनजाति (एस.टी.) के बीच उद्यमिता को बढ़ावा देना है। इस पहल के तहत कम-से-कम एक महिला उद्यमी को ग्रीनफील्ड उद्यम स्थापित करने के लिए स्वीकृत प्रत्येक बैंक ऋण का हिस्सा बनने के लिए प्रोत्साहित किया जाता है। वित्तीय सहायता प्रदान करके और महिलाओं को व्यवसाय में उद्यम करने के लिए प्रोत्साहित करके 'स्टैंड अप' इंडिया पारंपरिक लिंग भूमिकाओं को तोड़ने और आर्थिक स्वतंत्रता को बढ़ावा देने में योगदान देता है।

यह योजना आर्थिक विकास के चालक के रूप में महिलाओं की क्षमता को पहचानते हुए अधिक समावेशी और विविध उद्यमशीलता पारिस्थितिकी तंत्र बनाने के मोदी के दृष्टिकोण के अनुरूप है।

सुकन्या समृद्धि योजना

सन् 2015 में शुरू की गई 'सुकन्या समृद्धि योजना' बालिकाओं के भविष्य को सुरक्षित करने के लिए बनाई गई एक बचत योजना है। माता-पिता या क़ानूनी अभिभावक 10 वर्ष से कम उम्र की लड़की के लिए इस योजना के तहत खाता खोल सकते हैं, उसकी शिक्षा और विवाह के खर्च में योगदान कर सकते हैं। यह योजना न केवल बालिकाओं के लिए वित्तीय योजना को प्रोत्साहित करती है, बल्कि उनकी शिक्षा और कल्याण में निवेश के महत्त्व को भी रेखांकित करती है।

बालिकाओं के लिए वित्तीय समावेशन और योजना को बढ़ावा देकर 'सुकन्या समृद्धि योजना' परिवारों को अपनी बेटियों के भविष्य में दीर्घकालिक निवेश करने के लिए सशक्त बनाने में योगदान देती है।

कौशल विकास पहल

कौशल विकास महिलाओं की रोजगार-क्षमता और आर्थिक स्वतंत्रता को बढ़ाने में महत्त्वपूर्ण भूमिका निभाता है। सन् 2015 में शुरू की गई 'स्किल

इंडिया' पहल के तहत विभिन्न कार्यक्रम महिलाओं को कौशल प्रदान करने, उन्हें उद्योग के लिए तैयार बनाने और उद्यमिता को बढ़ावा देने पर केंद्रित है। 'प्रधानमंत्री कौशल विकास योजना' (पी.एम.के.वी.वाई.) एवं 'उड़ान' जैसी पहल का उद्देश्य कौशल विकास में लैंगिक अंतर को पाटना और महिलाओं को कार्यबल में सक्रिय रूप से भाग लेने के लिए सशक्त बनाना है।

महिलाओं को उभरते उद्योगों के लिए प्रासंगिक कौशल से लैस करके मोदी सरकार विभिन्न क्षेत्रों में प्रवेश की बाधाओं को दूर करना चाहती है और यह सुनिश्चित करना चाहती है कि महिलाओं को आर्थिक भागीदारी के समान अवसर मिलें।

मातृत्व लाभ (संशोधन) अधिनियम

कामकाजी महिलाओं के लिए मातृत्व लाभ के महत्त्व को पहचानते हुए 'मातृत्व लाभ (संशोधन) अधिनियम' 2017 में लागू किया गया। संशोधन ने भुगतान किए गए मातृत्व अवकाश की अवधि को 12 सप्ताह से बढ़ाकर 26 सप्ताह कर दिया, जिससे यह विश्व स्तर पर सबसे प्रगतिशील मातृत्व अवकाश नीतियों में से एक बन गई। विस्तारित मातृत्व अवकाश महिलाओं को अपनी पेशेवर एवं व्यक्तिगत जिम्मेदारियों को संतुलित करने की अनुमति देता है और उनके समग्र कल्याण को बढ़ावा देता है।

यह विधायी उपाय कार्यबल में महिलाओं के लिए एक सहायक तथा समावेशी वातावरण बनाने की मोदी की व्यापक दृष्टि के अनुरूप है, जो कामकाजी माताओं के सामने आनेवाली अनूठी चुनौतियों को समायोजित करनेवाली नीतियों की आवश्यकता को स्वीकार करता है।

महिलाओं के लिए 'जन धन योजना' : वित्तीय समावेशन

वित्तीय समावेशन महिला सशक्तीकरण का एक प्रमुख स्तंभ है और सन् 2014 में शुरू की गई 'प्रधानमंत्री जन धन योजना' का उद्देश्य महिलाओं सहित बैंक-रहित आबादी को बैंकिंग सेवाएँ प्रदान करना है। इस योजना के तहत महिलाओं को वित्तीय सेवाओं, बीमा और अन्य लाभों तक पहुँच सुनिश्चित करते

हुए बैंक खाते खोलने के लिए प्रोत्साहित किया जाता है। यह पहल न केवल वित्तीय साक्षरता को बढ़ावा देती है, बल्कि महिलाओं को स्वतंत्र रूप से अपने वित्त का प्रबंधन करने का अधिकार भी देती है।

औपचारिक बैंकिंग सेवाओं तक पहुँच महिलाओं को बचत करने, निवेश करने और विभिन्न वित्तीय उत्पादों का लाभ उठाने की अनुमति देती है, जिससे उनके आर्थिक सशक्तीकरण एवं वित्तीय स्वतंत्रता में योगदान होता है।

कन्या साथी खुशी योजना

मुख्यमंत्री के रूप में मोदी के कार्यकाल के दौरान गुजरात में शुरू की गई 'कन्या साथी खुशी योजना' एक अनूठी पहल है, जो आर्थिक रूप से कमजोर वर्ग की लड़कियों को उच्च शिक्षा प्राप्त करने के लिए वित्तीय सहायता प्रदान करती है। इस योजना का उद्देश्य परिवारों को अपनी बेटियों की शिक्षा को प्राथमिकता देने के लिए प्रोत्साहित करना और शैक्षिक खर्चों को कवर करने के लिए वित्तीय सहायता प्रदान करना है।

बालिका शिक्षा को प्रोत्साहित करके 'कन्या साथी खुशी योजना' बाधाओं एवं रूढ़ियों को तोड़ने तथा एक ऐसी संस्कृति को बढ़ावा देने में योगदान देती है, जो लड़कियों की शिक्षा को महत्त्व देती है और उसमें निवेश करती है।

डिजिटल इंडिया : लैंगिक डिजिटल विभाजन को पाटना

सन् 2015 में शुरू की गई 'डिजिटल इंडिया' पहल का उद्देश्य भारत को डिजिटल रूप से सशक्त समाज में बदलना है। महिलाओं के लिए, विशेष रूप से ग्रामीण क्षेत्रों में, डिजिटल उपकरणों और प्रौद्योगिकी तक पहुँच गेम-चेंजर हो सकती है। डिजिटल साक्षरता कार्यक्रम, इंटरनेट कनेक्टिविटी पहल और 'डिजिटल इंडिया' के तहत डिजिटल वित्तीय सेवाओं को बढ़ावा देना लैंगिक डिजिटल विभाजन को पाटने में योगदान देता है।

डिजिटल कौशल के साथ महिलाओं को सशक्त बनाने से न केवल जानकारी तक उनकी पहुँच बढ़ती है, बल्कि ऑनलाइन शिक्षा, उद्यमिता और वित्तीय समावेशन के रास्ते भी खुलते हैं।

महिला सशक्तीकरण में मोदी की मौन क्रांति

महिला सशक्तीकरण में मोदी की मौन क्रांति विशिष्ट नीतिगत उपायों से परे है। यह व्यापक सामाजिक प्रभाव, रूढ़िवादिता को चुनौती देने और लैंगिक समानता की ओर सांस्कृतिक बदलाव को बढ़ावा देने को दरशाता है। उदाहरण के लिए, 'बेटी बचाओ, बेटी पढ़ाओ' अभियान से बालिकाओं को शिक्षित करने और उनके पोषण के महत्त्व के बारे में जागरूकता बढ़ी है।

इन पहलों का प्रभाव हमेशा तुरंत मापने योग्य नहीं होता है; लेकिन समाज में महिलाओं की भूमिकाओं के बारे में बदलते आख्यानों में स्पष्ट होता है। वित्तीय समावेशन, शिक्षा और स्वास्थ्य पर जोर एक समग्र दृष्टिकोण को दरशाता है, जो महिलाओं के सामने आनेवाली बहुमुखी चुनौतियों को पहचानता है।

शौचालयों का निर्माण

परिवर्तनकारी शासन की खोज में नरेंद्र मोदी सरकार द्वारा देश भर में शौचालयों के निर्माण जैसी कुछ पहलों ने सामाजिक परिवर्तन के सार को गहराई से पकड़ा है। इस महत्त्वाकांक्षी परियोजना की शुरुआत से पहले भारत में लाखों घरों, विशेषकर ग्रामीण क्षेत्रों में, बुनियादी स्वच्छता सुविधाओं तक पहुँच का अभाव था। इसका दुष्परिणाम महिलाओं पर तीव्र रूप से पड़ा, जिन्हें शौचालयों के अभाव के कारण अपने स्वास्थ्य से समझौता करने और अपनी गरिमा का त्याग करने की दोहरी चुनौती का सामना करना पड़ता था।

2 अक्तूबर, 2014 को प्रधानमंत्री नरेंद्र मोदी द्वारा शुरू किए गए 'स्वच्छ भारत अभियान' ने इस महत्त्वपूर्ण मुद्दे को संबोधित करने की माँग की। मूल रूप से मिशन का उद्देश्य न केवल शौचालयों का निर्माण करना था, बल्कि सफाई और स्वच्छता के प्रति सांस्कृतिक बदलाव को बढ़ावा देना भी था। अभियान का दोहरा फोकस था—शौचालयों का निर्माण और उनके निरंतर उपयोग को सुनिश्चित करने के लिए व्यवहार-परिवर्तन को बढ़ावा देना।

सरकार ने खुले में शौच को खत्म करने की तात्कालिकता पर जोर देते हुए देश भर में लाखों शौचालय बनाने का महत्त्वाकांक्षी लक्ष्य रखा। पेयजल और स्वच्छता मंत्रालय की रिपोर्ट के अनुसार, इस प्रयास की भयावहता वर्ष 2014 और 2019 के बीच 1.10 करोड़ से अधिक शौचालयों के निर्माण से रेखांकित

होती है। इस तीव्र बुनियादी ढाँचे के विकास ने स्वच्छता कवरेज को महत्त्वपूर्ण रूप से बढ़ाया, जिससे स्वच्छ और स्वस्थ वातावरण में योगदान मिला।

महिलाओं के जीवन पर इस पहल का प्रभाव अतुलनीय है। 'स्वच्छ भारत अभियान' से पहले कई महिलाओं को, विशेष रूप से ग्रामीण क्षेत्रों में, खुले में शौच करने की दैनिक कठिनाई का सामना करना पड़ता था, जिससे उन्हें विभिन्न स्वास्थ्य जोखिमों का सामना करना पड़ता था और उनकी सुरक्षा से समझौता होता था। शौचालयों के प्रावधान ने न केवल उनकी शारीरिक भलाई सुनिश्चित की, बल्कि व्यक्तिगत स्वच्छता के लिए एक सुरक्षित और निजी स्थान प्रदान करते हुए उनकी गरिमा की भी रक्षा की।

बेहतर स्वच्छता सुविधाएँ जल-जनित बीमारियों को रोकने और समग्र स्वास्थ्य को बढ़ावा देने में महत्त्वपूर्ण भूमिका निभाती हैं। शौचालयों के निर्माण से, विशेषकर महिलाओं व बच्चों में, खराब स्वच्छता से संबंधित बीमारियों को कम करने में गहरा प्रभाव पड़ा है। विश्व स्वास्थ्य संगठन (डब्ल्यू.एच.ओ.) की एक रिपोर्ट में इस बात पर प्रकाश डाला गया है कि बेहतर स्वच्छता सुविधाएँ जल-जनित बीमारियों को कम करने में महत्त्वपूर्ण योगदान देती हैं, जिससे एक स्वस्थ आबादी सुनिश्चित होती है।

शौचालयों तक पहुँच महिला सशक्तीकरण से जटिल रूप से जुड़ी हुई है। स्वच्छता सुविधाओं के प्रावधान का तात्पर्य है कि महिलाओं को अब अपनी बुनियादी जरूरतों को पूरा करने के लिए अँधेरा होने तक इंतजार नहीं करना पड़ेगा। यह नई सुविधा बढ़ी हुई सुरक्षा, बढ़ी हुई गतिशीलता और महिलाओं के लिए आर्थिक व सामाजिक गतिविधियों में अधिक सक्रिय रूप से भाग लेने के अवसर में तब्दील हो जाती है।

'स्वच्छ भारत अभियान' की सफलता ईंट-गारे के निर्माण से भी आगे तक जाती है। इसमें एक समग्र दृष्टिकोण शामिल है, जिसमें जागरूकता अभियान, सामुदायिक सहभागिता और व्यवहार-परिवर्तन पर जोर शामिल है। सामूहिक जिम्मेदारी के रूप में स्वच्छता की वकालत करने में मोदी के नेतृत्व की गूँज पूरे देश में हुई है, जिससे स्वच्छ वातावरण बनाए रखने में गौरव की भावना पैदा हुई है।

'स्वच्छ भारत अभियान' के प्रभाव को अंतरराष्ट्रीय स्तर पर प्रशंसा मिली है। संयुक्त राष्ट्र ने सफाई और स्वच्छता में महत्त्वपूर्ण प्रगति हासिल करने में भारत के प्रयासों की सराहना की। अभियान की सफलता तब रेखांकित हुई, जब सन् 2019 में भारत को खुले में शौच-मुक्त (ओ.डी.एफ.) घोषित किया गया—एक उल्लेखनीय उपलब्धि, जिसने स्वच्छता के प्रति देश के दृष्टिकोण में एक आदर्श बदलाव को चिह्नित किया।

चुनौतियाँ और भविष्य की दिशाएँ

हालाँकि, महत्त्वपूर्ण प्रगति हुई है, चुनौतियाँ अभी भी बनी हुई हैं। लिंग-आधारित हिंसा, कुछ क्षेत्रों में असमान प्रतिनिधित्व और लैंगिक रूढ़िवादिता को कायम रखनेवाले सामाजिक मानदंड ऐसे मुद्दे बने हुए हैं, जिन पर निरंतर ध्यान देने की आवश्यकता है। महिला सशक्तीकरण के संदर्भ में मोदी की दूरदर्शिता इन चुनौतियों से निपटने और अधिक न्यायसंगत भविष्य का मार्ग प्रशस्त करने की क्षमता से आकार लेगी।

महिला सशक्तीकरण की उभरती विरासत

महिला सशक्तीकरण के परिदृश्य को समझते हुए यह स्पष्ट हो जाता है कि मोदी की मौन क्रांति उनकी स्थायी राजनीतिक विरासत का एक अनिवार्य घटक है। मोदी का दृष्टिकोण यह मानता है कि महिला सशक्तीकरण कोई स्टैंडअलोन एजेंडा नहीं है, बल्कि भारत के सामाजिक-आर्थिक विकास का एक अभिन्न अंग है। उभरती हुई विरासत लाखों महिलाओं की बदली हुई आकांक्षाओं में निहित है, जो अब खुद को देश के भविष्य को आकार देने में सक्रिय भागीदार के रूप में देखती हैं। सच्ची लैंगिक समानता की ओर यात्रा गतिशील व बहुआयामी है और मोदी द्वारा शुरू की गई मौन क्रांति आनेवाले वर्षों में अधिक समावेशी और सशक्त भारत के लिए मंच तैयार करती है।

□

स्वस्थ राष्ट्र : मोदी का दृष्टिकोण

"भारत में नरेंद्र मोदी के नेतृत्व में राष्ट्र-निर्माण में इसकी महत्त्वपूर्ण भूमिका को पहचानते हुए स्वास्थ्य-सेवा के प्रति दृष्टिकोण में एक आदर्श बदलाव देखा गया है।"

आयुष्मान भारत : एक परिवर्तनकारी स्वास्थ्य आश्वासन योजना

सन् 2018 में लॉन्च किया गया 'आयुष्मान भारत', जिसे अकसर 'प्रधानमंत्री जन आरोग्य योजना' (पी.एम.-जे.ए.वाई.) के रूप में जाना जाता है, मोदी की स्वास्थ्य देखभाल दृष्टि के तहत प्रमुख पहलों में से एक है। इस योजना का लक्ष्य प्रतिवर्ष प्रति परिवार 5 लाख रुपए तक का स्वास्थ्य बीमा कवर प्रदान करके आर्थिक रूप से कमजोर परिवारों को स्वास्थ्य कवरेज प्रदान करना है। 'आयुष्मान भारत' दुनिया की सबसे बड़ी सरकारी वित्तपोषित स्वास्थ्य आश्वासन योजना है, जो 10 करोड़ से अधिक परिवारों को कवर करती है।

'आयुष्मान भारत' ने पर्याप्त प्रगति की है। लाखों लाभार्थी विभिन्न चिकित्सा स्थितियों के लिए कैशलेस उपचार का लाभ उठा रहे हैं। यह योजना न केवल स्वास्थ्य देखभाल के वित्तीय बोझ को संबोधित करती है, बल्कि कल्याण केंद्रों के नेटवर्क के माध्यम से निवारक देखभाल और कल्याण को भी बढ़ावा देती है।

राष्ट्रीय स्वास्थ्य मिशन (एन.एच.एम.)

सन् 2013 में शुरू किए गए राष्ट्रीय स्वास्थ्य मिशन में दो उप-मिशन शामिल हैं—राष्ट्रीय ग्रामीण स्वास्थ्य मिशन (एन.आर.एच.एम.) और राष्ट्रीय

शहरी स्वास्थ्य मिशन (एन.यू.एच.एम.)। ये मिशन स्वास्थ्य देखभाल के बुनियादी ढाँचे को मजबूत करने, प्राथमिक स्वास्थ्य-सेवाओं में सुधार और समग्र स्वास्थ्य-प्रणाली को बढ़ाने पर ध्यान केंद्रित करते हैं।

एन.आर.एच.एम. के तहत कई पहलें लागू की गई हैं, जिनमें स्वास्थ्य और कल्याण केंद्रों की स्थापना, मातृ एवं शिशु स्वास्थ्य को बढ़ावा देना और रोग नियंत्रण कार्यक्रमों को बढ़ाना शामिल है। दूसरी ओर, एन.यू.एच.एम. शहरी आबादी के सामने आनेवाली विशिष्ट स्वास्थ्य चुनौतियों को पहचानते हुए शहरी क्षेत्रों को लक्षित करता है।

'स्वच्छ भारत मिशन' का सार्वजनिक स्वास्थ्य पर प्रभाव

पिछले अध्याय में चर्चा की गई है कि 'स्वच्छ भारत अभियान' जहाँ पर्यावरण संरक्षण में योगदान देता है, वहीं इसका सार्वजनिक स्वास्थ्य पर भी गहरा प्रभाव पड़ता है। स्वच्छता और स्वच्छता प्रथाओं पर मिशन का जोर सीधे तौर पर जल-जनित बीमारियों की रोकथाम और वेक्टर-जनित बीमारियों में कमी से संबंधित है।

बेहतर स्वच्छता, स्वच्छ पेयजल तक पहुँच और उचित अपशिष्ट प्रबंधन एक स्वस्थ रहनेवाले वातावरण में योगदान करते हैं, जिससे दस्त, हैजा, डेंगू और मलेरिया जैसी वेक्टर-जनित बीमारियों की घटनाओं में कमी आती है।

'जन औषधि योजना' : सभी के लिए सस्ती दवाएँ

सस्ती दवाओं तक पहुँच स्वास्थ्य-सेवा का एक महत्त्वपूर्ण पहलू है और सन् 2015 में शुरू की गई 'जन औषधि योजना' इस चिंता का समाधान करती है। योजना के तहत जन औषधि केंद्रों (जेनेरिक दवा स्टोर) के माध्यम से जेनेरिक दवाएँ काफी कम कीमतों पर उपलब्ध कराई जाती हैं। इस पहल का उद्देश्य रोगियों पर वित्तीय बोझ को कम करना तथा आवश्यक दवाओं को सभी के लिए सुलभ बनाना है।

'जन औषधि योजना' ने देश भर में केंद्रों की बढ़ती संख्या के साथ अपनी पहुँच का विस्तार किया है। यह पहल स्वास्थ्य-सेवा को अधिक किफायती

बनाने और यह सुनिश्चित करने की दृष्टि से सेरेखित है कि लागत आवश्यक दवाओं तक पहुँचने में बाधा नहीं है।

कोविड-19 महामारी

कोविड-19 महामारी ने एक अभूतपूर्व चुनौती पेश की, जिसने दुनिया भर के देशों की स्वास्थ्य देखभाल के बुनियादी ढाँचे और प्रतिक्रिया क्षमताओं का परीक्षण किया। भारत में मोदी सरकार को संकट के प्रबंधन के कठिन कार्य का सामना करना पड़ा और प्रतिक्रिया में बहुआयामी रणनीति शामिल थी।

'प्रधानमंत्री गरीब कल्याण योजना' ने कमजोर आबादी को मुफ्त खाद्यान्न और नकद हस्तांतरण सहित वित्तीय सहायता प्रदान की। संपर्क ट्रेसिंग की सुविधा के लिए 'आरोग्य सेतु' एप लॉन्च किया गया था और पूरे देश में परीक्षण एवं उपचार सुविधाओं को तेजी से बढ़ाया गया था। टीकाकरण अभियान, जो दुनिया के सबसे बड़े अभियानों में से एक है, का उद्देश्य आबादी के एक महत्त्वपूर्ण हिस्से को कोविड-19 के खिलाफ प्रतिरक्षित करना है।

महामारी ने एक मजबूत स्वास्थ्य देखभाल प्रणाली के महत्त्व को रेखांकित किया, जिससे तैयारियों और प्रतिक्रिया रणनीतियों का पुनर्मूल्यांकन हुआ। जबकि चुनौतियाँ स्पष्ट थीं, संकट ने स्वास्थ्य बुनियादी ढाँचे के महत्त्व और एक लचीले स्वास्थ्य देखभाल पारिस्थितिकी तंत्र की आवश्यकता को सुदृढ़ करने का अवसर भी प्रदान किया।

राष्ट्रीय डिजिटल स्वास्थ्य मिशन (एन.डी.एच.एम.)

सन् 2020 में लॉन्च किया गया 'राष्ट्रीय डिजिटल स्वास्थ्य मिशन' भारत में स्वास्थ्य-सेवाओं को डिजिटल बनाने की दिशा में एक परिवर्तनकारी कदम का प्रतिनिधित्व करता है। मिशन का लक्ष्य एक निर्बाध और अंतर-संचालनीय डिजिटल स्वास्थ्य पारिस्थितिकी तंत्र बनाना है, जिससे व्यक्तियों को अपने स्वास्थ्य रिकॉर्ड तक पहुँच प्राप्त हो सके और स्वास्थ्य-सेवाओं की कुशल डिलीवरी की सुविधा मिल सके।

एन.डी.एच.एम. के तहत व्यक्तियों को एक स्वास्थ्य आई.डी. प्राप्त होती है और डिजीडॉक्टर प्लेटफॉर्म स्वास्थ्य-सेवा प्रदाताओं के साथ टेलीपरामर्श

को सक्षम बनाता है। स्वास्थ्य रिकॉर्ड का डिजिटलीकरण न केवल स्वास्थ्य देखभाल वितरण को बढ़ाता है, बल्कि बेहतर रोग निगरानी और प्रबंधन में भी योगदान देता है।

मिशन इंद्रधनुष : टीकाकरण अभियान

सन् 2014 में लॉञ्च किया गया 'मिशन इंद्रधनुष' सभी बच्चों और गर्भवती महिलाओं के लिए पूर्ण टीकाकरण कवरेज प्राप्त करने पर केंद्रित है। मिशन यह सुनिश्चित करके रोकथाम योग्य बीमारियों को लक्षित करता है कि प्रत्येक बच्चे और गर्भवती महिला को सभी अनुशंसित टीके मिलें। इसमें उच्च प्राथमिकतावाले जिलों और शहरी क्षेत्रों में गहन टीकाकरण अभियान शामिल है।

इस पहल ने टीकाकरण कवरेज बढ़ाने में पर्याप्त प्रगति की है। लाखों बच्चों और गर्भवती महिलाओं को समय पर टीकाकरण से लाभ हुआ है। वैक्सीन-रोकथाम योग्य बीमारियों को रोककर 'मिशन इंद्रधनुष' समग्र सार्वजनिक स्वास्थ्य में सुधार और स्वास्थ्य देखभाल प्रणाली पर बोझ को कम करने में योगदान देता है।

आत्मनिर्भर स्वस्थ भारत योजना

केंद्रीय बजट 2021-22 में घोषित 'आत्मनिर्भर स्वस्थ भारत योजना' का उद्देश्य स्वास्थ्य देखभाल के बुनियादी ढाँचे को मजबूत करना और प्राथमिक, माध्यमिक एवं तृतीयक देखभाल के लिए क्षमता का निर्माण करना है। यह योजना नए संस्थान बनाने, मौजूदा सुविधाओं का विस्तार करने और एक मजबूत स्वास्थ्य-सेवा कार्यबल का पोषण करने पर केंद्रित है।

'आत्मनिर्भर स्वस्थ भारत योजना' के हिस्से के रूप में प्राथमिक, माध्यमिक और तृतीयक स्वास्थ्य देखभाल-प्रणालियों में क्षमता विकसित करने के लिए एक नई केंद्र प्रायोजित योजना, 'प्रधानमंत्री आत्मनिर्भर स्वस्थ भारत योजना' शुरू की गई है। व्यापक लक्ष्य एक लचीली स्वास्थ्य देखभाल प्रणाली का निर्माण करना है, जो वर्तमान और भविष्य की स्वास्थ्य चुनौतियों का जवाब देने में सक्षम हो।

कलंक को तोड़नेवाली मानसिक स्वास्थ्य पहल

मानसिक स्वास्थ्य समग्र कल्याण का एक महत्त्वपूर्ण पहलू है। मोदी सरकार ने मानसिक स्वास्थ्य के मुद्दों को संबोधित करने और संबंधित कलंक को कम करने की आवश्यकता को पहचाना है। राष्ट्रीय मानसिक स्वास्थ्य कार्यक्रम मानसिक स्वास्थ्य को बढ़ावा देने, मानसिक बीमारियों को रोकने और मानसिक स्वास्थ्य-सेवाओं तक पहुँच सुनिश्चित करने पर केंद्रित है।

'आयुष्मान भारत' योजना के तहत मानसिक स्वास्थ्य को शामिल करना मानसिक स्वास्थ्य उपचार के लिए वित्तीय कवरेज प्रदान करने की प्रतिबद्धता का भी प्रतीक है। 'मनोदर्पण' अभियान जैसी पहल का उद्देश्य मानसिक स्वास्थ्य के मुद्दों के बारे में जागरूकता बढ़ाना और मनो-सामाजिक सहायता प्रदान करना है।

स्वास्थ्य एवं कल्याण केंद्र : एक समग्र दृष्टिकोण

'आयुष्मान भारत' योजना में व्यापक प्राथमिक स्वास्थ्य-सेवाएँ प्रदान करने के लिए स्वास्थ्य एवं कल्याण केंद्र (एच.डब्ल्यू.सी.) की स्थापना शामिल है। ये केंद्र स्वास्थ्य-सेवाओं के लिए संपर्क के पहले बिंदु के रूप में कार्य करते हैं और निवारक, प्रोत्साहन एवं उपचारात्मक देखभाल सहित कई प्रकार की सेवाएँ प्रदान करते हैं।

एच.डब्ल्यू.सी. न केवल बीमारियों के इलाज पर, बल्कि जागरूकता कार्यक्रमों, स्क्रीनिंग और जीवन-शैली में हस्तक्षेप के माध्यम से स्वास्थ्य एवं कल्याण को बढ़ावा देने पर भी ध्यान केंद्रित करता है। स्वास्थ्य देखभाल के लिए समग्र दृष्टिकोण अपनाकर केंद्र समुदायों के समग्र कल्याण में योगदान करते हैं।

'फिट इंडिया' मूवमेंट

सन् 2019 में लॉञ्च किए गए 'फिट इंडिया' मूवमेंट का उद्देश्य शारीरिक फिटनेस और स्वस्थ जीवन-शैली को बढ़ावा देना है। यह अभियान युवा भारतीयों के बीच स्वास्थ्य एवं कल्याण के बारे में बढ़ती जागरूकता के अनुरूप युवाओं को खेल और शारीरिक गतिविधियों को अपनाने के लिए प्रोत्साहित करता है।

'फिट इंडिया' मूवमेंट में मशहूर हस्तियों, प्रभावशाली लोगों और खेल हस्तियों की भागीदारी इसकी अपील को बढ़ाती है, जिससे फिटनेस युवा जीवन-शैली का एक सांस्कृतिक व महत्त्वाकांक्षी पहलू बन जाता है।

स्वास्थ्य-सेवा में मोदी की स्थायी विरासत

एक स्वस्थ राष्ट्र के लिए मोदी के दृष्टिकोण की पड़ताल करते हुए यह स्पष्ट हो जाता है कि उनकी स्वास्थ्य-सेवा में सुधार उनकी स्थायी विरासत का अभिन्न अंग है। स्वास्थ्य-सेवा के प्रति मोदी का दृष्टिकोण स्वास्थ्य और विकास के अंतर्संबंध को पहचानता है। 'आयुष्मान भारत' योजना, डिजिटल स्वास्थ्य पहल और स्वास्थ्य-सेवा के बुनियादी ढाँचे को मजबूत करने के प्रयास एक दूरदर्शी दृष्टिकोण को दरशाते हैं, जो नागरिकों की भलाई को प्राथमिकता देते हैं। स्वास्थ्य-सेवा में उभरती विरासत नीतिगत उपायों से परे है। यह किसी राष्ट्र के स्वास्थ्य परिदृश्य को बदलने की क्षमता में निहित है। मोदी का दृष्टिकोण देश की खुशहाली और समृद्धि की यात्रा की कहानी में आधारशिला बन गया है।

□

मोदी की शिक्षा क्रांति

"भारत में मोदी के नेतृत्व को शिक्षा परिदृश्य को बदलने के लिए दृढ़ प्रतिबद्धता द्वारा चिह्नित किया गया है। ज्ञान-संचालित समाज की ओर यात्रा गतिशील है और मोदी द्वारा शुरू की गई शिक्षा क्रांति भविष्य के लिए मंच तैयार करती है, जहाँ प्रत्येक व्यक्ति को सीखने, बढ़ने तथा एक मजबूत एवं अधिक प्रबुद्ध राष्ट्र के निर्माण में योगदान करने का अवसर मिलता है।"

'स्किल इंडिया' या कौशल भारत

सन् 2015 में लॉन्च किया गया 'स्किल इंडिया' भारतीय कार्यबल की रोजगार क्षमता को बढ़ाने के लिए मोदी के दृष्टिकोण के तहत एक प्रमुख कार्यक्रम है। यह पहल शिक्षा और रोजगार के बीच अंतर को पाटने के लिए व्यक्तियों को उद्योग-प्रासंगिक कौशल से लैस करने पर केंद्रित है। 'प्रधानमंत्री कौशल विकास योजना' (पी.एम.के.वी.वाई.) जैसे कौशल विकास कार्यक्रमों का उद्देश्य युवाओं को उन कौशलों से सशक्त बनाना है, जिनकी विभिन्न क्षेत्रों में माँग है।

'स्किल इंडिया' ने महत्त्वपूर्ण प्रगति की है, लाखों लोग कौशल प्रशिक्षण और प्रमाणन से गुजर रहे हैं। कौशल विकास पर जोर वैश्विक रोजगार बाजार की बदलती गतिशीलता के अनुरूप है, जिससे यह सुनिश्चित होता है कि युवा विविध प्रकार के कॅरियर अवसरों के लिए तैयार हैं।

नई शिक्षा नीति (एन.ई.पी.) 2020 : एक व्यापक बदलाव

नई शिक्षा नीति 2020 एक ऐतिहासिक पहल का प्रतिनिधित्व करती है, जो भारत की शिक्षा-प्रणाली को व्यापक रूप से पुनरुज्जीवित करने का प्रयास करती है। इस नीति का लक्ष्य स्कूल से लेकर उच्च शिक्षा तक शिक्षा के सभी स्तरों पर परिवर्तनकारी बदलाव लाना है। मुख्य विशेषताओं में अधिक लचीला और बहु-विषयक दृष्टिकोण, समग्र विकास पर जोर और शिक्षा में प्रौद्योगिकी का एकीकरण शामिल है।

एन.ई.पी. 2020 एक ऐसी प्रणाली की कल्पना करता है, जो आलोचनात्मक सोच, रचनात्मकता और वैज्ञानिक स्वभाव का पोषण करती है। यह स्कूली शिक्षा के लिए 5$3$3$4 संरचना, विषयों की पसंद में लचीलापन और बहुभाषावाद को बढ़ावा देने जैसे बदलाव पेश करता है। यह नीति छात्रों को आधुनिक दुनिया की चुनौतियों के लिए तैयार करने और नवाचार एवं पूछताछ की संस्कृति को बढ़ावा देने की मोदी की प्रतिबद्धता को दरशाती है।

शिक्षा में 'डिजिटल इंडिया'

सन् 2015 में शुरू की गई 'डिजिटल इंडिया' पहल शिक्षा के क्षेत्र तक अपनी पहुँच बढ़ाती है, जिसका लक्ष्य सीखने के परिणामों को बढ़ाने के लिए प्रौद्योगिकी का उपयोग करना है। डिजिटल साक्षरता, इ-लर्निंग प्लेटफॉर्म और कक्षाओं में शैक्षिक प्रौद्योगिकी को अपनाना तकनीक-सक्षम शिक्षा पारिस्थितिकी तंत्र के लिए मोदी के दृष्टिकोण के अभिन्न अंग हैं।

'स्वयं' (SWAYAM स्टडी वेब्स ऑफ एक्टिव लर्निंग फॉर यंग एस्पायरिंग माइंड्स) जैसी पहल मुफ्त ऑनलाइन पाठ्यक्रम प्रदान करती है, जिसमें विषयों की एक विस्तृत श्रृंखला शामिल होती है और विभिन्न स्तरों पर शिक्षार्थियों की जरूरतों को पूरा किया जाता है। डिजिटल शिक्षा की ओर कदम न केवल गुणवत्तापूर्ण शिक्षा तक पहुँच को लोकतांत्रिक बनाता है, बल्कि डिजिटल युग में शिक्षा की विकसित प्रकृति के साथ भी मेल खाता है।

अटल इनोवेशन मिशन (ए.आई.एम.)

सन् 2015 में लॉन्च किए गए 'अटल इनोवेशन मिशन' का उद्देश्य छात्रों

के बीच नवाचार और उद्यमिता की संस्कृति को बढ़ावा देना है। इस मिशन में स्कूलों में अटल टिंकरिंग लैब्स की स्थापना, उच्च शिक्षा संस्थानों में अटल इन्क्यूबेशन सेंटर और समस्या-समाधान एवं नवाचार को प्रोत्साहित करने के लिए 'अटल न्यू इंडिया चैलेंज' शामिल हैं।

छोटी उम्र से उद्यमिता की भावना को बढ़ावा देकर ए.आई.एम. नव-प्रवर्तकों और नौकरी निर्माताओं की एक पीढ़ी तैयार करने में योगदान देता है। यह पहल मोदी के आत्मनिर्भर एवं नवोन्मेषी भारत के दृष्टिकोण के अनुरूप है, जहाँ शिक्षा रचनात्मकता और समस्या-समाधान की संस्कृति को बढ़ावा देने में केंद्रीय भूमिका निभाती है।

प्रधानमंत्री इनोवेटिव लर्निंग प्रोग्राम (ध्रुव)

ध्रुव—विज्ञान, गणित एवं नवाचार में असाधारण प्रतिभा की पहचान करने और उसका पोषण करने के लिए 'अटल इनोवेशन मिशन' के तत्त्वावधान में शुरू किया गया एक कार्यक्रम है। कार्यक्रम प्रतिभाशाली छात्रों को अग्रणी विशेषज्ञों के साथ बातचीत करने, व्यावहारिक ज्ञान सीखने में संलग्न होने तथा विज्ञान और नवाचार के प्रति अपने जुनून को आगे बढ़ाने के लिए एक मंच प्रदान करता है।

'ध्रुव' का लक्ष्य प्रतिभाशाली और प्रेरित व्यक्तियों का एक कैडर बनाना है, जो भारत में ज्ञान और नवाचार की उन्नति में योगदान दे सकें। असाधारण प्रतिभा का पोषण करके यह कार्यक्रम कुशल व्यक्तियों का एक समूह बनाने के मोदी के दृष्टिकोण के अनुरूप है, जो विभिन्न क्षेत्रों में भारत की प्रगति का नेतृत्व कर सकते हैं।

राष्ट्रीय उच्चतर शिक्षा अभियान (RUSA)

सन् 2013 में शुरू की गई 'RUSA' एक केंद्र-प्रायोजित योजना है, जो उच्च शिक्षा संस्थानों के समग्र विकास पर केंद्रित है। इस योजना का उद्देश्य बुनियादी ढाँचे के विकास, संकाय सुधार तथा अनुसंधान एवं नवाचार को बढ़ाने की पहल का समर्थन करके उच्च शिक्षा की समग्र गुणवत्ता में सुधार करना है।

रूसा (RUSA) के तहत संस्थानों को सर्वोत्तम प्रथाओं को अपनाने, स्वायत्तता को बढ़ावा देने और अपने कार्यक्रमों को उद्योग की जरूरतों के साथ संरेखित करने

के लिए प्रोत्साहित किया जाता है। उच्च शिक्षा संस्थानों को मजबूत करने पर जोर एक जीवंत और प्रतिस्पर्धी शैक्षणिक माहौल बनाने में योगदान देता है।

'प्रगति' और 'सक्षम' छात्रवृत्ति योजना

सन् 2014 में शुरू की गई 'प्रगति' और 'सक्षम' छात्रवृत्ति योजना का उद्देश्य तकनीकी शिक्षा प्राप्त करनेवाली महिलाओं और दिव्यांग छात्रों को सशक्त बनाना है। 'प्रगति' तकनीकी शिक्षा प्राप्त करनेवाली छात्राओं को छात्रवृत्ति प्रदान करती है, जबकि 'सक्षम' उच्च शिक्षा प्राप्त करने में दिव्यांग छात्रों का समर्थन करता है।

छात्रवृत्ति योजनाएँ न केवल लिंग एवं विकलांगता असमानताओं को संबोधित करती हैं, बल्कि अधिक समावेशी और विविध शैक्षिक परिदृश्य बनाने में भी योगदान देती हैं। वित्तीय सहायता व प्रोत्साहन प्रदान करके योजनाएँ बाधाओं को तोड़ने और सभी के लिए समान अवसर सुनिश्चित करने में मदद करती हैं।

मध्याह्न भोजन योजना

भारत के सभी स्कूलों में लागू की गई 'मध्याह्न भोजन योजना' एक महत्त्वपूर्ण पहल है, जिसका उद्देश्य न केवल बच्चों के लिए पोषण संबंधी सहायता बढ़ाना है, बल्कि स्कूलों में नियमित उपस्थिति और ठहराव को भी बढ़ावा देना है। 1990 के दशक में शुरू की गई और प्रधानमंत्री मोदी के नेतृत्व में जारी यह योजना सरकारी और सरकारी सहायता प्राप्त स्कूलों में छात्रों को पका हुआ मध्याह्न भोजन प्रदान करती है।

'मध्याह्न भोजन योजना' देश भर में लाखों बच्चों को सेवा प्रदान करती है। पौष्टिक भोजन का प्रावधान छात्रों के समग्र कल्याण में योगदान देता है, कुपोषण को दूर करता है और यह सुनिश्चित करता है कि बच्चे भूख के बोझ के बिना अपनी पढ़ाई पर ध्यान केंद्रित कर सकें।

राष्ट्रीय छात्रवृत्ति पोर्टल (एन.एस.पी.)

राष्ट्रीय छात्रवृत्ति पोर्टल आर्थिक रूप से वंचित पृष्ठभूमि के छात्रों को

छात्रवृत्ति के वितरण को सुव्यवस्थित करने के लिए शुरू किया गया एक ऑनलाइन मंच है। पोर्टल विभिन्न केंद्र एवं राज्य सरकार की योजनाओं के तहत छात्रवृत्ति के आवेदन, सत्यापन और वितरण के लिए एकल खिड़की प्रणाली प्रदान करता है।

प्रौद्योगिकी का लाभ उठाकर एन.एस.पी. छात्रवृत्ति संवितरण प्रक्रिया में पारदर्शिता, दक्षता और पहुँच सुनिश्चित करता है। यह पहल प्रशासनिक प्रक्रियाओं को सरल बनाने और सरकारी सेवाओं को अधिक सुलभ बनाने के लिए डिजिटल प्लेटफॉर्म का उपयोग करने के मोदी के दृष्टिकोण के अनुरूप है।

बेटी बचाओ, बेटी पढ़ाओ : लड़कियों को शिक्षित व सशक्त बनाना

जबकि 'बेटी बचाओ, बेटी पढ़ाओ' पर पहले महिला सशक्तीकरण के संदर्भ में चर्चा की गई है, यह लड़कियों के लिए शिक्षा को बढ़ावा देने में भी महत्त्वपूर्ण भूमिका निभाती है। इस पहल का उद्देश्य उन मानसिकताओं और सामाजिक मानदंडों को बदलना है, जो लड़कियों की शिक्षा में बाधा डाल सकते हैं। बालिकाओं की शिक्षा को प्रोत्साहित करके यह कार्यक्रम एक शिक्षित व सशक्त समाज बनाने के मोदी के व्यापक दृष्टिकोण के अनुरूप है।

मोदी की शिक्षा क्रांति नीतिगत उपायों से परे है। यह व्यापक सामाजिक प्रभाव और मानव पूँजी के पोषण के लिए समग्र दृष्टिकोण को दरशाती है। कौशल विकास, डिजिटल साक्षरता और नवाचार पर ध्यान वैश्विक अर्थव्यवस्था की बदलती माँगों के अनुरूप है, जिससे यह सुनिश्चित होता है कि युवा भविष्य की नौकरियों के लिए आवश्यक कौशल से युक्त हैं।

चुनौतियाँ और भविष्य की दिशाएँ

हालाँकि, महत्त्वपूर्ण प्रगति हुई है, चुनौतियाँ अभी भी बनी हुई हैं। दूर-दराज के क्षेत्रों में गुणवत्तापूर्ण शिक्षा तक पहुँच, डिजिटल विभाजन और उभरती प्रौद्योगिकियों के लिए निरंतर अनुकूलन की आवश्यकता ऐसे क्षेत्र हैं, जिन पर निरंतर ध्यान देने की आवश्यकता है। शिक्षा के संदर्भ में, 'मोदी की गारंटी' इन चुनौतियों से निपटने और अधिक समावेशी तथा ज्ञान-संचालित समाज का मार्ग प्रशस्त करने की क्षमता से आकार लेगी।

शिक्षा की उभरती विरासत

मोदी की शिक्षा क्रांति की पड़ताल करने पर यह स्पष्ट हो जाता है कि उनकी दृष्टि भारत के भविष्य को आकार देने का अभिन्न अंग है। मोदी का दृष्टिकोण मानता है कि शिक्षा केवल ज्ञान प्राप्त करने का साधन नहीं है, बल्कि सामाजिक परिवर्तन के लिए उत्प्रेरक है। उभरती हुई विरासत उन लाखों छात्रों की बदली हुई आकांक्षाओं में निहित है, जो अब शिक्षा को अपनी पूरी क्षमता का एहसास करने और देश की प्रगति में सार्थक योगदान देने के मार्ग के रूप में देखते हैं।

□

मोदी की गारंटी : एक अनसुलझी पहेली

"भारत में नरेंद्र मोदी की राजनीतिक यात्रा किसी पहेली से कम नहीं है। उनकी गारंटी निरंतर जाँच और विश्लेषण को आमंत्रित करती है।"

करिश्माई नेतृत्व : मोदी व्यक्तित्व

'मोदी की गारंटी' के मूल में उनकी करिश्माई नेतृत्व-शैली है। 'करिश्मा' एक ऐसा गुण है, जिसे परिभाषित करना अकसर मुश्किल होता है। यह एक शक्तिशाली शक्ति है, जो मोहित और प्रेरित करती है। जनता से जुड़ने, उद्देश्य की भावना व्यक्त करने और आत्मविश्वास प्रकट करने की मोदी की क्षमता उनके राजनीतिक व्यक्तित्व की एक परिभाषित विशेषता रही है।

उनकी सशक्त वक्तृत्व शैली से पहचाने जानेवाले भाषण विभिन्न जनसांख्यिकी के लोगों को प्रभावित करते हैं। मोदी का करिश्मा शब्दों से परे है; यह उनकी शारीरिक भाषा, भाव-भंगिमा और दर्शकों के साथ उनके द्वारा स्थापित भावनात्मक जुड़ाव से स्पष्ट होता है। इस करिश्माई अपील ने लाखों भारतीयों के साथ व्यक्तिगत संबंध बनाने में महत्त्वपूर्ण भूमिका निभाई है।

एक मोहक संचार कथा

संचार प्रभावी नेतृत्व की आधारशिला है। मोदी ने एक सम्मोहक कथा तैयार करने और प्रसारित करने की कला में महारत हासिल की है। चाहे प्रमुख नीतिगत पहलों पर राष्ट्र को संबोधित करना हो या सोशल मीडिया के माध्यम से

नागरिकों से जुड़ना हो, मोदी की संचार रणनीति स्पष्टता, सरलता और बेहतर भारत के दृष्टिकोण से चिह्नित है।

जटिल विचारों को सुलभ भाषा में व्यक्त करने की उनकी क्षमता, आकांक्षात्मक विषयों पर ध्यान देने के साथ आबादी के व्यापक स्पेक्ट्रम के साथ प्रतिध्वनित हुई है। मोदी की कथाएँ अकसर विकास, आत्मनिर्भरता और राष्ट्रीय गौरव के विषयों पर केंद्रित होती हैं, जो एक ऐसी दृष्टि का निर्माण करती हैं, जो राष्ट्र की सामूहिक कल्पना को आकर्षित करती है।

आर्थिक सुधार : विकास के रास्ते

'मोदी की गारंटी' का एक महत्त्वपूर्ण स्तंभ आर्थिक सुधारों पर उनका जोर है। मेक इन इंडिया, जी.एस.टी. कार्यान्वयन और डिजिटल लेन-देन पर जोर जैसी पहलें भारत को एक वैश्विक आर्थिक महाशक्ति में बदलने की प्रतिबद्धता को रेखांकित करती हैं। आर्थिक आख्यान रोजगार-सृजन, उद्यमशीलता और एक मजबूत कारोबारी माहौल की आकांक्षाओं से मेल खाता है।

भारत की व्यापार करने में आसानी रैंकिंग में सुधार, एफ.डी.आई. प्रवाह में वृद्धि और डिजिटलीकरण में प्रगति मोदी के नेतृत्व में आर्थिक नीतियों के ठोस परिणामों को दरशाती है। आर्थिक विकास पर ध्यान केंद्रित करने से आत्मनिर्भर और आर्थिक रूप से जीवंत भारत की कहानी में योगदान मिला है।

समाज कल्याण कार्यक्रम : समावेशी शासन

'मोदी की गारंटी' समावेशिता और गरीबी-उन्मूलन के उद्‌देश्य से सामाजिक कल्याण कार्यक्रमों पर उनके जोर के साथ जुड़ी हुई है। 'प्रधानमंत्री जन धन योजना', 'उज्ज्वला योजना' एवं 'आयुष्मान भारत' जैसी पहलें समाज के हाशिए पर पड़े और वंचित वर्गों की जरूरतों को पूरा करने की प्रतिबद्धता को दरशाती हैं।

इन कार्यक्रमों की पहुँच व प्रभाव खोले गए लाखों बैंक खातों, घरों को स्वच्छ रसोई गैस प्रदान करने और स्वास्थ्य बीमा कवरेज से लाभान्वित होनेवाले व्यक्तियों में परिलक्षित होता है। सामाजिक कल्याण पर ध्यान अधिक न्यायसंगत और समावेशी भारत की दृष्टि के अनुरूप है।

राष्ट्रीय सुरक्षा : एक सशक्त और सुरक्षित भारत

राष्ट्रीय सुरक्षा का विषय मोदी के नेतृत्व की आधारशिला रहा है। चाहे आतंकवादी धमकियों का जवाब देना हो, सर्जिकल स्ट्राइक करनी हो या सीमा पर तनाव को संबोधित करना हो, भारत के सुरक्षा-हितों की रक्षा के लिए मोदी का मुखर दृष्टिकोण एक मजबूत और सुरक्षित राष्ट्र को महत्त्व देनेवाली आबादी के साथ प्रतिध्वनित हुआ है।

बालाकोट हवाई हमले, अनुच्छेद 370 को निरस्त करने और सशस्त्र बलों के आधुनिकीकरण पर जोर देने से एक ऐसे नेता की छवि बनती है, जो राष्ट्रीय संप्रभुता और रक्षा क्षमताओं को प्राथमिकता देता है। मोदी के नेतृत्व का यह पहलू एक निर्णायक और दृढ़ राजनेता की धारणा में योगदान देता है।

तकनीकी नवाचार : डिजिटल इंडिया

'डिजिटल इंडिया' पहल मोदी की दूरदर्शी दृष्टि का प्रतिनिधित्व करती है, जो तकनीकी नवाचार को अपनाती है। डिजिटल साक्षरता को बढ़ावा देने से लेकर ई-गवर्नेंस को सक्षम करने और नवाचार की संस्कृति को बढ़ावा देने तक, प्रौद्योगिकी पर मोदी का जोर युवा एवं तकनीक-प्रेमी आबादी की आकांक्षाओं के अनुरूप है।

आधार, यू.पी.आई.-आधारित भुगतान और डिजिटल प्लेटफॉर्म को व्यापक रूप से अपनाने जैसी पहल की सफलता शासन तथा दैनिक जीवन पर प्रौद्योगिकी के परिवर्तनकारी प्रभाव को दरशाती है। डिजिटल रूप से सशक्त भारत के लिए मोदी का दृष्टिकोण उस पीढ़ी के अनुरूप है, जो तकनीकी प्रगति के माध्यम से प्रगति चाहती है।

सांस्कृतिक पहचान

'मोदी की गारंटी' का एक जटिल पहलू राजनीति का सांस्कृतिक और पहचान संबंधी आख्यानों के साथ जुड़ना है। हिंदू राष्ट्रवाद के एक रूप हिंदुत्व को बढ़ावा देना मोदी के नेतृत्व की एक परिभाषित विशेषता रही है। अयोध्या में राम मंदिर के निर्माण और जम्मू व कश्मीर की विशेष स्थिति को रद्द करने जैसी पहलें मतदाताओं के कुछ वर्गों के साथ गूँजती हैं।

सांस्कृतिक गौरव की अभिव्यक्ति, विरासत की सुरक्षा और राष्ट्रीय पहचान पर ध्यान एक ऐसे नेता की कहानी में योगदान देता है, जो आबादी के एक महत्त्वपूर्ण हिस्से के सांस्कृतिक लोकाचार के साथ संरेखित होता है।

जन-संपर्क एवं मीडिया प्रबंधन

'मोदी की गारंटी', कुछ हद तक, प्रभावी जन-संपर्क और मीडिया प्रबंधन द्वारा आकार दी गई है। उनका प्रशासन सूचना प्रसारित करने, आख्यानों को आकार देने और सार्वजनिक धारणाओं को प्रबंधित करने के लिए पारंपरिक व डिजिटल मीडिया का लाभ उठाने में माहिर रहा है। 'मन की बात' रेडियो कार्यक्रम, सोशल मीडिया का व्यापक उपयोग और अच्छी तरह से समन्वित संचार-रणनीतियाँ सकारात्मक छवि बनाए रखने में योगदान करती हैं।

जनता से सीधे जुड़नेवाले एक निर्णायक व व्यावहारिक नेता के रूप में मोदी की छवि सावधानीपूर्वक बनाई गई है। जनमत को आकार देने और कथा को नियंत्रित करने की क्षमता उनके नेतृत्व की स्थायी लोकप्रियता का एक महत्त्वपूर्ण कारक है।

चुनावी विजय : जनता का जनादेश

शायद 'मोदी की गारंटी' की सबसे ठोस अभिव्यक्ति चुनावी लड़ाइयों में उनकी लगातार सफलता है। वर्ष 2014 के लोकसभा चुनावों में निर्णायक जीत से लेकर 2019 में प्रचंड जनादेश तक, मतपेटी में मोदी की लोकप्रियता अधिकांश भारतीय मतदाताओं द्वारा उनके नेतृत्व में जताए गए विश्वास और भरोसे को दरशाती है।

उत्तर प्रदेश, राजस्थान, मध्य प्रदेश से लेकर पश्चिम बंगाल तक विभिन्न राज्यों में जीत हासिल करने की उनकी क्षमता अखिल भारतीय अपील का प्रतीक है। चुनावी जीत एक ऐसे नेता की कहानी में योगदान देती है, जिसे मतदाताओं के एक महत्त्वपूर्ण हिस्से से अटूट समर्थन प्राप्त होता है।

आलोचना के सामने अनुकूलन

'मोदी की गारंटी' का एक दिलचस्प पहलू आलोचना के सामने उनका

लचीलापन है। विमुद्रीकरण, कोविड-19 लॉकडाउन के दौरान प्रवासी संकट से निपटने और अभिव्यक्ति की स्वतंत्रता के आसपास बहस जैसे विवादों ने उनकी लोकप्रियता को कम नहीं किया है। हालाँकि, आलोचनाएँ मौजूद हैं, मोदी का लचीलापन समर्थन के एक मजबूत और स्थायी आधार का सुझाव देता है, जो विशिष्ट नीतिगत निर्णयों या विवादों से परे है। लोकप्रियता में कोई खास कमी लाए बिना तूफानों का सामना करने की क्षमता 'मोदी की गारंटी' की पहेली को और बढ़ा देती है।

गारंटी की बुनावट

यह स्पष्ट हो जाता है कि 'मोदी की गारंटी' कई धागों से बुनी गई एक बुनावट है। करिश्माई नेतृत्व, दूरदर्शी संचार, आर्थिक सुधार, सामाजिक कल्याण कार्यक्रम, राष्ट्रीय सुरक्षा पर जोर, तकनीकी नवाचार, सांस्कृतिक आख्यान, प्रभावी मीडिया प्रबंधन, चुनावी जीत और आलोचना के सामने लचीलापन सामूहिक रूप से इस घटना में योगदान करते हैं।

'मोदी की गारंटी' एक अकेली विशेषता नहीं है, बल्कि कारकों की एक जटिल परस्पर क्रिया है, जो भारतीय समाज के विभिन्न वर्गों के साथ प्रतिध्वनित होती है। मोदी के नेतृत्व में तैयार की गई कथा प्रगति, विकास, सांस्कृतिक गौरव और एक मजबूत राष्ट्रीय पहचान में से एक है। इस पहेली को समझने के लिए उनकी अपील की बहुमुखी प्रकृति और समकालीन भारत के गतिशील सामाजिक-राजनीतिक परिदृश्य को स्वीकार करने की आवश्यकता है।

'मोदी की गारंटी' की सुलझती पहेली एक जीवंत कथा है, जो बदलती परिस्थितियों, नीतिगत निर्णयों तथा एक विविध व गतिशील राष्ट्र की लगातार बदलती आकांक्षाओं से आकार लेती है। 'मोदी की गारंटी' की स्थायी विरासत न केवल वर्तमान में, बल्कि भारतीय राजनीति और शासन के भविष्य के पथ पर इसके प्रभाव में भी निहित है।